# 拝啓、僕の旦那様

溺愛夫と
幼妻の
交際日記

朝霞月子
Tsukiko Asaka

本川《ほんかわ》弥尋《やひろ》（17）

私立杏林館高校二年生、生徒会書記
近隣の高校やご近所でも評判の美少年
明るく素直で甘いものが
好きな三人兄弟の末っ子

三《み》木《き》隆嗣《たかつぐ》（28）

和風喫茶「森乃屋」を企画した会社員
エリートで美丈夫なハンサムだが、
生真面目さが前面に出るため
近寄りがたさもある

# 拝啓、僕の旦那様

—溺愛夫と幼妻の交際日記—

A boy meets A man.

Sweet & Comedey & Love

うららかな春の日差しが降り注ぐ、春三月の午後。

和風喫茶「森乃屋《もりのや》」の店内も、重い冬のコートを脱ぎ捨てて、淡いパステルカラーの春服を身に纏《まと》った女性たちが思い思いの菓子をつつく姿が多く見られ、春めいた雰囲気に包まれていた。

そんな店の一角、近隣でも有名な進学校である杏林館《きょうりんかん》高校のインディゴブルーのブレザーに杏色《あんず》を模した薄いパステルオレンジのネクタイを結んだ高校生の少年と、落ち着いた薄い茶褐色のスーツ姿の若い男が、甘い菓子が盛りつけられたプレートを間に、白木のテーブルに向かい合って座っていた。

ひっかかることなくサラリと指で梳《す》けそうな艶のある黒髪と、やや色白の頬《ほお》を紅潮させ菓子を頬張る中性的な美少年。ぱっと見た感じでは大人しく清楚《せいそ》な印象を与える少年のバランスよく配置された目鼻立ちの中、大き過ぎないくらいの二重目蓋《まぶた》に縁取られた黒目がちの瞳はキラキラと輝き、目の前に座る男を見上げ楽しげに話しかけている。

一方、背筋を伸ばし上品な、しかしどこか一般人とは異なる雰囲気を醸し出す男。巨軀《きょく》と呼べるほどの大柄さはなくとも、一見細身に見えて、厚みのある胸元など中が鍛えられているのは、長身にぴたりと沿ったオーダーメイドスーツのラインから想像するのは容易《たやす》い。

単に男二人だけの組み合わせというだけでなく、双方ともにかなり整った容姿をしていたせいで、店の八割を占める女性たちの中で、二人の姿は比較的目立つものだった。そのくせどこかしっとりと店の雰囲気に馴染《なじ》んでいるのは、彼らがこうして和風喫茶「森乃屋」で長閑《のどか》なひと時を過ごすのが、ほとんど日常のようなものだからでもある。

先が二つに割れた小さな竹製の楊枝《ようじ》で、薄く桜色をした淡雪羹《あわゆきかん》を口に入れた本川弥尋《ほんかわやひろ》は目を細めて破顔した。弥尋の様子を眺めていた男――三木隆嗣《みきたかつぐ》も微笑《ほほえ》んでいる。「おいしい」と口で告げられるよりもよくわかる弥尋の表情は、三木にとっては何より嬉《うれ》しい評価で、また眼福でもあった。

「淡雪がふわふわーってしてて口の中でとろけるのがすごくおいしい。下の羊羹も全体的に甘さ控えめだし、これなら幾つでも食べてしまいそう。もう少し大きくてもいいような気がするんですけど」

「そうすると、他のお菓子が入らなくなる。あんまり食べ過ぎて飽きられても困るだろう」

「おいしいから飽きることはないと思うけど」

弥尋は少し不満げに菓子に視線を落とし、口を尖《とが》らせ首を傾《かし》げたが、すぐに上げた時にはにこやかに笑っていた。

「でも何度も通ってもらうのもいいかもですね。飴《あめ》細工の桜の花も上手にできてるし、可愛《かわい》いから、女の子たちも喜ぶんじゃないかな」

「なるほど。職人にも伝えておこう」

「頑張《がんば》ってください、おいしかったですっていうのも一緒にお願いしますね。楽しみだなあ、これがお店に出るのが」

弥尋が今食べているのは、森乃屋の月替わりメニューで、四月に登場予定の菓子の試作品である。この月替わり商品、開店以来毎月のテーマや季節感に沿って、工夫を凝らしたメニューが店頭に並び、それがまた人気商品ともなっている。

「名前はなんていうんですか？」

「華《はな》だ。もっと凝ったネーミングの案も出るには出たんだが、あまり派手にして名前と実態がそぐわなくなるのを控えるためと、個々にイメージを広げてもらいたいというのもあってね、結局無難なこれに落ち着いた。それより本川君」

ついと伸ばされた三木の手が、弥尋の口の横についた金色の飴の欠片《かけら》をつまむように取り上げ、そのまま自分の口へ持っていき、指先をペロリと舐《な》める。

「――甘いな」

首を僅かに傾けながら、弥尋にだけ聞こえる低音での呟《つぶや》きは、間違いなくセクシーと呼ばれる官能を刺激する類のもので、免疫のない十七歳の高校生の頬を染めさせるのに十分な威力を持っていた。

「飴だから甘くて当たり前だと思う……。飴、取ってくれてありがとうございました」

やっている男にとってはなんてことのない所作なのだろうが、弥尋には、ドキドキと心臓が音を速くするばかり。客観的に見て、三木はカッコイイと賞賛される容姿をしている。テレビや雑誌の中で見る芸能人のような華やかで目立つ美形というのではないのだが、男としてはかなり整っている部類の顔だ。その三木は、自分がもたらした行為に照れて慌てる弥尋を、目を細め楽しそうに見ている。

高校生と社会人、傍《はた》から見れば本当に不思議な関係だ。二人は親戚ではないし、普通に考えれば接点はないに等しく、互いを知らずに人生を終えてしまうこともあったかもしれない。

そんな二人を結びつけたのは、他ならぬこの店、和風喫茶「森乃屋」だった。

季節はそろそろ暑さを感じなくなってきた秋の初めに遡る。

その日の朝、通っている杏林館高校最寄の駅に降り立った弥尋は、大勢の通勤者や他校の生徒、同じ制服を纏った生徒たちの流れに沿っていつものように歩いていた。最寄とはいっても、十分ほどは歩かなくてはならない距離だ。相変わらず混雑するなと思いながら、構内を出て、ロータリーに差し掛かった弥尋は、ティッシュを配るお馴染みの光景を見て、今日は幾つくらい貰《もら》おうかと考えていた。別段、弥尋自身が必要に迫られているわけでも欲しいわけでもないのだが、奨学金を受けながら通っている級友に、「貰えるものは貰っておいてくれ」と常日頃から言われているせいか、すぐに手を出す習慣が身についてしまっている。

「どうぞ」

差し出されたチケットを受け取ってしまったのは条件反射。

だから、

「ありがとう」

礼を言われて驚いた。

ありがとうございますという台詞《せりふ》は何度も聞いたことはあるが、通りすがりの配布物では大抵の場合、大してありがたみを感じないものだ。

それが、今の男は違った。明らかにほっとしたことがわかる、安心交じりの息とともに吐き出された言葉は、弥尋が思わず立ち止まって振り返ってしまうくらい、無視できないものが滲《にじ》んでいたのである。

揃《そろ》いの半纏《はんてん》を纏ったカラフルな売り子たちが通行人へ配っている中、弥尋の前に立つ男は、どちらかというと今から出勤しますと言われた方が似合うくらいの、見るからに「真面目《まじめ》なサラリーマン」だった。エリートという言葉をつけても違和感はない。

人の流れの中、ただ一人歩みを止めた弥尋の視線に気付いた男は、ちょっと困ったように、どこか照れたように笑みを浮かべ、小さく頭を下げた。

なんだったのだろうと、彼の台詞や表情、行動を不思議に思いながらも、時間が押していることに気付いた弥尋は、そのまま学校へ向かったのである。

夕方、授業を終え、書記として所属している生徒会の仕事まで片付けて駅にやって来た弥尋は、

「また配ってる」

朝に見たスーツの男を再び見かけ、何となく楽しくなってしまった。通りすがりに見ただけで、明日には会わないかもしれない男ではあるが、道行く人々へチケットを差し出しては断られ、しゅんとした表情をすぐに消しては、次の人へと差し出す姿に、自分より確実に十歳は年上だろう彼の一生懸命さを見た気がして、どことなくほのぼのとしたものを感じてしまったからかもしれない。

ロータリー周辺は帰宅する人々で混み合っていたが、弥尋が観察している短い間においても、男の手から配られたものを受け取る人はそうはいない。

男と同じものを配っていると思われる女性たちは、アルバイトとして慣れているせいか、意外と手際よく捌《さば》いている。容姿はこの際問題ないとして、やはり男の持つ堅い雰囲気に原因があるのだろう。もしくはかっちりとした見るからに高級そうなスーツのせいか。

そんな分析を勝手にしながら、

(また貰ってあげてもいいな)

楽しい気持ちになりながら徐々に近付いて距離を詰めていくと、前を行く大学生風の男に断られた男と目が合った。

途端、見てわかるくらいすぐに、

「あ」

と男が破顔する。そのまま男は、弥尋が近付くのを待つことなく、自分から側《そば》にやって来て、手にしたチケットを渡した。

「どうぞ」

「ありがとうございます……って朝も貰いました」

まっすぐ向かい合えば百八十を越える男のちょうど鼻の下までしかない弥尋が、受け取りつつ男を見上げると、

「知ってる。だが、貰っても減るものではないだろう？　ああ、すまない。貰ってくださいとお願いする立場だったな、私は」

想像していたよりも少し低めの声。だけれど、話す言葉の感じはとても穏やかで耳に心地よい。

男が右手に下げている袋に目を落とすと、中にはまだ貰ったものと同じチケットが束になってたくさん残っていた。

弥尋の視線に気付いた男は、肩を竦《すく》めて苦笑した。

「全部を配り終えないといけないわけではないんだが、私はあんまり捌けてないいんだ」

それを証明するように、苦笑する男の元へ、離れていた場所で配っていた女性たちが、

「追加貰いまーす」

と明るく声を掛けてごっそりと取っていく。

「――あっちは繁盛してるみたいですね」

「そうだな……。私の何が悪いんだろう。場所はあまり変わらないと思うんだが、どう思う？」

どう思うかといきなり尋ねられ、どう答えてよいか迷いながらも、男の真剣な表情に弥尋は考えた。

話せばにこやかで人当たりが良さそうなのに、やっていることや場所と外見に違和感があるため、警戒心が起きるのが大きな理由なのだと思う。これで服装が軽いカジュアルで、「イケてる美青年」なら若い女も年配の女性も男が何も言わないうちに近寄って来もしようが、スーツという先入観の方がどうしても第一印象を決定づけてしまうのだ。顔はとても整っているのに、勿体《もったい》ないと思いつつ、サラリーマン風の男が配るとなると、怪しげな広告の入ったティッシュか、何かの加入や勧誘のチラシかと考える。

とにかく、一言で言うなら男は「高級感」が過ぎるのだ。駅という雑多な人種が行き交う中でミスマッチ――存在自体が浮いてしまっている。なまじ容姿が優れ、悪い意味でなく重い印象なのがマイナスに響いてしまう稀有《けう》な例だろう。適材適所という言葉の意味と使い途《みち》がなるほどよくわかるケースでもある。加えて、有無を言わさず押し付ける――何が何でも渡すぞという気概、もしくは迫力が男には不足している。恥ずかしがっているとは見えないまでも、今ひとつ、引いているのがわかる手つきでは、数を捌くのは難しそうだ。

もちろん、弥尋の先入観なのだが、まさか男が配布しているのが、新しく開店する喫茶店の招待チケットだとは誰も思わないに違いない。それくらい、配っているものと男が持つ雰囲気には差があるのである。

実際、弥尋がそうだった。朝にチケットを貰った後、歩いて眺めながら、「えっ？」と思ったものである。あの生真面目そうな男が配っていたのは、和風喫茶の招待チケットの綴《つづ》り券。三百円引き券二枚・ドリンク無料券二枚・メニュー無料券一枚の五枚綴り。白・緑・茶色を基調にしたシンプルなデザインは内容もよくわかるもので、中身を知ってしまえば余分に貰っておいてもよいかと考えてしまうものだ。食べ盛り、成長期の高校生なら是非とも利用したいと思うもの。加えて無期限有効ともなれば、貰って損することはない。

その証拠に、同じ駅を利用しながら貰い損ねた級友らは、弥尋の持つチケットを知り、帰りも配っているか、明日の朝も配っているかをかなり気にしていたものだ。だから、弥尋の友人たちと同様、朝には受け取らなかった高校生たちが手を出す分、朝より捌けているかと思っていたのだが――。

「着物を着て配ればいいかも」

弥尋は袋の中のチケットを指さした。

「これ、和風喫茶なんでしょう？　だったら着物を着て配ったら、内容がわかりやすくて貰ってくれるんじゃないかな。着物だけだったら、呉服屋さんのセールスに間違われるかもしれないから、たすきをかけて、ちょっとお店の若旦那風にしてみるとか。そうしたら警戒されな――じゃなくて、近寄って来るんじゃないですか？」

真剣に聞いていた男は、つい出てしまった弥尋の正直な感想を聞き逃さなかった。

「私は警戒されているのだろうか」

「そんなわけじゃないとは思うんだけど、近いものはあるかもしれません。ほら、女の子たちはお店の雰囲気を出してるでしょう？　でもおじ――」

慌てて言い直す。さすがにこの年齢の人に「おじさん」はあんまりだろう。

「でもあなたはいかにもなサラリーマン風で、貫っていいものなのかもわからない。不安が先に立つのかもしれません」

「私は不安を与えていたのか……」

「あ、違います。今のは俺の言い方が悪かっただけで違います。ほら、真面目って感じだから近寄り難かったんじゃないかって。それにいかにも出来そうな人だから。自分よりも出来る人間は敬遠したりしたくなる人って多いでしょう？」

慌ててフォローを入れた弥尋だが、男は眉間に皺《しわ》を寄せ、深く苦悩する。

「笑顔を心がけているつもりなんだが……」

「それはわかってます」

わかるし、実際にそうなのだろう。すらりとした長身は、眺めのよい高層ビルの上階、ガラス窓に囲まれたふかふか絨毯《じゅうたん》と重厚なデスクのある役員室――よくは知らないが――がよく似合う、若干鋭く、近付く人を選ぶ――人を簡単に寄せ付けない重みのある落ち着いたイメージはあるものの、特に威圧的なオーラを纏わせているわけでもなく、他人を見下した間違ったエリート臭さではなく誠実さが出ている感じなのだ。

少なくとも弥尋の目の前に立ち、真剣に憂えている状態に、近寄り難さも話しにくさもどこにもない。

「私はいない方がいいのかもしれないな……」

「またそんなネガティブなことを……」

女の子たちが賑《にぎ》やかに通行人と話をしながら渡しているのを見た男は、どんよりと黒雲を背負いながら、深く深く溜《た》め息を落とした。

「あなたが悪いわけでもないでしょう？」

あえて言うならば場違い。そもそもバイトや下っ端に任せておけばよいものを、なぜ男のように――おそらく立場的に上位の人間が、チケット配りをしているのか。

弥尋の心の内を読んだわけではないだろうが、男は苦笑いを浮かべながら、

「――この店は」

チケットを指さした。

「私が企画立案して始めた店なんだ。よいものをもっとたくさんの人に食べて知ってもらいたいと、その気持ちから始まったもので、その店がやっと開店することになったから、ぜひ手伝わせてほしいと、私から申し出た。店の中で料理を作ることも接客も出来はしないが、開店して実際に客を見るのが楽しみでたまらなくて、多くの人に来てもらいたいと思った。どんな人が来てくれるのか、実際に現場に触れて自分の目で見て実感したいと思ったんだ」

「それは別に構わないんじゃないですか。朝も夕方もこうやって配っているのは、だからなんでしょう」

弥尋は男の手からそっとチケットを取り上げた。

店の名前は和風喫茶「森乃屋」。

「どんなメニューがあるんですか？　お茶やお菓子がメイン？　コーヒーの代わりにお茶が出てくるお店？」

見上げて問う弥尋へ、男は微笑んだ。黙っていれば少し気難しげで堅さのある整った顔は、笑みを浮かべれば、こんなにも穏やかで優しい表情になる。

「それだけでは人は来ないだろう？　だから、洋風にアレンジしたお茶や和菓子もあれば、和風にアレンジしたパフェや飲み物もある。わかりやすいところでは、抹茶を使った羊羹もあればアイスクリームもあるということだ」

「おいしそう」

楽しそうに店を語る男の表情に、元々甘いものが好きな弥尋も思わず頬が緩む。

秋の陽《ひ》が落ちるのは早い。すでに電車を四本ほど逃していたが、男と話すことは思った以上に楽しく、時間が経《た》つのを忘れてしまうほどだ。ふと気付けば、ロータリーを取り囲む街灯にも明かりが入り、伸びきっていた足元の影も辺りの薄闇に溶け込もうとしていた。

「——暗くなってきたな」

「そうですね。もう帰らないと……」

「引き止めたようで悪かった」

「そんなことないですよ。新鮮でちょっと得した気分になりましたから」

事実である。父や兄たち、教師以外接することがほとんどない大人の男性と、まだ帰りたくないと思えるほど話せるとは自身も驚いているくらいなのだ。

名残惜しいと思いながらも、弥尋は貰ったチケットをポケットに入れた。

「もしよければ、あと十枚貰えますか？　方向が違ったり、駅を使わない友達が貰えなくて残念がっていたんです」

「十枚も貰ってくれるのか？」

「はい。もしかしたら十枚じゃ足りなくなるかもしれないから、その時はまた貰いに来てもいいですか？　明日もいますか？」

「いる。明日もいる。私から貰うのでもいいのか？」

「いいですよ。だって中身は一緒なんだし、一生懸命だから俺も協力します」

「ありがとう。君は本当に……いい人だ」

「?」

首を傾げると、男は微笑を浮かべた。

「朝もチケットを貰ってくれただろう?　初めてだったんだ、君が」

「初めて?」

「朝から配っていても誰も貰ってくれなくて、やっと最初の一枚を受け取ってもらうことが出来た。それが君だ」

「覚えてたんだ……」

それにしてもあの混雑する時間帯で弥尋が初めての相手とは――。実生活ではフルことはあってもフラれることはまずないと思われるこの男が、弥尋が受け取るまで、一体どれくらいの相手にフラれて過ごしたのか。

あの時自然に零《こぼ》れ出た「ありがとう」の言葉と、含まれていた安堵《あんど》の意味もそれが理由なら納得できるというものだ。

「大丈夫、ちゃんと貰ってくれる人、他にもいますから。それじゃあ俺はもう行きますね」

「ありがとう。また是非話しかけてくれ」

「でも配るのが忙しそうだったらやめときますね」

「だったら人気がないほうがいいのかもしれないな。君と話している方が楽しそうだ」

笑いながら弥尋を見つめ言う男の台詞は、胸をトキンと鳴らした。まっすぐ見下ろす深い瞳は、決して嘘《うそ》でも社交辞令でもないことを知らしめてくれる。

「――仕事をサボっちゃダメですよ」

暗くなっていて幸いだった。灯《とも》ったばかりの街灯は、赤くなっている顔を隠してくれている。

「サボっているつもりはないんだがな。現に話して、私のいたらないところを気付かせてもらえた。有意義な時間だったと感謝したいくらいだ。それを口実にしたら駄目だろうか?」

「口実って自分で言ってる時点でアウトです」

「いや本気なんだが――」

男は苦笑しながら、弥尋の背を軽く改札口の方へ押しやった。

「駄目だな、私は。往生際が悪い。帰りをずるずると引き延ばしてしまう。着物の件も参考になった。考えておくよ。暗いから気をつけて帰りなさい」

「はい。さようなら」

男は改札口まで弥尋を見送り、また雑踏の中、配布に戻った。

「受け取ってもらえるといいな」

電車に揺られて帰りながら、どこか胸が温かく、わくわくしているのは、男が目を輝かせて語る姿がずっと心に残っていたからかもしれない。


翌朝、いるかどうか期待して駅に降り立った弥尋だったが、配っていたのは昨日と同じ配布を請け負うアルバイトの女性たちだけで、男の姿はなく、がっかりした気分を味わった。

「いるって言ってたのに……」

ただ、彼女たちは早速、誰でも見てすぐわかるように「和風喫茶　森乃屋」と書かれた半被《はっぴ》を、小花を散らした卵色の小紋の上に着て、華やかで可愛らしい装いで、道行く人へ笑みとチケットを渡していた。

「仕事、速いんだ……」

男が指示をしたのは間違いない。昨日の今日でもう衣装が手配できているのだから、配布するのは下手クソでも、仕事に関しては実行力も行動力も決断力もあるのだろう。昨日別れてからあの男は会社へ戻り、急ぎ手配をしたに違いない。街宣に慣れていないところや堅さと雰囲気は、ある程度の権限を有する地位と立場にあるが故なのだろうと思いながら、しかし弥尋は、彼女たちから差し出されたチケットを手にすることなく学校へと向かった。何となく、本当に些細《ささい》なこだわりなのだが、ちっぽけなことでそれはもう嬉しそうに喜んでいた男の手からもう一度チケットを受け取りたい気分だったのだ。

そんな気分のまま放課後になり、課外を終わらせていつもより少し早めに駅に着いた時、

「いた！」

小さく声を上げてしまったのは、同じように弥尋を見て笑みを浮かべる男の姿を昨日と同じ場所に認めたからだ。

薄く灰色がかったぼかし入りの緑地という、少し渋めの落ち着いた色合いの着物を身につけ、森乃屋の名前入りのたすきをかけている男前。

和服は着慣れない人が着ると、動きに慣れがないために、着物に着られてしまうとよく聞くが、男に限って言えば、そんな心配はまるで無用で、生まれた時から和服を着て過ごしていましたと言われても信じてしまうくらい、動作にも無理がなく馴染んでいた。背が高いこともあり、十分に風格のある「若旦那」の世界である。

「若旦那がいる」

意識せず零れた弥尋の台詞が聞こえた男が、朗らかに深みのある声で笑う。

「なるほど。そうきたか」

スーツの時はかっちりワックスでセットされていた髪も、今は軽く自然に流されている程度。着物姿に違和感とそぐわなさがないのは、全身含めて着物に合わせているからだと気付く。何気ないそんな様さえ着るものが違えばまた異なって感じられるのだから、不思議なものである。

その男が他の人へ向けるより、自分へ向ける笑みがより優しげで深く思えてしまうのは、そう思い込みたい願望のせいか。

「だって、どこから見ても若旦那にしか見えないですよ。——こんにちは」

「こんにちは。それは似合っていると解釈すればいいのか？」

「うん。すごく似合ってます。その着物は自前ですか？」

「ああ」

「もしかして、家では着物で過ごす人とか」

「期待に添えなくて悪いが、私は洋服派だ。兄は和服を好んで着ているが」

「やっぱり若旦那の世界だ……」

ぼうっと熱い目で眺めていると、男はそっと目を逸《そ》らした。

「そんなに見つめられると――……」

「え？」

訊き返そうと首を傾げた弥尋に、通り掛かった男が肩から下げた大きなボストンバックがぶつかった。

「――っ！」

そこそこの広さがあるとはいえ、午後七時のラッシュの前哨戦《ぜんしょうせん》ともいえる時間帯である。二人が立ち話をしているのは通行人の多い場所でもあり、端に寄っていても帰宅を急ぐ、或《ある》いは電車に乗り遅れまいと小走りになっているものにとっては視界外。

押す力は強く、前へつんのめった弥尋の体は、しかしトスンと柔らかな布地に抱き留められた。

「前方不注意だな。大丈夫か？」

声は上から、そして埋めた肩口と振動を通して聞こえてくる。

ちょうど鼻先が当たる肩の下から立ち昇る、ふうわりとした匂い。背中ごとすっぽりと抱き締め、体を支えるのは、思いの外、力強さを感じる腕。

聴覚・嗅覚・触覚――男からもたらされるそれら全ての感覚を自覚した時、弥尋は心臓に電気が走ったのではないかと思うほどの衝撃を味わった。ピリッでもビリビリッとでも、何とも形容し難い痺《しび》れが、爪先から頭のてっぺん、髪の毛の先まで伝わっていく。

（やだ……なに、これ……？）

ドキドキが止まらない。

「どこか痛めたのか？」

時間に換算すれば、男の腕の中に保護されて僅か十数秒程度の出来事。その短時間に今まで感じたことのない意識とは別の場所から発生した感覚は、弥尋を戸惑わせるに十分なものだったといえるだろう。

「あ、だ、大丈夫……です」

力の入りきらない腕で、離れようと男の胸を押す。

しかし今度はしっかりとついた筋肉が掌《てのひら》を通して感じられ、弥尋は慌てて手を離し、心配そうに見下ろしている男へ、心臓の音が伝わっていなければよいなと思いながら、安心させるように笑む。

「大丈夫ですよ。ちょっと当たっただけで、どこも痛くないから。それよりありがとうございました。おかげで転ばないで済みました」

「いや私も――」

「え？」

「いや――ここは危ないからこっちで話そう」

男は配布の手を休め、弥尋を促し、並んで腰を下ろすような体勢でガードレールに寄りかかった。

「これなら邪魔にならない」

「お仕事はどうしたんです、お仕事は」

「休憩中」

「せっかくみんなが貰ってくれるようになったのに？」

「だからさ。ほら、あと少ししか残っていないだろう？」

和服を着用してから配布も順調で、袋の中もすぐに空になるのだと男は言う。

「じゃあ今度からもっと増やして持って来ないといけないですね」

「手厳しいな、君は」

「だって勿体ないじゃないですか。せっかく着物、似合ってて素敵なのに、俺と喋《しゃべ》ってるだけなんて」

「別に勿体なくはないんだが。だがせっかくカッコイイと褒めてくれてるんだ。頑張ることにする」

「ねえ、俺、カッコイイって言いました？」

「素敵だ似合ってるって言っただろう？」

「言いましたけど」

「カッコイイと言ってるのと同じじゃないか」

「――都合いい方に解釈するんだから……」

「違うか？」

「――違いません」

男はくつくつ笑いながら、拗《す》ねて口を尖らせた弥尋の頭をくしゃりと撫《な》でた。

「本当に……君といると楽しくてたまらない」

「そんなに言うならチケット毎日貰いに来ます。いつ行けるか時間は約束は出来ないけど」

「もちろん、君の来たい時にくればいい。いつ来ても君を歓迎する。ところで」

男は急に真顔になって弥尋の顔を覗《のぞ》きこんだ。いきなりの男前のアップに吃驚《びっくり》した弥尋に、男が気付く様子はない。

「かなり今更な気もするが名前を聞いてもいいだろうか？　それとも見知らぬ人間には教えられないか」

弥尋は黒目がちの瞳で男を見上げ、くすりと笑った。何を言い出すのかと思えば、そんな簡単なこと。もっと気楽に訊けばよいのにと思いながら。

「それこそ今更ですよ。本川弥尋といいます。この駅から少し先にある杏林館高校の二年です」

「私は三木隆嗣だ。これからもよろしく」

「こちらこそ」


翌日、翌々日も三木は駅前に立っていた。忙しそうではあったが、三木はどんなに人が多くても、必ず弥尋が三木を見つけるより先に弥尋を見つけ出し、短いながら会話の時間を持った。そうして少しずつ互いのことを知っていく。

毎日朝と夕方には駅の前で宣伝をしているが、日中は会社に戻って仕事をしていること。である。開店したばかりの森乃屋にも顔を出していることなど弥尋も自分が部活には入っていないが生徒会で書記をしていることや、友人たちにもチケットが重宝されていることを話した。

「高校生の男だって和菓子や甘いものを好きなやつはたくさんいるんです。ただ自分じゃなかなか買いにいけないし、店に入りにくいから敬遠しているだけだと思う。だから、みんなが慣れてきて男が入りやすくなったらきっともっと店も繁盛するし、お菓子も売れますよ」

「本川君は励ましてくれるのがうまい。いつでも私に力をくれるな」

「でもおいしいものは本当においしいから。ってまだ食べてもない俺が言うのも変ですね」

「いや。自社の身贔屓《みびいき》をするわけじゃないが、本川君の期待は裏切らないと思うぞ。絶対に気に入ると思う。甘いものは嫌いじゃないんだろう？」

「大丈夫、平気。それにおいしいっていうのも、三木さんの顔見てると本当にそうなんだろうなって思えます。三木さんも好きなんでしょう？　たくさん食べる方ですか？」

「たくさんというわけではないが、それなりには食べる方だろうな。敬遠することはまずない。――見かけによらないとよく言われるんだが」

どうしてだろうと首を捻《ひね》る男に、弥尋は明るく笑う。

「スーツを着てる時には確かに食べそうに見えないかもですね。バリバリ仕事こなしてそうだし」

ストイックという言葉が似合う男と甘いふわふわの菓子。会社での三木の仕事ぶりは知らないが、黙々或いはテキパキと効率よく仕事をこなす固定イメージは、両者を容易に結びつけてくれはすまい。

「でも今みたいに着物だったらわかる気がします。お茶しながらお菓子とか食べてそうだもん」

「茶道はたしなみ程度なら」

「やっぱり。凄《すご》いんだなあ」

「本当に初心者に毛が生えた程度だぞ？　師匠に言わせれば、私は筋があまりよくないらしい。型で点《た》れるな、心で点れろとよく注意される。そのくせ、型や作法がなっとらんとすぐに叱《しか》るんだ。わけがわからん」

「それでも、茶道をたしなんでるってだけでちょっと違う気がする。ますます若旦那っぽい」

「そうか？　そう思うなら、いつか本川君にも教えよう。そうすれば一緒に若旦那の仲間入りだな」

「……その時はお手柔らかにお願いします」

そんな感じで初日から五日間、朝と夕方に三木と過ごした。

月曜から金曜までの放課後、

「お先に」

そそくさと帰り支度をし、嬉しそうに顔を輝かせて校門を走って出て行く姿を見送る友人たちに、「彼女でも出来たのか」「デートなのか」と尋ねられ、にこり、

「内緒」

と応《こた》える顔は、誰が見ても好いた相手との逢瀬《おうせ》に浮かれる幸せたっぷりのもので、「本川弥尋生徒会書記に恋人が出来た」という噂《うわさ》の根拠を語る一つにもなったのを、本人だけが気付くことがなかった。

初めて会った週の金曜日の夕方、今日で駅前に立ってチケットを配るのは最後だと三木に告げられた時、思っていた以上にがっかりしている自分に、弥尋は気付いていた。それがどんな感情に起因するのか、未だ曖昧なままで——。

「そ……うなんですか、今日で最後……」

　いつものように駅のロータリー前で待つ三木に駆け寄った弥尋は、別れの言葉を告げられ、誰が見ても明らかなほどしょんぼり肩を落とした。

「店の開店が十月二日で、それから週末までの予定だったんだ」

「週末って、明日は？　明日は土曜日で週末でしょう？　土日こそ必要じゃないの？」

「土曜だから——駅を利用する人も少なくなる。ここら辺はオフィスはあっても歓楽街じゃない。近所に住んでいる人たちにはもう十分行き渡っているだろうしな」

「だからもう終わりなんですか？」

　目で頷《うなず》いた三木から、弥尋は足元に目を落とした。

「そっか……そうですよね。うちの学校の生徒も行ったって話をよく聞くし」

　知名度は開店当初より格段に上がっているはずだ。最近の減り具合を見ても、チケットは確実に行き渡り、リピート率も上がっているに違いない。

「それじゃ三木さんとここで会えるのも今日……今が最後ってことなんですね。そっかあ……。なんか残念だなあ」

「本川君」

「せっかく仲良くなれたのに……。ちょっと寂しくなるなあって、そう思いませんか？」

　同意してほしい、同じであってくれたらいいのにと願いながら見上げると、三木は静かに首を横に振る。

「私は少し違う」

「あ、そ……だよね……大人の人は高校生と仲良くなっても、そんなに楽しくないですよね。俺、なに調子に乗ってるんだろ……」

　三木と自分とでは同じ時間を同じ場所で過ごしていても、感じ方の温度がまるで違っていたと知らされればショックは大きい。

（泣きたくなってきた……）

それでもショックを隠し、気丈に別れの時を振舞おうとする弥尋へ、三木はもう一度ゆっくりと首を振ってみせる。

「そうじゃなく……ちょっと寂しいくらいのものじゃないってことだ」

「え？」

驚いてもう一度顔を上げれば、呆《あき》れ顔の三木がいる。その呆れも、弥尋ではなく自分に対して呆れているのだと、次の台詞ですぐに明らかにされた。

「おかしいだろう？　ここで君と会えるのが私は本当に楽しくて仕方がなかったんだ。朝も夕方も、早く本川君が来ればいいとずっと考えながら立っていた。それくらい、本川君と過ごす時間が、話すことが待ち遠しく嬉しかった。――仕事に私情を挟んでしまっているのは百も承知で白状すると、初日に君に会わなかったら、私は多分、今、ここに立ってはいない」

首を傾げた弥尋へ、壁に寄りかかったまま太腿《ふともも》の上で手を組み、三木は自嘲するように口を開いた。

「正直、こんな風に不特定多数の前に出て何かをするというのは初めての経験だった。通常なら会社に入社してすぐに下積み時代があるものだが、私はそれもなかった。だから私の提案が受け入れられて、森乃屋で喫茶部門を展開すると決まった時、是非現場に関わらせてほしいと思ったんだ。――それは前にも話したな」

「はい。最初に会った時に」

「だが、現実は厳しかった。チケット配りくらいなら出来ると甘く考えていた自分に気付き、恥ずかしくなった。誰も貰ってくれないんだからな。つまり、私がやろうと思っていたことは、興味も関心も持たれないものなんじゃないかと悪い方向へ考えが向かっていく」

「三木さんて、意外とそんなところがありますよね」

自覚のある三木は、苦笑しながらも同意の印に頷いた。

「……まあ、そんなわけで私の中にあったプライドと自信はものの見事にへこまされてしまったというわけだ。駅前に立って僅か一時間で」

「つまり一時間後に俺が通り掛かるまで？」

「本川君に会うまで」

三木の視線が優しく弥尋に注がれる。

「君は私を助けてくれた。喩《たと》えとしてどうかと思うし、ありきたりなんだが、女神か天使かと本気で思ったくらいだ」

「……それはちょっと言い過ぎじゃあ……。本物の女神様が聞いたら気を悪くしますよ」

「まあ喩えでなく、今でもそう思ってはいるんだがな。話が逸れてしまったが、それくらい私は君と会えて嬉しいと、毎日ここに通うのが待ち遠しかったというのを伝えたかったんだ」

「俺も楽しかったですよ。三木さんが仕事してるのを見るのも。こっそり行って脅《おど》かすのも。でもなんでだか、いっつも先に見つかっちゃいましたけど」

「当然だ。私には本川君用の高性能センサーがついている。すぐわかるに決まっている」

「あ、ずるい！　俺も三木さんセンサーが欲しい！」

二人は軽やかに笑い合った。

こうして過ごす時間がどれだけ貴重だったことか。それを思うといつかの三木ではないが、終わりをいつまでも引き延ばしたくなる。

しかしそれでも時間はやって来る。互いに別れ難さを感じ、いつもより長く並んで話していたが、暗くなり冷たい風が吹き出した頃、

「ここで会うのは今日で終わりだが、会えないわけじゃない」

三木は幾つめになるかわからないチケットを弥尋の手に握らせた。

「店においで」

「――いつ行けるかわからないです」

「それでも。店はなくならない。君も私に会いたいと思ってくれているのなら、是非来てほしい。そうだな。本物の女神か天使に祈ろうか。本川君にまた会えるように、と」

三木はチケットごと、弥尋の手をぎゅっと握り締めた。

「待っている」

少し冷たくなった三木の手から温かい何かが弥尋の中に流れ込んでくる。

弥尋は一度顔を上げ、それからコクリと頷いた。

三木が頭上で微笑んでいることを確信しながら。

そうして最初と最後に三木から貰ったチケットは、手付かずのまま弥尋の手の中に残された。

「三木さん、いないんだ……」

週が明けて、再びやって来た月曜日。いつもの時間に駅に降りて、追うのはもういない男の影ばかり。

たった五日間会っていただけなのに、三木の姿がそこにないというだけで胸の中に空いてしまった大きな穴。月並みな表現ではあるが、穴というその言葉以上に喪失感を示す言葉は、弥尋の中には存在しなかった……――。

そんな別れ際のやり取りが二人の間にあったにも拘《かかわ》らず、ようやく店に行く決心がつき、時間的にも余裕が出来たのは十一月に入ってからのこと。一ヶ月近くの間、気になりながらもそのままの状態だったわけである。秋といえば高校では行事が目白押しだ。十月は修学旅行に、全国模試に、役員選挙に体育祭……と忙しさを見れば一年でもっとも慌しい季節でもある。

実のところ、三木に会えなくなった次の週には森乃屋にも一度足を運んでいるのだが、かなり人が並んでいるのを見て、中に入ることも並ぶことすらも挫折した経緯を持つ。

「いつかもうちょっと人が少なくなってから行こう」

繁盛しているようで何よりだ。あんなに気にしていたのだから、三木はきっと大喜びだろうと思えば、店の繁盛ぶりが自分のことのように嬉しく思えてしまう。

とはいうものの、机の上に置きっぱなしだったチケットをどうしようかと眺めつつ、一度行く機会を逸してしまえば、次に思い切るのにはなかなか勇気が必要だ。

「繁盛しておめでとうって言いたいけど」

三木に会いたい想《おも》いは募るばかり。

「俺、馬鹿《ばか》だよなあ……。連絡先くらい聞いておけばよかった」

最後の日、手を振って駅で別れた時にも寂しく感じられたが、ひと月経ってもその時に抱いた感情を引き摺《ず》るほど彼の存在が大きくなっているとは気付かなかった。離れて初めてわかるものもあるというが、今の弥尋にとって三木はまさにそれそのもの。

「五日だけ仲良くして、ちょっとお喋りしただけの人なのにな」

三木の声、温《ぬく》もりは弥尋の中に鮮明な記憶として焼きついている。焼きつき過ぎて変になるくらいなのだ。

苦しいとも切ないともいえる想いが頭と胸の中を行き来する。物事を考えるのは脳だとか、気持ちは心に宿るだとか、小難しい原理は何一つ関係なく、わかるのは三木に会いたいという望みそれだけ。

「三木さん不足だ……」

夢の中にまで出てくるとなれば、自覚もしようというもの。

しかもその夢がまた問題で——。

「いつもいつも、いっつも！　いいところで覚めるんだから……！」

三木が触れる直前、三木が振り返った直後。一度だけ、ぎゅっと抱き締められるところまで見た時には、夢を見ている弥尋自身が高みから拍手を送ったものである。

「――その後がまたアレなんだけど――」

思い出すと恥ずかしい。キスを強請《ねだ》ったなどと、口が裂けても言えやしない。

つまりはそんな願望が弥尋の中にあるということだ。欲求不満なのか、欲望のなせる業なのか。ただ確かにわかるのは、そんな夢を見てしまうほどの三木の不足。寂しさも、「元気がない」と友人に指摘されるのも、全てが日常における三木の不在が原因だ。

「行ってみようかな……」

森乃屋へ。

「人が入って繁盛しているかを確かめたい」とか、「和風にアレンジした食べ物や飲み物にも興味あるし」と理由をつけて、腰を上げたわけである。


土曜日の午後。学校での補講授業の帰りに、思い切って一人森乃屋へ向かった。

小雨が降っていたから雨宿りするのもいいな、もしかしたら三木さんもいるかもしれないと、これまた言い訳を、誰に言うともなしに呟きながら全体的に木のイメージで統一された森乃屋の扉を開けた。

木製の大きな看板、おしゃれな和風の引き戸風の自動扉、淡い白緑色の地に深緑の文字で記されたという暖簾《のれん》、広い空間にほどよく間隔を空けて配置されたテーブル。入ってすぐ手前には椅子席があり、奥の一段高くなった一角は掘りごたつ風に足を下に落として座る方式の席と畳席が設けられていた。

そんな初めて見るには目新しく注意を引く店内も、緊張している弥尋の目には若い娘たちの姿しか映っておらず、もしや場違いなのか、男はもしかして俺だけか？　と、若干引き気味で、入り口から先へ進むのを躊躇《ためら》ってしまう。よく見れば、カップルもいるし男ばかりのグループもいるのだが――。

無論、初来店が丸わかりの客を見逃すなどという勿体ない真似を、接客魂を叩《たた》き込まれて送り込まれた店員がするわけがない。女性より男の方がUターンしやすい傾向にあると予《あらかじ》め教育されているため、さりげない動作で笑顔で弥尋に歩み寄った。

「一名様でしょうか」

「あ、はい」

「ではこちらへどうぞ」

ただそれだけで窓際のテーブル席に案内されていく。

（どうしよう……）

いるといいなと思い楽しみにし、いてくれますようにと強く望んでいた三木の姿は、店内のどこにもない。

（そうか……。そうだよなあ。お店を出している会社の人ではあっても、ここに勤めているわけじゃないんだよね）

そこに思い至ってしまえば、来る前までのドキドキとわくわくが急速に萎んでいく。

（三木さんのバカ。店においでって、待ってるって言うなら、責任持ってちゃんといてくれないと困るじゃないか）

もしや店に来させるための方便だったのではないかとすら思えてしまい、悲しくなった弥尋はもう一度心の中で呟いた。

（三木さんのバカ……なんでいないんだよ。……会いたいよ……）

来るまでにひと月かかった分、三木がいない事実はさらに大きな寂寥《せきりょう》感の塊を作り出し、これまでの比ではないくらい、弥尋を落ち込ませた。

チケットを握り締めた弥尋は、こうなったらさっさと注文して早く食べて帰ろうと、和綴《わと》じのメニューを開いた。

「和風プレート、栗《くり》のフロマージュ、抹茶プリン、抹茶パフェ、抹茶クレープ――お茶の関係が多いんだ……」

他には和菓子の定番、柏餅《かしわもち》や草餅、ぜんざいなど、一度は聞いたことや見たことがある名前が写真入りで並んでいる。

「本当に三木さんが言ってたみたいだ。どれにしよう」

飲み物無料券よりはセットメニューを選んで、一品無料にした方が得だろうか。それなら一度に幾つもの味を楽しめるプレートセットの方がお得感が高いかもしれない。

三木のことを考えて、寂しく辛《つら》くなるのが嫌さに、そんなことを考えながら熱心にメニューを睨《にら》みつけていた弥尋がようやく注文する品を決め、店員を呼ぼうと周囲を見渡した時、店内からは死角に当たる観葉植物で遮られた通路の奥、スタッフオンリーのプレートが下がる木製扉が内側から開かれた。何の気なしにそちらへ顔を向けた弥尋は、出て来た二人の男を視界に入れ、

「あ」

と声を上げていた。

同時に、ダークグレーのスーツ姿の三木も弥尋の姿を認め、一瞬驚いたように目を見張った後、大きく頷き、小さく口元を綻ばせた。

三木はもう一人の男――店長に断って、そのまま弥尋のテーブルまで歩いて来ると、その席は自分のために空けられていたと言わんばかりの態度で、空いていた前の席に腰を下ろした。そこにチケットを受け取ってもらえず落ち込んでいた男の姿は見られない。和服の若旦那ではなく、久しぶりに見るスーツ姿は堂々とした三木にぴたりと似合っていた。

そんなどこに出しても恥ずかしくないだけの要素を兼ね備えた三木が、正面から弥尋を見つめながら嬉し

そうに口元を綻ばせている。

「久しぶりだな。本川君」

「こ、こんにちは。三木さんもお久しぶりです」

「本当に……元気そうでよかった。もう来てくれないのかと思ってたぞ。また会えて本当に嬉しい」

「俺も……です。でも三木さん、来た時にいなかったから、やけ食いして食べ終わったらすぐに帰ろうって思ってたんですよ。――いるって言ったから来たのに。すごくがっかりした」

上目遣いに睨まれ、三木は微苦笑を浮かべながら頭を下げた。

「悪かった。週末はこうして立ち寄ることも多いんだが、いつもいつもいるわけでないと伝えていなかった私のミスだ。今日だって一日中いるというわけでもないから、それを考えれば私は運がいい。もう少し本川君の来る時間が遅かったら私は帰ってしまっていたし、席がもっと奥の方だったら気がつかなかったかもしれない」

「そんなことくらいで運がいいなんてことはないと思いますけど」

大袈裟《おおげさ》ですよと笑えば、三木は弥尋には不可解な微笑を浮かべてメニューを指さした。

「ところで、もう注文は決まったのか？」

「あ、はい。この季節のメニューにしようかと思って。十一月のセット」

「そうか」

三木が片手を挙げると、すぐに店員がやって来た。

「月替わり一つと、玉露一つ。本川君はセットの飲み物は何にする？」

「じゃあ、ホットチャイでお願いします」

月替わりは、抹茶のアイスクリームと栗の甘煮、生クリームをトッピングしたクレープ、それに寒天で固めた紅葉型のゼリーとドリンクだ。

「和風って聞いていたからもっと和菓子が中心になっ

てるのかと思ってました」

「もちろんそれもある。だが、やはり若い子が多いと洋風の方に人気が出てしまう。それでも和菓子やぜんざいがついているお手軽なお茶セットも、注文が増えてきているんだ」

「お客さんは高校生とか大学生とか、仕事帰りの会員が多いんですか？」

「今の時間帯はそんな感じだな。午前中は年配の方が多くて、そっちは和菓子セットがよく出てるらしい。平日の昼過ぎやランチの後、夕方までは意外と外回りのサラリーマンが多い。体力勝負なところがある営業で疲れた体を甘いものを食べることで癒しているんだろう」

「それじゃ売上はよさそう？」

「まあまあ、かな」

しかし応える三木の表情は明るく、気落ちしたものではない。確かに弥尋が一度来て挫折したように、中に入るための行列があったくらいだから、チケット効果だけでなく口コミで近隣の学校やオフィスにも人気が広がっていったのだろう。

チケットを使い切ってしまっても、ポイントカードを導入しているため、景品目当てに通う客も出てくる。そうなるともう常連だ。

三木は丁寧に店の近況の説明をしてくれた。

圧倒的に洋風のデザートが売れていること、和風はまだまだなのでもっとアピールしたいこと。ミニサイズセットや、トッピングを自由に選択できるパフェは人気で、季節を模《かたど》ったお菓子は月替わりとして店の看板にもなっていること。

例えば秋なら紅葉。

弥尋の前に運ばれて来た皿に盛りつけてあるような、寒天で出来たゼリーに、添えものとして季節の果物。

「だがまだまだ若い女性たちが中心だな。これがもっと老若男女がバランスよく来てくれると嬉しいんだが」

「最初の一歩なんですよね、決め手は」

行こうと思うまでの、入ろうと決心するまでの、個々人の中での小さな葛藤を克服して、やっと踏み出せる一歩がある。

「たかがお菓子食べるのに大袈裟って呆れる人もいるかもしれないけど、結構切実でシビアな問題だと思うんですよ。ここに来た友達、何人かいるけど、最初は誘い合ってましたもん。俺も今日すごく迷ったし。でも、三木さんが待ってるって言ってくれたでしょう？　待たせたら悪いなとも思って……。もうちょっとですれ違うところだったけど」

「本川君センサーがついているから、ちゃんと発見しただろう？」

「奥に座ってたら気付かなかったかもって言ったの、誰でしたっけ？」

チラと見遣れば、三木は「あぁ」とテーブルに手をつき、頭を下げた。

「言葉のアヤだ。私が気付かないはずがないじゃないか。気付いていたからスタッフルームを出て来たんだと思わないか？」

「調子いいなあ、三木さん」

「本当のことだからな、私にとっては。——でも本当によく来てくれた。もう来てくれないのかと半分諦めていたんだ。だから嬉しい、とても」

弥尋も最初に入るのを躊躇ったことを正直に伝えると、三木は笑いながら、

「勇気を出してくれてありがとう」

と労《ねぎら》ってくれた。

「中に入る前に帰られたら、私は本川君に会えなかった。そうすればおそらく、会う機会はなかったかもしれない」

普段は店に来ないのだと、先ほどの台詞を思い出す。

弥尋が今日この日に決断しなければ、店はあっても三木との繋《つな》がりは断たれてしまっていた可能性が高い。

そうなってしまえば、再会までに要する時間は、今回のように一ヶ月程度のものではなかったはずだ。

「——入ってよかった……」

「うん？」

「頑張って来てよかったです」

三木ともう会えなくなっていたかもしれない。そう想像するだけで胸が痛い。森乃屋のお菓子は確かにおいしいが、三木がいなければ、三木に会えると思わなければ、今日も店内に入ったかどうかわからない。

「そうか」

「うん。俺もね、会いたいと思ってたから嬉しい……です」

「それならやはりありがとう、だ」

そう言う三木の微笑みは、弥尋を幸せな気分にしてくれた。

(三木さんも同じだったのかな)

会えなくて寂しかったと、リップサービスでなく本心から思っていてくれたのなら、もっともっと幸せだ。

「お店も順調みたいでよかった」

「心配してくれたのか？」

「その割りにひと月も音沙汰なかったじゃないかとか言わないでくださいね。俺にもいろいろ都合とか事情とか勇気とか必要だったんだから」

「わかってるさ」

「この店、三木さんがすごく思い入れあるのを知ってるでしょう？　だから人がたくさん入ってるといいなって。そしたら三木さんがしょんぼりしなくていいだろうって。それで思ったんです。今、三木さんが笑っていられるのは、やっぱり頑張ったからだって。チケット配るのを挫折しなかったでしょう？」

もし配布を止《や》めていても、人は変わらず入っただろうとは、店内の埋まり方を見ていればわかるが、気持ちの面で充足感を味わえたかどうかはわからない。

「三木さんにチケットを貰った人が来てくれているか

もって考えて、嬉しいって思ってるでしょう？」

「わかるのか？」

「なんとなく、だけど。三木さんの顔見てると、そう思える」

「君は――」

三木は困ったような嬉しいような複雑な表情を隠すように、テーブルに片肘をついて掌で顔を押さえた。

「君は本当に私を嬉しくさせる」

それで弥尋は三木が照れているのだと気がついた。すぐに上げた三木の端正な顔のどこにも照れ臭さは見当たらなかったが、瞳が弥尋への気持ちを語っていた。

弥尋がプレートセットを食べている間、三木は今後の展望を語った。近隣へのアピールはチケットの配布で十分でも、範囲を広げて他のエリアから足を伸ばしてもらうには、それなりの知名度と宣伝が必要になること。すでに雑誌への掲載も計画済みで、再来週には店内の撮影とインタビューが予定されていることなどである。

「雑誌掲載は開店する前から予定されていたものではあるんだが、閑古鳥《かんこどり》が鳴いていたらサクラを用意しなくてはいけないところだったからその点でも今の繁盛ぶりには安心している」

「インタビューは誰が受けるんですか？　三木さん？」

「店長と私の二人だ。さっきはスタッフルームでその打ち合わせをしていた」

「雑誌に載せるのを提案したのも三木さん？」

「向こうからのオファー――依頼があって、こちらの趣旨に沿う雑誌社だけに許可をした。最近はどんな店でも情報誌に掲載されるようになったから、そこまで特別というわけでもない」

「でもインタビューでしょう？　見に行ってもいいですか？」

「……見たいのか？」

「見たいです、すごく。あ、でも店内立ち入り禁止とかだったら、諦めますけど」

「クローズは考えていない。店内の雰囲気も一緒に知ってもらいたいからな。しかし本川君が来ると――」

「俺、邪魔ですか？」

「邪魔じゃあない。ただ――私が緊張してしまうじゃないか」

ぶっきらぼうに付け加えられた台詞を聞いて、弥尋はプッと吹き出した。

「それ、おかしいよ、三木さん。普通はインタビュー受けるのに緊張しやしないかって心配するもんでしょう？　俺が見てるくらい平気じゃないと取材なんて受けられないじゃないですか」

「冗談じゃない。インタビュアーなんて何人いようと構いはしない。だが私にとっては本川君に見られることほど緊張することはないんだ」

「それって変」

「変だろうと何だろうと。――いいところを見せたいと思ってしまうんだから仕方がない」

そっぽを向いた三木の子供のような言い分とムキになった口調がおかしくて、弥尋はくすりと笑い零した。

「じゃあ余計にしっかり見学しなくちゃいけないですね」

「……本気で見に来るつもりなのか？」

「三木さんが絶対に駄目だって言うなら止めますよ。それに肝心の時間が合わなかったら行きたくても行けないし。いつなんですか？」

「――土曜の午前中」

嘘をつけば見られないで済むのに、正直に話してしまう三木に好感が増す。

「土曜日かあ。微妙かも。補講がなかったら行けるんだけど。――あっ、そっか。多分行ける。再来週の土曜なんですよね。期末テスト前で補講は休みになるんだった」

よかったぁとはしゃぐ弥尋を見ている三木の方は、来るなと言う説得を溜め息一つで諦めたようだ。

「——わかった。おいで。ただ、その後は記者たちと一緒に本社に戻ることになるから、本川君との時間は取れそうにないんだ。それで構わないか？」

撮影よりあくまで弥尋にこだわっている三木がどこか可笑《おか》しくて、弥尋の顔は自然に笑み崩れていた。

「はい。試験前だから撮影見学終わったら家に帰って大人しく勉強します。三木さんの晴れ姿を見てすっきりしたら集中して出来そうだ」

「そんなに緊張させることを言うもんじゃない」

「大丈夫、三木さんなら。応援するよ。横断幕も持って来ましょうか？」

コラと苦笑しながら三木の指が弥尋の額を軽く弾いた。

「応援なら本川君の体一つで十分だ」

三木の微笑が優しく、温かに弥尋の上に降り注ぎ、店に入る前まであんなに三木の不在を寂しく思っていたのがまるで嘘のように、心の中の隅々までを余すところなく、三木隆嗣という男の存在が満たしていく。

同時に強く思うのだ。

こんな時間をもっと重ねていけたらいい。

（三木さんのことをもっともっと知りたい）と。


撮影がある日、かねてからの予定通り、三木がインタビューを受ける様子を見学した。

秋の日差しが差し込む明るい店内の一角を撮影スペースにと区切り、畳の席でテーブルに向かい合った記者と三木が、一問一答を繰り返す。質問はありきたりなもので、三木の答えも無難にまとめられたものだった。

（三木さん、落ち着いてガンバレ）

どこにも緊張したところが見られない態度で喋っていた三木の撮影が終わると同時に、ひやひやしながら汗と一緒に握り締めていた手を緩めることが出来てほっとしたものである。

次に三木に会った時、

「全然緊張してなかったですね」

と褒めれば、

「ヌード写真を撮られている気分だった」

と述べた後で、

「本川君を見てしまわないように、インタビュアーの顔しか見ないようにしていた。だから皺の数まで覚えている」

そう返されて、笑ったものである。

発売された雑誌は、当然自腹で購入し、会わない時に眺め読み返しては、三木を思った。

一度店に入ってしまえば躊躇いや恥ずかしさはなくなるというもので、弥尋は週末のほとんどを森乃屋に通って過ごした。三木がいる時もあればいない時もあり、いる時には試作品を食べさせてもらいながら、互いのことを語り合い——。三木との繋がりがあるという事実は、弥尋の生活に特別な意味と彩りを与えてくれるものになっていた。

当然というべきか必然というべきか、友人一同が恋人と過ごすとか過ごさないとか、浮かれ落ち込んだりしている中、他の誘いの全てを断って、弥尋はクリスマスイブを三木と一緒に森乃屋で過ごした。クリスマス限定のミニティーセットはケーキバージョンの和菓子。チョコレート味のカステラの上に白い淡雪羹、イチゴを小さく刻んで乗せて、その上に金箔《きんぱく》を散らした星飾り。薄いミントグリーンの皿の上に乗せただけで、赤と白、緑のクリスマスカラーの出来上がりだ。グラスにアロマキャンドルを浮かべてのキャンドルサービスも、ロマンティック気分を盛り上げてくれる。

口コミと地道な宣伝のせいもあって、店は開店以来順調に客足が伸びていた。

意外な援軍として、有名人の来店もあった。ドラマや映画への出演も多く、メディアへ与える影響が大きい俳優の槇原邦親《まきはらくにちか》が森乃屋に来店し、食べた感想を番組の中で披露したのが切っ掛けだ。その槇原来店の日、偶然居合わせた弥尋は槇原本人と軽い接触を持っていた。


バレンタインデー当日、三木に渡すチョコレートを抱え、クリスマスに三木にプレゼントされたふかふかのアイボリーのマフラーをグルグル巻きつけ、白い息を吐きながら夕方の森乃屋へ駆け込んだ弥尋は、レジの前で三木と立ち話をしている二人連れに遭遇した。

少し待っていてくれと目で合図され、三木の上着がかけられている近くのテーブルに座って待っていると、サングラスをかけた背の高い男が、何度も大きく頷きながら三木の肩をバンバン叩いて笑っている。

連れの青年が窘《たしな》めるように男の腕を引いてやっと笑いは収まったが、今度は男はクルリと振り返ると、弥尋を見てひらひら手を振ったのである。

三木の知り合いかもしれないが、弥尋にとってはまるで知らない男。それでもわけのわからないまま、ペコリと頭を下げて応えると、男は満足げに頷き、三木に耳打ちして店を出て行った。

当然話題は今の男が誰だということになる。

「なんだったんですか、今の人」

「ただの変人だ。気にするな」

「変人って……三木さん、何か言われてたでしょう？　不機嫌なのはそのせいですか？」

「不機嫌というか――本川君、さっきの男を知らないのか？」

「？　さあ……初めて見た人ですよ、多分」

「あれはなあ、槇原だ。槇原邦親」

「槇原？」

「本当に知らないのか？　槇原だぞ、俳優の」

「は？　あ……え？　ええっ？　本当に？　あの槇原なんですか？」

「嘘を言ってどうする」

「だって、だってっ。なんで槇原邦親が森乃屋に来るんですか？」

「菓子を食べに来たに決まってるだろ。さっきまでこの席でチョコムースを食べていたんだ」

「槇原がチョコムース……」

二月の月替わりメニュー、チョコ尽くしのうち、スポンジ、ラズベリージャム、チョコムースの三層をハート型の器に重ねて入れ、ホワイトチョコでトッピングした洋風セットのメインだ。

「嫌いならわざわざ菓子を食べに来ないだろうな」

「三木さんて槇原さんと知り合いなんですか？　なんだかお二人、仲良さそうに見えましたけど」

槇原を「あれ」と呼ぶのは親しくなければ無理だろう。

「知り合いとは少しニュアンスが違うが、そんなところだな」

「へえ」

「槇原が気になるのか？」

「そんなわけじゃないですけど……」

言われなければ気付かなかった弥尋が疎いとばかりは言えない。その証拠に、店内にいる他の客の誰も俳優の来店に気付いた気配はない。もしかしたらと思った人間はいるかもしれないが、「まさか槇原が来るわけがない」と、無意識に否定してしまったのだろう。三木同様、槇原も菓子を好んで食べる人間には到底見えないからだ。

と、弥尋は無言で自分をじっと見つめている三木の少し不機嫌な表情に気付き、慌てて本来の目的を思い出した。

「あ、そうだ。忘れる前にこれ、三木さんにプレゼント」

紙袋から取り出したのは、赤い包みを金色のリボンで飾った小さな箱。それを三木の側へ滑らせる。

「お菓子屋さんに渡すのも変かもしれないけど、バレンタインチョコです」

「私に……？」

「はい。日頃の感謝とこれからもよろしくの意味と——それから他にもいろいろを込めて」

「ありがとう。嬉しい」

「あ、でもそんなに高いものでもないんですよ。試食したからおいしいとは思うんだけど、三木さんの口に合うかは——」

「どんなものでも、本川君がくれたものなら何でも嬉しい」

三木は大事そうに箱を掌に乗せた。

「開けないの？」

「幸せをじっくり堪能させてもらってから食べさせてもらう。それと本川君、一つ訊きたいんだがいいか？感謝とよろしくはわかった。だがその他のいろいろとは何なんだ？」

「あ……えー、それはですねー……」

焦った弥尋は、生クリームたっぷりのココアをシナモンスティックでグルグルかき回した。

「元気でいてくださいねとか、頑張ってとか、……——とか」

「……——とか？」

「いろいろあるんです。いろいろあって、一口じゃ言えないから、いろいろなんです」

弥尋自身がよくわからないのに尋ねられて答えられるわけがない。よくわからないまま、三木にあげたいと手を出したチョコレート。バレンタインデーの意味を知らないわけじゃない。それでも渡したいと思ったから買った、弥尋の気持ち。

「そんなに言うならあげません」

取り返そうと手を伸ばすが、届くより先に三木の手が箱を取り上げ、背広の内ポケットへ避難させた。

「駄目だ。これは私が貰ったもので、所有権は私に移っている。——さっきは悪かった。嬉しくて、ついもっと他の言葉を聞いてみたくなっただけなんだ。この通り謝るからこれを取り上げないでほしい」

言いながら、もう一度取り出した箱を大事に手で包み込み、まるで弥尋を重ねているかのように愛《いと》しげに眺めている三木を見てしまえば、返せとは言えない。それに、元より、本気で取り上げる気は弥尋にはないのだ。

「大事にする。——ありがとう」


——もっと他の言葉を聞いてみたくなった——

三木の台詞の意味をこの時はまだ、弥尋は理解していなかった。


槙原効果もあってか、三木の期待する年配の人たちや、男性の姿も多く見られるようになった。弥尋も友人と連れ立っては長居することも多々あった。

三木がいなければそれなりにお喋りをして、のんびりと時を過ごす。

弥尋の生活の中に、三木隆嗣という存在は、もはやなくてはならないものになりつつあった。


そして春。

春バージョンの洋風と和風、二種類の新作を頬張ってご満悦の弥尋がここにいる。

和風は、ミニ桜餅と、うっすらと桜色に色がついた淡雪羹、紅色と抹茶色の二種の練り羊羹を土台に使い、金色の飴で作った桜の花がアクセント。おまけに紅色で桜の花、緑で桜の葉をイメージして型抜きした飾りを乗せている。器も春めいた淡い桜色。あわせて飲むにはやはり緑茶が最高だ。

洋風にはムース。淡い桜色のムースにイチゴと甘酸っぱいアプリコットジャムをとろりと垂らし、春らしさを存分にアピールするものに仕上がっている。

少し苦味のある緑茶と、甘みを抑えたお菓子との組み合わせが、弥尋は好きだった。すっかり常連になっている弥尋は、ご機嫌。それを眺めている三木の目もまた、優しげに細められている。

傍から見れば、見つめ合っているとも、見守っているとも、互いだけしか見ていないともいえる二人の関係。兄弟には見えず、親子ではなく、友達とも違う微妙な関係。でも心地よくて手放せない。

半年近く通っているだけあって、弥尋が所持しているる森乃屋のポイントカードはすでに数回景品に交換されていた。二百円で一個つくスタンプは、二十個たまると景品と交換出来るのだ。今日もまた、カードが一つ満タンになった。

「それで幾つめだ？」

「今日ので四個目。父さんが好きなんです、お皿とか集めるのが。だから資金はばっちり。ここのお皿、景品にしておくには勿体ないくらい立派でしょう？　それで他には手に入らないし」

「通だな、本川君のお父様は。ご贔屓感謝しております、お客様」

店員から受け取った皿を恭しく両手で捧げ持って三木は差し出した。

「本川君に飽きられないようにしないといけない」

「そんなことはないと思うけど……でも、ガンバッテくださいね」

「気を抜くことなく日々精進しよう。金の切れ目が縁の切れ目ならぬ味の切れ目が縁の切れ目なんてことになれば、悔やんでも悔やみきれない」

三木はそう言うが、飽きることはないと思う。それこそ、手を替え品を替え、弥尋だけでなく客の興味を引いて満足させるメニューが出ているのだ。

定番メニューと月替わりメニュー、限定メニュー。それぞれの量や味、甘さなど各々のバランスの取り方がとてもうまいのだ。それにたとえ森乃屋の味に飽きることがあったとしても、三木との縁は絶対に切りたくないと弥尋は思っているし、切る気はさらさらない。三木も同じように思ってくれているのだろうと感じ取ることが出来るまでに、二人はこの半年、距離を詰めてきた。

そしてもうあと一歩。

「今日もご馳走《ちそう》さまでした」

じゃあと、帰ろうとした弥尋に、

「あ、ちょっと待て」

三木は声を掛け、ケーキを入れるための小さな手提げ用の箱を一つ、弥尋の目の前に掲げて見せた。

「なんですか、それ」

「お土産だ。——いつも来てもらってるだろう？　今日は新作の試食もお願いしたからそのお礼に」

「お礼なんて別にいいのに。俺も好きでやってるんだし、食べさせてもらってるんですから」

「それなら言い方を変えて賄賂ってのはどうだ？」

三木は口の端をニヤリと上げた。

「賄賂……ですか？」

「そう。これからも来てくれるようにと」

それこそ今更である。嫌いなら別にここまで通うことはなかった。森乃屋が雑誌に載ってから後、雨後の筍《たけのこ》よろしく、似たような和風喫茶もいくつか出来たが、弥尋は変わらず森乃屋にだけ通っているのだ。

「おいしいから来てるのに、そんなことしてもらわなくてもいいですよ。お世辞じゃなくて、本当に森乃屋のお菓子好きですから」

――それに、三木さんもいるし。

胸の内でそっと付け加えた台詞は、三木にはきっとお見通しだ。何しろ、目が笑っているのだから。

遠慮する弥尋へ、三木は苦笑しつつ、腰を屈《かが》めて自分の肩ほどにある耳元にこそりと囁《ささや》いた。

「本川君への賄賂というより、出資者への賄賂だな。君のご両親にいい印象を持ってもらって、いつまでも通ってもらわなくてはいけない。私の我侭《わがまま》で邪《よこしま》な気持ちがいっぱい詰まっているお土産。――大きな声では言えないが」

弥尋は思わず吹き出し、三木を見上げた。

至近距離からも、目に耐えうるだけの要素を持つ整った三木の顔。弥尋が時々お土産として商品をテイクアウトしているのを三木は当然知っている。

森乃屋は店内での提供がメインではあるが、テイクアウト品もある。和菓子や洋菓子系のもので、店内で食べるものに比べると品数は少ないが、それでも常時十種類以上はガラスケースの中に並んでいる。弥尋が好んで買うのは、その中でも器がついたものだった。安物ではなく、それなりに名のある――と父が言い、勝手に今後を期待しているらしい陶芸家が焼いているそれは、一品一品が微妙な違いを持ち、工場での大量生産品とはまた違った趣のあるものが多い。その工房で作られた器込みで、五百円から高くて千円で収まってしまうのは、安い方だといえよう。

昨秋から頻繁に甘い香りをさせて帰ってくる末息子を怪しんだ両親へ、いつもどんな店に行っているのかと尋ねられた時、和菓子のお店と伝えれば、一つ土産に買って来いと言われ、一度土産に買って帰ったそれ以降、買って来てほしい時にはわざわざ出掛けに資金を渡してくれるようになった。菓子が母親の、器が父親のハートを射止めてしまったせいである。

　そのため、弥尋の自宅では、食事のたびに数個は森乃屋で購入した菓子の器の再利用品が並んでいる。

「何だろう？」

　中を開くと二つ、ムースが並んでいた。

　父母、兄が二人に自分。五人家族のうち、誰の分だろうかと考えるまでもなく、

「お父様とお母様に」

　弥尋の心を読んだように三木が言う。

　三木の口から「お父様」「お母様」の言葉が出ても、違和感がないのは凄い。どう見ても「お父様・お母様」「パパ・ママ」ですらない小柄で痩身の父、ママさんコーラスで歌を歌うのが大好きなふっくらとした母、二人の姿を思い描きながら、ついでに嬉しそうな顔も浮かんで、素直に頭を下げた。

「ありがとうございます」

「どういたしまして」

　さりげなく店のドアを先に開けて押さえ、弥尋を待つ三木。

　子供扱いされているのかもと最初の頃は思ったが、それが三木の自然なスタイルなのだとわかってからは、素直に甘んじるようにしている。三木に甘やかされているなと思いながらも、そこに含まれる特別な優しさと甘さに心地よさを感じながら。

　であるから、片手にケーキ箱を提げた弥尋の足取りは軽く、いつものように気分よく帰宅したのだが——。

「ただいま」

　すれ違いが難しいほど狭い我が家の前の生活道路に、デンッと停《と》められた大きな外車。車種はお約束のように黒いベンツ。我が家には絶対に似つかわしくないそれを横目で見遣りながら、

（警察に通報されちゃうだろうな。最近よく見回ってるし。ちょっと戻ればコインパーキングあるのに）

と思いながら玄関に入った弥尋は、見慣れぬ革靴が揃えられているのに気付き、眉を寄せた。

ぴかぴかに磨き上げられた靴は高級品に見えないことはないのだが、如何《いかん》せん、庶民の弥尋は素材をそのまま活《い》かした蛇革の靴など見たことがなかった。元々の靴のサイズを間違えたとしか思えない、横に広がり尽くしたその革靴に品が見られないと感じてしまったのは、その後、自分の身に降りかかる災難への警報であり、予知だったのかもしれないと、後になってからつくづく思ったものである。

郵便業務に携わる父は、こんな靴は持っていない。社会人の兄たちはそれぞれ出張で今週末は留守が判明している。土曜の夕方に我が家を訪ねて来るのは、近所の人たちくらいだろうが、彼らなら革靴など履かずにサンダルで気楽にそのままやって来る。

それならば親戚だろうか。しかし、こんな靴を履く親戚は弥尋の記憶の中のリストには存在しない。

とにかく、ベンツと蛇革靴の主の来訪は、弥尋の浮かれた気分を吹き飛ばすに十分なだけの破壊力を持っていた。

（変なお客だったらいやだなあ）

客だったらこっそり入っていかなければと考えながら、靴を脱ぎ玄関に上がったところで、居間という名前の共有スペースのドアが開き、男が一人出て来た。

一瞬で、弥尋の顔が強張《こわば》った。

暴力団か何かと関わりがあるのではと、趣味の悪い靴を見て考えていた弥尋は、瞬間的にビクリと身を竦ませた。その辺、十分庶民である。

知らないうちに親が借金をしていたのかもしれないし、保証人になっていた誰かが借金を踏み倒したのかもしれない。兄たちのどちらかが粗相をして、示談金をせびりに来たのかもしれない。

頭の中に浮かぶのはそんなマイナス方向まっしぐらの考えばかり。三木の心配性を笑ってなどいられない。

それというのも、ベンツ、蛇革靴と来て、後は本体を拝むばかりになっていた弥尋にとって、本体もやはり十分見慣れぬ「モノ」だったからである。

典型的な日本人体型の年を取った男。背はやや高いかもしれないが平均の域を超えてはおらず、平均より確実にオーバーしているのは間違いなく体重で、身長よりも横に広がっている印象が強かった。だから最初に見えたのは、足とでっぷりと突き出した腹。

服は……おそらくはゴールド。金色である。

いや、元々は品のよいクリーム色に近いベージュ色なのだが、お世辞にも着こなしているようには見えない。淡いベージュに金糸で入った薄い縦のボーダースーツは、スタイリッシュに着こなしていたならば、なんてことない無難な色あわせで小洒落《こじゃれ》た印象を与えるだろう。それこそ槙原や外国の映画俳優なら余裕で「魅せて」くれそうだ。しかし、ネクタイもまたゴールド、ネクタイピンこそ本物の金色ピカピカで、髪は薄く、頭頂部は地肌が出ていて、たぷたぷ揺れる頰と首の肉。境目はもちろん存在しない。

金満家の狸《たぬき》おやじ。

それが、弥尋が男に持った第一印象である。

しかし、職業がわからない。ベンツのイメージから導き出されるのは暴力団だが、そう言い切ってしまうには貫禄《かんろく》も覇気もあるものではない。

(一体誰……?)

あまりの衝撃で足が竦んだのと怖いもの見たさから黙って突っ立っていると、男の後から顔を出した母親が、末息子に気付き慌てた素振りで、

(部屋に行ってなさい)

と二階を指さし合図を送る。だが、時すでに遅し。

室内にいる父や母と話していた男と、ばっちりと目が合ってしまった。

「おおっ！」

奇声を上げた男は、弥尋を見て相好を崩し、両腕を広げ廊下をどすどす音を立てながら歩いて来る。

「弥尋か。大きくなったなあ。いろいろ頑張ってるみたいじゃないか」

逃げることも敵《かな》わず、また逃げてよいものかどうかわからないまま、迫って来る男に捕まってしまった弥尋の背を、男は抱き込むように勢いよくバンバン叩いた。

「御園《みその》さん……」

母親の困った声と、パトカーの「移動してください」のスピーカーが重なったのは、弥尋にとってこの上なく幸いだった。

チッと舌打ちした御園と呼ばれた男は、不満いっぱいの顔でパトカーの声が聞こえた外へ顔を向け、

「また今度ゆっくり話そうか。じゃあな弥尋」

もう一度、今度は肩を叩いて例の蛇革靴を履き、困惑したままの弥尋を残し玄関から出て行った。

ねっとりとした狡猾《こうかつ》な笑みと太く脂の乗った指。その時の感触の怖気《おぞけ》具合は、ホラー映画がマシに思えてくるほどだ。

こんなに馴れ馴れしくされるほど親しいはずはないのだが。とにかく、本当に見覚えがないのだ。

見送りに出た母親に、門の前で何かを言っているのは見えていたが、関わりたくない気持ちが優先し、疲れた溜め息を落とすと、ほんの僅かの間にカラカラに乾いてしまった喉を潤すため、台所へ向かった。

三年前にリフォームしたばかりの家なので、小さいながらも今風の間取り、所謂《いわゆる》ＬＤＫというやつを持っている。父親は隣接する和室の炬燵《こたつ》の中に足を突っ込んで座っていた。あまり見ない気難しそうな父を不思議に思いながらコップを洗っていると、母親が外から戻って来た。

「森乃屋のムース、冷蔵庫の中にあるよ」

「あら、買って来てくれたの。ありがとう。でも、あんた、今日も行ったの？　よく飽きないものねえ」

「おいしいもん、あそこのお菓子。それとお菓子は俺が買ったんじゃなくて、三木さんがくれたんだ。お母さんたちによろしくって」

「三木さんが？　悪いわねえ。今度お礼言っといてよ。ありがとうございましたって」

「うん」

三木のことは森乃屋に通い出した後しばらく経って、弥尋の口から名前が零れたのを切っ掛けに話題に上るようになっており、名前だけなら家族の皆が知っていた。

もっとも、

「落ち着いた大人の男の人で、素敵な人なんだ。真面目で仕事も出来るし、優しいし、芸能人なんか目じゃないくらい恰好《かっこう》よくって、それから……」

三木の良さを強調する弥尋の意図とは関係なく、弥尋にお菓子をくれる人だという認識のため、どのくらい正確に三木隆嗣という男のことが伝わっているのかは不明である。

母親は息子の三木と森乃屋への入れ込みようをわかっているから苦笑する。咎《とが》めているのでも、注意しているのでもない。甘いものを食べに、週に一度は和風喫茶へ通う息子を変わっていると思うくらいのものである。

学業が疎《おろそ》かになるでもなく、悪い遊びを覚えるでも夜遊びするでもなく、非行に走ったり、暴力を振るったりするよりよほど、お菓子と弥尋が贔屓する「カッコイイ」サラリーマンに嵌《はま》る方が健全だとは、家族の中での一致した見解なのだ。

弥尋はそのまま和室に移動して、制服のブレザーだけ脱ぎ、もぞもぞと炬燵の中に足を突っ込んだ。

「さっきの人、随分馴れ馴れしかったけど、誰？　俺、会ったことはないよね。父さんの会社の人？　驚いたから、挨拶できなかったんだけど、もしそうなら悪いかなって……」

「まさか」

父親は即行で否定した。

反対に母親は困り顔になる。

「あの人はね、御園頼蔵《らいぞう》さんといって、弥尋の伯父さん……になるの……かな？」

なぜそこで疑問系なのかと問えば、

「お母さんの従兄弟《いとこ》なの。弥尋がまだ赤ちゃんの時、おばあちゃんの家で会ってるんだけど、覚えてるわけない、か」

記憶力はよい方だと自覚はあるが、さすがに赤ん坊の時分のことまで覚えているわけではない。しかし、ということは、物心ついてからは一度も面識がないことになる。母方の祖母が亡くなってからは、親戚に会うことも滅多になくなった。あるとすれば、父方の従兄弟くらいのものだが、彼らのほとんどが九州に住んでいるため、頻繁な行き来がなされているわけでもない。

「けど、向こうは俺を知ってるみたいだったよ。考えておいてくれって母さんに言ってたのが聞こえた。何のこと？」

今度こそ、両親は顔を見合わせて溜め息を落とした。いつも明るい本川家にしては珍しい光景に、弥尋はハッとした。

「……まさか、借金してて返せないとか……？　家を売らなきゃいけないとか？　だけど、うちのリフォームは借金なんかしてないし、全部払い終わったよね」

三年前のリフォームは、兄たちも出資しているから他所《よそ》から借りることはまずしていないはずなのだ。

「金融業の取立ての人なの？　それっぽかったけど」

「そんなわけないだろう。――そう見えてしまうのは父さんも否定しないけどな」

母の従兄弟ということは、つまり父親にとっては妻の親戚に当たるわけなのに、父の口から出た言葉には遠慮も何もあったものではない。

「あんたたち……。あのねえ、御園さんは、会社の社長さん。確か箱やペットボトルなんかの容器を作ったりしてるんだったと思う」

社長ならあのふてぶてしさも、傲慢っぽいところも、人の話を聞かなそうなところも、わからないこともない。そしてあの趣味の悪さも成金趣味だと言われれば、納得もしよう。

しかし、品のなさはいただけない。あの恰好で、葉巻でも吸っていたら、ドラマに出てくる悪徳狸おやじそのものだと思いつつ、弥尋は炬燵の天板の上に置かれた豪勢な装飾が施された分厚い冊子に手を伸ばした。

「なに、これ」

「あ」

両親が慌てて止める前に、弥尋はハラリと表紙をめくった。中を開けば二十歳を越えたくらいの若い女の着物姿の写真。

「これってもしかしてお見合い写真ってやつ？」

ドラマの中で見るくらいで、実生活では一度も見たことはないが、多分そうなのだろう。女っ気がありそうでなさそうな兄たちのために持ち込む親戚もなく、今まで目にする機会はなかったが。

「へえ、こんなになってるんだ……。で、どっちの相手？　志津《しづ》兄ちゃん？　実則《みのり》兄ちゃん？」

長兄二十六歳と次兄二十四歳、どちらに話があっても年齢的におかしくはない。

「年を考えたら志津兄ちゃんかな」

などと暢気《のんき》な感想を述べる弥尋なのだが、両親は神妙な顔つきで弥尋をじっと見つめている。

「違うんだ」

「え？　兄ちゃんたちのじゃないの？」

「ええ。お兄ちゃんたちじゃないのよ」

「じゃあ父さん？」

「バカもん。そんなわけないだろうが！」

「……えっと、じゃあ誰？」

もしかして自分なのかと指さすと、両親はこっくり頷いた。

弥尋の目がこれ以上ないほど見開かれる。

「えーっ!? ホントに!? 嘘だろッ!? 俺、まだ高校生だよ!? 高二、もうすぐ三年だけど、まだ高校生だし！ 兄ちゃんたちの間違いに決まってる！」

しかし、

「お前だ」

「弥尋なのよ」

困った困ったとまた嘆息する両親。

「困ってるのは俺の方だよ。見合い？ なんで？」

弥尋はぐったりと炬燵に頭をつけた。初めて見た見合い写真が、実は自分のものだったなど信じられるわけがない。

「なんで俺？ 兄ちゃんたちの方がって、普通は考えるだろ？」

「……弥尋」

父親は溜め息をつきながらミカンに手を伸ばした。

「二学期と年明けてすぐに模試を受けたのを覚えてるか？」

「模試って、あれだろ、年に何回か学校で受けさせられる全国統一のやつ」

「父さんはよく知らんが、それだと思う。その結果を見てな、御園さんはお前に決めたらしい」

「は!? ちょっと……それだけのことで？ なんて短絡的なんだよ……。まだ二年生の秋に受けた模試の結果なんか参考にも何にもならないだろうに。何考えてるんだ、母さんの従兄弟。っていうか、なんで俺の模試の結果とか知ってるの!? 信じられないよ」

弥尋の通う高校は進学校故に、全国統一模試などの大学受験の参考になりそうな模試は、率先して受験できるよう学校側が配慮してくれている。そのため、休日を利用して学校単位での模試が年に数回、三年になればさらに頻度を上げて行われるようになる。

弥尋が参加したのは、半分は興味と義務感から受けたもので、御園の言うらしい直近二つの模試の結果が、全国二十位以内に入っていた。それは確かに覚えている。特に秋に受けた模試は、三木に会えなかった一ヶ月、もやもやを叩きつけた記憶があるからだ。だが、実際に弥尋の友人で毎回学年トップを競い合っている二人の友人は、どちらも不参加だったし、校内の定期試験で上位を占める数人がそれぞれの抱える事情のために参加を見合わせていたこともまた、知っているのだ。

だから、そのとき不参加だった同じ高校の友人が受験したと仮定しただけでも、順位は下がるはずなのだ。無論、勝負は水もの、運にも左右される。だからこそ、そんな流動的で不確定なものを全面に押し出して「見合いをしろ」とはかなり強引な展開だとしか言いようがない。

「普通はありえないだろ、そんなの……。非常識だよ。それとも高校生に見合い持ち込むほど何か切羽詰ってるの？」

「さあ。お母さんもお父さんも今日聞いたばっかりだから……。あとで古藤《ことう》のおばさんにでも訊いてみようと思ってるところなんだけどね」

古藤のおばさんとは、どこの一族にも一人は必ずいるだろう、ゴシップ好きの親戚のことだ。親戚内のほとんどの噂話や情報は、弥尋たちの家族の場合、大抵このおばさんがもたらしてくれる。

「相手は大きな製薬会社で葛原《くずはら》製薬っていうんだけど、そこの社長令嬢で大学三年生だそうよ」

「聞きたくない」

弥尋は口を尖らせ、両手で耳を塞いで首を横に振った。

「いやだよ、いきなり結婚しろだなんて言われて、ハイなんて答えるわけないのに。断るよね」

「当たり前だ」

父親の力強い同意には安心するが、

「でも」

と母親が首を振る。

「御園さんはしつこい方だから、これで終わりとは思えないのよね」

「冗談でしょ？　しつこくても！　俺はしないよ、見合いも結婚も、絶対に！　本人の意思を無視して進められるなんて、断固拒否するっ！」

自分の力で会社を立ち上げ（妻の実家を吸収）、思うままにやってきた御園頼蔵の次のステップは、もっと会社を大きくし、富を蓄えること。

その考えはわからなくもないし、好きにしてくれとは思うが、まるで関係ない――ほとんど赤の他人を御園の人生設計の中に勝手に組み込まないでくれと切に願う。


「断ったのよ。もちろんね。早いというのもあるけど、弥尋たちには好きな人と結婚してもらいたいってお母さんたち思ってるからね。ただ、本当にしつこいのよ、御園さん。簡単に諦める人とは思えないし、弥尋も気をつけなさい」

母がなぜくどいくらいに「しつこい」を連発したのか、何に気をつけなければならなかったかがわかるのは、すぐ翌日のことだった。


「うんざりだ……」

毎日のように自宅に顔を出して御園頼蔵は弥尋に迫った。弥尋はそのため、御園と鉢合わせないよう学校からの帰宅を遅らせていた。三月中旬の今の時期は、ちょうど学年末を迎えるため、来年度新学期や入学式の事前打ち合わせ等で生徒会も忙しく、残る理由があるのは幸いだった。

家に帰りたくない弥尋は、週明けから必然的に森乃屋へ通いつめた。午後八時くらいまで森乃屋で時間をつぶし、それから帰宅するのを続けること四日目、まさかの平日の木曜に三木が姿を見せ、驚かされた。

「三木さん？」

「こんばんは、本川君」

夕方六時過ぎにやって来た三木に思いがけず会えたことで、弥尋としては単純に嬉しかったのだが、三木の表情には疲れが見え、それが気になった。

「顔色、悪くないですか？」

どっかりと弥尋の前に座った三木の顔には隠しきれない疲労が滲んでいる。

「ちょっといろいろとあってね。そんなに疲れているように見えるか？」

「クマさん、飼ってますよ、目の下に」

茶化しながら薄く紫色になった隈《くま》を、伸ばした指でチョンとつつくと、三木は口の端に小さく笑みを浮かべた。

「そうか」

「仕事、忙しいんじゃない？　四月のメニュー、もう完成しました？」

先日試食させてもらったばかりの四月のセット「華」。値段と菓子の出来はよいとして、デザインと仕入れに問題があって、まだ器が出来上がっていないと聞いていた。

「ああ、そっちは無事に納品されて何とか間に合った。四月になったら完成品を食べさせてあげよう。今日はもう何か食べたのか？　もし食べてないなら」

「桜餅、頼んでもいいですか？」

「遠慮なくどうぞ」

家に帰っても、煩《うるさ》い御園がいるかもと思えば、ここにいた方が何倍も嬉しい。社長職も暇なわけではないだろうに、顔を出しては弥尋から見合いの承諾を得ようと迫る御園にはつくづく閉口していたのである。

しかも今日は思いがけず三木に会うことも出来た。

「本川君も学校が遅くまで大変みたいだな。私よりよほど疲れた顔をしている」

「う。ああ、まあ……。そんなところです」

まさか親戚に見合いを勧められているとは打ち明けることは出来なかった。三木なら真面目に対処法を考えてくれるだろうが、疲れている三木をそんな身内の問題で煩わせたくなかったのだ。

模試で上位を取ることは、弥尋にとってそう重要なことではない。それなのに、模試の結果だけを評価され、このまま御園の養子に入ってしまえば、その後の人生のレールまで他人の手で敷かれてしまうことになる。

郵便局に勤務する父とパートの母の共働きなので、特に裕福な家庭でないが、社会人の兄二人もいるために、援助の必要もなく幸せに暮らしている。御園から見れば、一度の買い物で使い切ってしまいそうな貯蓄しかないとしても、庶民にはそれで十分なのだ。

そんなささやかで慎ましい本川家の人々の願いを御園はまるでわかっていない。

婿養子に入るのでも、件《くだん》の社長令嬢の婿になるにしても、御園のように出世の足がかりにしようと自分の中で野心があるのならまた別だろうが、そんな理由で簡単に結婚して成り上がることが可能だと思うほど、世の中を知らないわけでも、舐めているわけでもない。

結婚は好きな人としたい。一生を添い遂げるのなら好きな人がいい。という、極一般的な夢もある。その相手として真っ先に思い描く人物だっている。

御園の案では、御園に「箔」をつけさせるため——御園と葛原製薬との縁を結ぶため、弥尋は一度本川の籍を離れ、御園の籍に入らなくてはならなくなる。実にとんでもないことだ。

御園を好きになれない上に、婿になるために養子になるのは許せるものではない。昔の貴族の結婚ではないのだ。そんなことをする必要も理由も、弥尋たちの側には一つもない。

　弥尋は見えないように嘆息し、顔を上げた。自分のことは今はいい。問題は三木だ。

「三木さんもお仕事忙しいんでしょう？　年度末決算とか何とかで」

「よく知ってるな。確かに会社の業績は気になるし、書類や報告書が毎日追いかけてはきている。だがそれは、一種の慣れもあるから、年中行事だと思えば苦労というほどのものでもないんだ」

　へえと相槌《あいづち》を打つ弥尋は、実はあまりよくわかっていない。

　次兄はジムのインストラクターで、給料を貰っているる人間だが、年度末などという意識はなさそうだ。次兄の興味は常に動く体にある。運転手として会社で役員の送迎を担当している長兄は、年末と年始こそ忙しそうにしていたようだが、その程度のもので直接的に特に困ったり焦ったりしている姿を見たことはない。

「部署や担当しているものによって忙しさは異なるが、私の場合は提出書類の決裁に追われている日々だな」

　数字を上げるための駆け込み営業、資金や売掛金の回収等、年度内の取引を何としてでも成立させたいと願うものも多い。不動産や自動車産業の駆け込み契約などは身近で顕著な例である。

「この店の売上も関係あるんでしょう？　足を引っ張ってないですか？」

「ここは大丈夫。しっかり黒字を叩き出しているから、特に問題はない。本川君のおかげだな。それに初年度で、オープンからは半年も経っていないだろう？　結果として見るにはまだ早い。──一年後でも十分よい結果を出している自信はあるがな」

　今までにも、会社からの連絡なのか、店内でこうして会っている最中に携帯が振動しているのを何度も見ている。時にはどうしても通話の必要があり、弥尋の前で澱《よど》みの一つもない英語で話し出したこともあった。その時はかなり驚かされたものである。

「それじゃ他に悩みごとですか？」

手がけた責任から店に入り浸って様子を見ているばかりでなく確かに仕事をしているのだと感じる瞬間は、三木と一緒に過ごした半年の間でたくさん見てきた。弥尋と話す時には見せない厳しい表情もきつい口調も、鋭い眼差《まなざ》しも。三木はあまり見せたくないようだが、一緒にいれば自ずと見えてくるものだ。弥尋と一回り違う二十九歳の社会人としての責任を抱えた顔を、幾つも知っている。忙しそうなのは変わりない。だが、三木の説明によれば、疲れの原因はそれが理由でないことになる。

「――しいて挙げれば、大人の問題というべきか。会社ではなくプライベートの側で少しあるにはあるんだが……。こっちはすぐに片付けようと思えば出来るから、そう大した問題じゃない」

「プライベートかあ……」

それなら内容を尋ねるのも遠慮せねばなるまい。三木のプライベートが気にならないといえば嘘になる。疲れさせている原因があるなら知りたいと思う。しかし、知ってどうこうすることは、自身が御園という厄介な問題を抱えている弥尋には出来ることではなかった。

「大変なんですね。手助けにはなれないかもしれないけど愚痴なんかは聞けるから言ってくださいね。とりあえず頑張って？」

「ありがたい申し出なんだが……どうしてそこで励ましが疑問系になるんだ？」

苦笑しながらも三木は不思議そうに首を傾げた。

「何となく。三木さんなら自力で何とかしそうだと思ったから。でも本当に、愚痴とか言いたいことは聞いてあげます。それでいいならいつだって。本当は力になってあげられれば一番いいんだろうけど、俺には無理だと思うし……。だから励ましだけ。ごめんね、それくらいしか出来なくて」

「ありがとう本川君。その気持ち、君がいてくれるだけで私には十分だ」

三木が柔らかく笑い、恥ずかしくなった弥尋は、正視できずに下を向いた。


そんな話を三木とした翌々日の土曜。御園の本川家初襲来からちょうど一週間後。

補講のため学校へ出掛けていた弥尋は、とうとう帰りに御園に捕まってしまった。家に押しかけても避けられていると気付いたらしく、それならと強行手段に出たのである。弥尋にとってはいい迷惑だ。

いつになっても「うん」と言わない弥尋と、会話させてくれない弥尋の両親に焦《じ》れて学校まで押しかけてきた御園は、やはり初対面の時と同じ、ゴールデンスタイルで決めていた。

「やっと会えたぞ、弥尋」

「御園さん……」

「何度行ってもおらんからな。悪いがわしと一緒に来てもらおうか」

「……どこにですか？」

「本川の家じゃろくに話も出来ん。安心しろ。遠くまでは行きやせん」

「ちゃんと家に帰してくれるんですか？」

「話が終わったら家まで送ってやる。わしを信用しろ」

信用しろと言われてハイハイと素直に頷くには、御園に対する警戒心は強かった。それでも結局、相手が親戚ということもあり、手荒な真似はしないだろうと自分に思い込ませ、学校のすぐ側で暴れたり騒いだりして注目を集めるのを避けるように、御園に半ば以上強引にベンツに乗せられた弥尋は、初めて乗ったベンツのシートの座り心地も感じぬまま、都内の高級ホテルへと連れていかれた。

乗ってしまった後で、やめておけばよかったと後悔したものの、確かに見えたホテルにホッとしたのは本当だ。しかしその安心も長く続くことなく、外国の著名人もよく利用するホテルに、制服姿の高校生はあまりにも不似合いで、引っ張られるままついて来てしまった弥尋は、また後悔でいっぱいになってしまう。

席についてしまったら、もう逃れられないのではないかと危惧しつつ、こんな格調高いホテルのロビーでぐずるのもどことなく恥ずかしい。

恥ずかしさと今後の人生を天秤《てんびん》にかければ、後者が勝つのは当然でも、なかなか思い切れるものではない。

逃げるタイミングを逸してしまったまま、弥尋は御園に背を押されて、簡単な食事を摂《と》れるロビーに面したラウンジへと向かい、ついにテーブルに座らせられてしまった。

場所がホテルだと気付いた時点で想像した通り、テーブルには先客がいて御園と弥尋を待っていた。

（やっぱり……）

思った通り、同じ席についていたのは写真で見たことのある取り立てて美人というわけではなさそうだが、大人しそうなお嬢様。確か名前は葛原和子《かずこ》。彼女の隣に座っているのは、老婦人。勝手に始めた自己紹介によると、見合い相手の女性の母親の妹らしい。一般的な見合い相手とその叔母の組み合わせだ。

簡単な自己紹介を上の空で聞いた後、軽食が運ばれて来た。軽食といっても弥尋にとっては十分豪華なランチである。

時刻は昼時で、食事はそれなりにおいしいのだろうが、この状態で味わいながら食べることが出来るほど弥尋の神経は図太くない。ほとんど味がわからないまま、時間稼ぎにゆっくりと咀嚼《そしゃく》しながら考えるのは、このままだとお約束の「後は若いもの同士で」となりかねないということ。

そうなったらなったで、相手に直接断ってしまえば後腐れがないかもとは思うのだが、覇気の欠片もなさそうなこのお嬢様が、果たしてそれで納得してくれるかどうかは、非常に怪しいものだ。彼女が弥尋を気に入ってこの席にいるのかどうかはともかく、たとえ乗り気でなくとも、親や親戚の言いなりになって、結局押し切られてしまいそうな気がする。何しろ、高校生を選ぶ連中、楽観は禁物だ。

トイレに行くふりをして逃げ出してしまうのがこの際一番よいかもしれないのだが、見合い話そのものが消滅しない限り、根本的解決には繋がらないので頭が痛い。

どうしたものか。もういっそ、恥をかいても一時のもの。どうせこんな高級ホテルには二度と足を踏み入れることもないだろうから、大声で「結婚はしません」と宣言し、不審者になって呆れられてもいいかもしれない、などと開き直り始めた頃、

「お待ちになって」

甲高《かんだか》い女性の声が、弥尋たちのいるテーブルとは通路を挟んで反対側のエリアから聞こえてきた。

高級ホテルのラウンジだ。下品な呵《わら》い声や騒々しさとは無縁の静かな談笑が続いていた中で、慌しく席を立つ音と足音はやけに大きく耳に届けられ、自然と顔が振り返り、そちらを向く。

立ち止まることなく背筋をまっすぐ伸ばし、姿勢よく歩く男。後を追いかけるのは 黒留袖を着たでっぷりと太った血色のよい年配の女性と、初老の男性、そして振袖姿の若い女。

男と弥尋の年齢差以外の要素を見る限り、双方の置かれている状況はなんら変わりない。

だが、弥尋が驚いたのは、そんな共通項ではなく、化粧の濃い年配女性が腕に手をかけ引き止めた男が弥尋もよく知る人物だったということだ。

呆然《ぼうぜん》と目を見張る弥尋と、女性の手をやんわりと外

させ、厳しい顔つきで何事かを呟いた三木の目が合う。

距離にすれば五メートルと少し。

逃げ出したい弥尋と、堂々と去ろうとしている三木。

運命の出会いとはこんなことを言うのだな、と思わず納得してしまったくらい、この場においての三木の登場は弥尋にとって心強いものだった。

距離と関係なく見つめ合って暫《しば》し、ただ見ているだけしか出来ない弥尋へ、三木は驚きを消すと、柔らかく微笑を浮かべた。三木も、弥尋の後ろにいる御園らを認め、置かれている状況を把握したのである。

弥尋だけを見つめ、弥尋だけにわかるように、三木の唇が動く。

「おいで」

と。

それは魔法の言葉。どうやってこの場から立ち去ればよいか、どうして三木がここにいるのかを考えていたのも何もかもが消え去り、ただ三木の側に行かなくてはと、それだけが体を支配する。

行けばきっと助けてくれる。

希望ではなく確信として、それは確かに弥尋の中にあった。

——うん。

ゆっくりと頷いた弥尋の体は、自然に動いていた。

「弥尋ッ！」

いきなり立ち上がった弥尋を御園が咎めるように名を呼んだが、何よりの優先事項は三木。構ってなどいられない。

弥尋はテーブルの間を抜けるのももどかしく、小走りでまっすぐに三木の傍らに寄り添った。

ダークグレーの三つ揃いのスーツを見事に着こなしている三木は、自分の後ろに立つ三人を一瞥《いちべつ》してまず牽制《けんせい》を加えた後、自分を見上げている弥尋へ、先と同じように微笑みかけ、そっと肩に手を乗せた。むしろ抱くようにして自分の側へ引き寄せ、自分の肩ほどのところにある弥尋の耳元へと顔を寄せる。

「弥尋」

今度は声に出され、弥尋はしっかりと目を見て頷いた。

彼がここで何を言おうと何をしようと、それを全て受け入れる意思表示を込めて。

安心させるように小さく頷いた三木は、三木に会えたことの嬉しさを隠そうともしない紅潮した弥尋の頬を片手でさらりと撫で上げた。

「まさかこんなところで会うとは思わなかった」

「俺も。今日は会えないと思ってました。でも、いいの？」

三木の五歩後ろに立つ中年女性は、尖った険のある目で弥尋を睨んでいる。この子は一体何なの？　と、すぐにでも金切り声を上げそうな表情だ。ぐっと堪《こら》えているのは、体裁と衆目を慮《おもんぱか》ってのことだろう。ラウンジ内に響く最初の一声を彼女が発して注目を浴びる結果になってしまったことは忘れているようだ。

そんな彼女たちへ視線だけを動かした三木は、やはり弥尋だけを見つめて、弥尋以外は眼中にないという態度を隠そうともしない。

「もちろん、いいに決まってる。私の最優先はいつだって君だ」

森乃屋での三木を知っている弥尋は、その言葉が芝居やポーズだとはまったく思わない。三木隆嗣という男は、弥尋に自分の気持ちや態度を偽って接したことは一度たりとてないのだ。

それでもだ。三木が無言で伝えるように、誘導されるままがよいのだとはわかっていても、戸惑いと不安はやはり顔に出てしまう。任せておけば安心だと信じていても、御園だけではなく、その他にも六人が、二人の周りにはいる。

「大丈夫」

そんな弥尋を抱き寄せて、三木は弥尋の後ろまで追いついて来て、もの問いたげに眺めている御園を見遣った。

「――後ろの方々は？　お前の知り合いなのか？」

「母の従兄弟の御園さんと、その知り合いの人……多分、俺の見合いの相手」

小さな付け足しの声を聞いた三木の眉は僅かに上がった。小さな目立たぬ仕草ではあったが、同時に三木の雰囲気が少し変わったことに気付いたのは、触れている弥尋だけだっただろう。

「――そうか。まだかかりそうか？」

首を振る。

「用は終わったから。最初から受ける気はなかったのを無理矢理連れて来られただけだから」

「やッ……」

声を上げかけた御園だが、弥尋はしっかりと御園の後ろに立つ見合い相手へ顔を向けた。三木がいてくれる事実が、弥尋に毅然《きぜん》とした態度を取らせたのである。

「このお話、お受け出来ません。ごめんなさい」

謝る筋ではないとわかっていても、とりあえず角を立てないようにと頭を下げた。果たして、葛原の叔母は顔を赤くして御園に詰め寄っている。

「み、御園さん、どういうことですか!?　このお話、もう通っているのではないのですか!?」

「ま、待ってください、葛原さん。弥尋さんはまだわかっとらんのです。弥尋！　まだ話は終わってないぞッ！」

「どんなに話を聞かされても、受けられないものは受けられません。最初から断っているのを無理に連れて来たのは御園さんでしょう？」

きっぱりとした物言いと、他人の前で恥をかかされたことへの怒りのため、御園の顔がさらに赤くなる。

取引先の娘、弥尋の見合い相手へは頭を下げつつ、弥尋に対してどこまでも強引な御園は、今にも摑《つか》みかかりそうな形相で――実際、連れ戻そうと太い腕が伸ばされ、弥尋を庇《かば》うように前に出た三木に遮られた。

「弥尋には触れないでいただこう」

「何をッ……！」

「それとも本人が嫌がっているのを無理強いするのがあなたのやり方ですか？」

「……ッ……!!」

三木を睨むが御園は何も言い返せない。そんな彼に代わり、今度は三木側の中年女性が口を挟む。

「隆嗣さん、まだ御用は……」

「私の方ではもうお話しすることはありません。先ほどもはっきりお断りしたはずです。その方と結婚する気は欠片もありません、と」

「で、ですけどね、とってもいいお話ですのよ？　ご紹介したばかりじゃありませんか。食事の席もあるのだし、それが終わってからでもよろしいんじゃございません？　お二人でお話しすれば隆嗣さんの気も変わるかもしれませんでしょう？」

「変わりませんよ。何をやっても。もちろん、席も必要ありません。キャンセル料が必要なら払いましょう。食事は彼と一緒に摂ります」

「隆嗣さんッ、その子は一体なんですの？」

さすがに三木の溺愛ぶりに女性も弥尋の存在を無視できなくなったようだ。不躾《ぶしつけ》な視線が三木側の三人、それに御園たちから寄せられる。

その質問を待っていたのは実は三木の方だったと、誰がわかっていただろう。

三木は前を向いたまま、胸を張り、誇らしげに笑みを浮かべ、弥尋の肩を抱き寄せて、自分にぴたりと寄り添わせた。

「恋人です」

「恋人!?」

叫んだのは、その場にいた六人全員だ。

声を上げかけたのは、実は弥尋も同じなのだが、ここで叫べば三木の好意を無にしてしまうとわかってい

るため、際どいところで叫びは飲み込んだ。

ついでに言えば、弥尋の叫びは驚きが半分、半分はつい出てしまいそうになった「本当にそう思ってくれているの？」という、確認の意を持つ。

そのまま上げられた弥尋の問い掛ける目へ、三木は肩を抱く掌に力を込めて応える。ただそれだけで、互いの意志を伝え合った二人だが、三木の発言は傍迷惑な第三者たちにとっては、火種を投下したのと同じだった。

真っ先に声を張り上げたのは、やはり三木側の年配の女性だ。

「まさか！　本当ですの？　その子はどう見ても男の子じゃありませんか！　そんな話……隆嗣さんがそうだなんて、聞いていませんわよッ」

「当然です。わざわざ宣言して回る必要はありませんから。それに、今のあなた方のように不躾で非常識な言葉を投げつけられるとわかっていて、大事な恋人を簡単に見せるわけがありません」

三木の台詞には驚かされたが、急な展開についていけない弥尋ではない。この場で必要なのは、熱愛中の同性愛カップルなのだ。

「弥尋、許さんぞ、そんなことは」

御園も一緒に詰め寄るが、

「俺と三木さんのことを御園さんに許してもらう必要はないです」

「弥尋の言う通り。恋人同士のことに口を挟んでほしくはありませんね。傍から見てどうであれ、私たちは確かに恋人なのですから」

「私は親戚だ」

「親戚だから何だと言うんです？　第一、男であれ女であれ、恋人が自分以外の他の人間と見合いするのを許す男がどこにいます？　恋人がいながら喜んで他の相手と見合いする相手の何を信用しろと言うんですか」

厭味《いやみ》を言われた御園はさらに赤くなった。

「恋人というので納得されないのでしたら言い方を変えましょう。婚約者ですよ、私の」

「こ……!?」

今度こそ全員が二人を見つめたまま固まった。

そんな彼らを尻目に、三木は相変わらず弥尋に対しては優しく接する。

「こんな場で勢いで告白してしまって悪い」

「いいです。三木さんの思うままにしてください。俺はついていくだけですから」

「そうか。ありがとう。それでこそ私の弥尋だ」

そこだけしっかり甘い雰囲気を作り出した二人に、もはや周りは何と声を掛けてよいのかわからず、口を開いたり閉じたりを繰り返している。その混乱に乗じて、見合いは無効だと再度念を押した三木は、弥尋の背を押し急ぎラウンジを後にした。

ホテルを出た後、そのまま車に乗せられて、現在三木が仮住まいしているというホテルのマンスリールームへと連れていかれた。その間、二人とも珍しく一言も口を利かず、一緒に部屋に入ってすぐに出たのは溜め息だ。そして、二人一斉に盛大に息を吐き出し、互いの疲れ切った顔を見合わせて、

「疲れたー……」

と笑い合った。

座ってと勧められるままソファに腰掛けた弥尋に、三木はミニキッチンから飲み物を取り出してジュースを渡し、自分はスーツを脱いでネクタイを解くと、弥尋の隣に座り込み、ミネラルウォーターをそのまま飲み干した。

弥尋もブレザーを脱ぎ、ネクタイを解いて体から力を抜く。

「ありがとう三木さん。あそこから連れ出してくれて本当に助かった」

「私も同じ状況だったから、おあいこだな」

「やっぱり三木さんもお見合いだったんですか?」

「ああ。厄介なことにそうだったんだ。仕事の件でどうしても大事な用事があるからと呼び出されてみればあれだろう？　最近は何かと小煩かったから、予想の範囲ではあったんだがな。本当に疲れてしまった。あういうのは二度とご免だ」

「じゃあ、誰かと結婚したりしないんですか？」

「薄情な婚約者だな、君は」

三木は弥尋の頭の上にポンと手を乗せ、髪をくしゃくしゃかき回した。

「断りを入れていたのを聞いただろう？　さっきも言ったが、好きでもない相手と結婚する気にはとてもじゃないがなれないさ。それでも私は年齢的にもそんな話が持ち込まれても不思議はないが、本川君は違うだろう？　正直、なぜ君があの場にいるのか最初はわからなかったからかなり驚いたぞ。すぐに状況は摑めたんだが、見合いをした経緯がわからない。出来れば説明してほしいんだが」

もっともな疑問へ弥尋は頷いた。

「行きたくて行ったんじゃないです、俺も。学校の帰りに待ち伏せされて、御園さんに無理矢理連れて来られちゃって……。どうやって逃げ出そうか考えていたら三木さんがいたんです」

「それにしても、凄いことを考えるものだな。高校生に見合いをさせるなんて」

これが男女反対、高校生のお嬢様に大学生の男との見合いの話はあってもおかしくない。現代日本では少なくなったとはいえ、そんな世界は皆無ではないからだ。

弥尋はかいつまんで、御園が家に来てからの騒動と憂鬱《ゆううつ》ぶりを話して聞かせた。森乃屋で気鬱にしていた弥尋を知っている三木は、なるほどと深く頷く。

「つまり、取引先の歓心を買うために、本川君を差し出そうというわけか。他のライバルたちに先を越されたくないんだろうな。しかし、高校生を選ぶ御園さんも問題だが、受ける方も受ける方でどこかおかしいぞ。言い方は悪いが、本川君より年相応な候補は何人だっているだろうに」

普通、候補に挙がった段階で、高校生の弥尋は真っ先に選外として落とされてしまうのではないか。寧《むし》ろ、それが当たり前だ。

「先物買いするにしても未確定要素が多過ぎる」

「三木さんもそう思いますよね」

御園は弥尋が選ばれたことでかなり喜んでいたが、三木のような大人にも相手の行動は不可解に映るらしい。

「御園さんは自分が選ばれたから自慢だったみたいだけど……どう考えたって変ですよね。何で俺なんだろ」

「——状況をもう少し詳しく把握しておきたい。どんな風に話が進んでいるのかわかる範囲でいいから話してくれ」

「大きな会社の社長をやってる相手の家とうちじゃ結婚するのに不釣合いだから、一度御園さんとこに養子に入って、それから結婚させるって。大学は相手の望む学部か大学に進学させるようなこと言ってました」

「進学先まで口を出すのか。つくづく自分に都合がいい考え方だな」

「文系なのに、理系……薬学部受験しろって言われるんですよ？　落ちるに決まってるのに。それともいっそ落ちてしまったら諦めてくれるのかな」

あえて冗談めかした口調で言えば、三木は首を振った。

「そこは怒るところだぞ、本川君。——とんでもないことになっていたんだな。それで元気がなかったのか。一言私に話してくれてもよかったのに」

「……うん。でも三木さんも疲れてたでしょう？　うちのことはうちでって思ってたし。なんとかなるだろうってその時は思ってたんです。まさかこんなになるとは思わなかったから……」

「そんな時は思い切り頼ってくれた方が嬉しいものなんだ」

「でも」

こんな風に優しく気遣ってくれる三木の行為をありがたいと思いながら、弥尋は少し心配になった。

「三木さん、ゲイだってみんなの前で言っちゃったようなものでしょう？　よかったんですか？　会社もあるんだし、噂が広がったらよくないんじゃないですか？」

「私はばれても構わない。少しも怖くはないし、反対に奨励したいくらいだ。私の周囲にはそんな人たちがたくさんいるから慣れているのはあるが、そうじゃないとしても余計な雑音が排除されると思えば歓迎すべきカミングアウトだ」

三木は、ここで思案するように弥尋を見つめた。

「私はよくても本川君の場合、それくらいで引き下がりそうにはとてもじゃないが思えなかったな」

弥尋はガックリと肩を落とした。

「ですよね……。やっぱりそう思いますよね。さっきのだって御園さんの中では俺がすっぽかしたことになっちゃってるはずだから、絶対にうちに押しかけて父さんたちに何か言ってると思う」

お前たちの息子はホモだと詰《なじ》りに行ったのか、それとも見合いを壊されて文句を言いに行ったのか。悪いのは強引に事を進める御園なのに、当人の性格上、自分の非は高い場所にある棚の上に乗せて、弥尋の両親を責め立てそうな感じだ。

「家に電話してごらん。御園さんが本川君の家に押しかけるまでにまだ時間はかかるだろうから、その前に君の口から事情を話しておくと、心構えも違うだろう」

「そうですね……うん、そうします」

室内にある電話の外線を借りて連絡すると、御園はまだ来ていないとの話だったが、無理矢理ホテルで見合いさせられたことを伝えると、遅く帰って来るか、泊まるあてがあるなら友人の家に泊まらせてもらった方がよいだろうと電話に出た母親に勧められた。

「泊まるあてはあるのか？」

「友達のところがあるにはあるんだけど……」

一人は家族に病人がいて、もう一人はバイトに出掛けているはずなので、夜になるまでつかまらない。正直に言うと、三木は迷うことなく提案した。

「それならいっそ今日はここに泊まらないか？」

「いいんですか？」

「食事は外に食べにいくことになるが、泊めるのはいくらでも大丈夫だ。そうだな、今日は是非とも泊まっていきなさい」

「邪魔じゃない？」

「邪魔に思うくらいなら最初から誘わない。それともお願いが必要か？」

「ううん。そう言ってもらえると俺も嬉しいです。ありがとう、三木さん」

三木の膝の上に手を乗せて、身を乗り出すようにパッと顔を輝かせた弥尋の頭を三木が撫でる。

御園の愚行は頭が痛いが、三木とともに過ごせる時間をもたらしてくれたことに関してのみは、感謝を感じなくはない弥尋だった。


それにしても、と、中華レストランで海老のチリソースをつつきながら、三木は言う。高級料理店ではなく、そこそこに人が入っているいかにも庶民が好みそうな大衆的な店だったが、出て来る料理はどれも美味《うま》かった。

「このままで終わるとは思えないな。御園さんはお金に困ってるということはないのか？」

「それはないみたいです。母さんが他の親戚に聞いてくれました。ただ、取引先の社長――今日の見合い相手の父親に気に入られて、取引を有利に進めたいみたいで、だから、こんなことになったんだと思います。会社を大きくしたいっていう気持ちはわからなくもないですけど、何も高校生の俺をつかまえてやってくれなくてもいいのに」

「本川君の上には確かお兄さんが二人いたはずだろう？　そちらに話を持っていく気はなかったのか？」

「論外だそうです」

　御園が弥尋を選んだ理由、兄たちを除外した理由、職業がふさわしくない――を話すと、三木は呆れて箸を置いた。

「……なんて無茶というか、自己本位な人なんだ。最初からお兄さんたちは数にも入れてなかったわけか」

「でしょう？　俺たち家族の苦労、わかってくれました？」

「ああ、よくわかった。それじゃまるっきり道具と一緒じゃないか。一昔前の政略結婚並だぞ」

「だから断っているんですけどね……」

　なのに、御園は絶対に諦めない。

　三木が考えるように肘をつく。

「だったら尚更《なおさら》だな。そこまでして取引相手と縁を持ちたいと熱望する人間が、一度見合いが失敗したくらいで諦めるわけがない。本川君自身が嫌われる要素を持っているのなら別だが、頭もいいし素直だし、性格もとてもいいんだ。顔だって可愛い。相手が気に入った素振りを見せているなら本川君の意志は無視するくらい、平気でやるだろうな。クソ……厄介だな」

「……えと、あの……三木さん、なんか恥ずかしいんですけど」

　トウモロコシをとろりと煮込んだ中華風スープを口に持っていきかけていた弥尋の顔は、三木の後半の台詞に反応して真っ赤に染まっている。

「全部本当のことじゃないか」

「……ありがとうございます。でも、ね？　食べましょ？　ほら、冷めると中華は美味しくなくなるから」

あーんと、餃子を一つ箸でつまんで三木の口に運ぶと、目を見張ったものの、三木は素直に口の中に受け入れた。弥尋の目の錯覚ではなく、喜んでいるように見える三木へ、今度は弥尋から尋ねる。

「俺もだけど、三木さんはいいんですか？　さっきは平気だって言ってたけど、会社は？　会社に広められたりとか、中傷されたりとかしませんか？」

「気にしてくれてありがとう。だけど私は本当に大丈夫なんだ。私の会社が所属しているグループの母体そのものが同性愛に偏見を持っていない。逆に中傷目的でそんな話が広められようものなら、厳しい罰則を受けなくてはならなくなる。だから人の嗜好《しこう》や好奇心、感情面ではいろいろ思うところがあっても、表面に出して非難や批判をすることは決してない。それに私たちは自由恋愛なのだから誰にも文句は言わせない」

「自由恋愛って……三木さん本当に恥ずかしげもなく言うんだから……。じゃあ本当にいいんですね」

「全てにおいて最善最良の選択の結果だ」

三木に持ち込まれるその手の話は多かったと言う。それ以上に会社や取引先の女性社員たちから寄せられる好意の熱。傲慢と言われようと、ただ一人想う相手が存在する三木にはそれらのすべてが鬱陶《うっとう》しいものにしか感じられないのだろう。

「そもそも私がどうしてホテルに泊まっていると思う？　ちなみに実家は都内でご近所だ」

「リフォーム中とか？　それか家出とか？」

「なかなか鋭いな、本川君」

三木はくすりと笑った。

「家出というか避難だな。見合いをしないかと押し掛ける遠い親戚に届けられる釣書や、掛かって来る電話への対応に嫌気が差したんだ。まだ小さな甥の情操教育にも悪い」

断っても断っても押し掛けて来る連中に、三木家の人々はいい加減うんざりしていたらしく、回避のために実家を出ていたらしい。

「でも居場所はすぐにバレるんじゃ？」

「バレたところでどうしようもないだろう。ホテルのセキュリティは馬鹿に出来ないんだぞ、本川君。そういう対応が出来るホテルを選んでいるというのもあるけどな。実家も、嘘でなく堂々と私が出て行ったと相手に告げることが出来るし、今考えれば、むしろ家出を奨励されていたような気がする」

「あの、三木さん、家族の方たちは三木さんのことを考えてのことだと」

「ああ、わかっている。絶縁したわけでなく、普通に実家に顔は出すし、着替えを取りに行くこともある。思ったよりも長くホテル暮らしをしているが、あくまでも緊急避難が目的だからな。そういうわけで、私についていては正面から断る口実……理由が出来て嬉しいというのが本音だ」

相手が本川君なら大歓迎だと笑う三木に、弥尋は顔を赤くして、すぐにぷうと頬を膨らませた。

「三木さんの方はそれでいいんだろうけど……。御園さんもそれで諦めてくれるといいのになあ」

「だから私がいる。それともやはり駄目だろうか？　あの時は咄嗟《とっさ》に婚約者にしたが、もしかして嫌悪感がある……？　──そうか、あまりにも私に都合よく幸運が転がり込んできたせいで有頂天になっていたが、本川君の気持ちを確認するのを忘れていたな……」

三木は少し落ち込んだ。

「だが悪くない話なんだ。君が女性に関心がないのだと思わせておけば、いくら御園さんが乗り気でも、きっと相手が断ってくる。もちろん、私の側の都合は考えなくて、本川君のよいようにしてくれて構わない。どちらにしろ、君の手助けはさせてもらうから、安心してほしい」

勝手に弥尋が嫌がっていると結論を出してしまう三木が何となくおかしくて、弥尋はくすくす笑った。

「いやじゃないですよ。俺も願ったり叶《かな》ったりだし、三木さんなら大歓迎です。——三木さん以外の人とだったらいやだけど」

小さな付け足しは、三木に晴れやかな笑みを浮かべさせた。

「私も同じだ。やはり私たちは相思相愛の恋人同士だな」

「あれ？　婚約者じゃないんですか？」

茶化されて三木が苦笑する。

「恋人で婚約者で間違いないだろう？　そうだな、そうしたら本川君と呼ぶのはよくないな。さっきみたいに弥尋……弥尋君と呼ばせてもらっても構わないか？」

「はい。それなら俺も三木さんのこと、名前で呼んだ方がいいですか？」

「どちらでも、本川……弥尋君の好きな方で。高校生で年下の君が、私をさん付けで呼ぶのは別におかしくないことだから現状維持でいいかもしれないが。私の名前は覚えているか？」

「三木隆嗣さん」

フルネームで呼ぶと、三木は満足げに目を細めた。

「いざという時には名前で呼ぶようにしよう。それとも親しさを示すためにニックネームで呼び合うか？」

「タカちゃんとか？」

三木は首を小さく横に振った。

「……正統派でいこう」

そんな仕草に弥尋は明るく笑う。

「はい」


食事を締めるデザートの杏仁豆腐《あんにん》まできれいに食べ尽くし、宿泊に必要な下着や靴下、シャツなどの着替えを途中立ち寄った店で購入して部屋に戻り、再度自宅へ電話を入れると、案の定、御園が押しかけてきて喚《わめ》いていたらしい。

「三木さん、母さんが代わってほしいって」

三木に助けられ、泊まらせてもらうことになったと伝えれば、母親が礼を言いたいという。日頃から森乃屋関係で弥尋を間に挟んで知っているために、三木への評価と信頼度はかなり高いものがある。

三木と母親は何が楽しいのか、時折笑い声を立てながらひとりしきり和やかに談笑を続けた。

「楽しそうに話してたけど、何を話してたんですか？」

「弥尋君をお預かりしますから心配しないでくださいと言っておいた。あとはお母様から皿やお菓子のお礼を言われて、菓子の感想を聞かせていただいた」

「長い話だったでしょう。母さん、三木さんに会いたくて仕方がないんだよ」

「いつか、機会があれば是非。もちろん、菓子折り持参でね」

「だったらすごく喜びますよ、みんな」

「弥尋君も？」

「――多分俺が一番喜ぶと思う」

「そうか」

三木の深い微笑みを受けながら、本当にそうなればいいと心から思った。

森乃屋以外の場所、二人しかいない場所で思う存分三木と語らう時間は楽しく、話は弾んだ。

そうこうしているうちに夜も更け――。

「弥尋君？」

せっかくエキストラベッドを入れてもらったにも拘らず、先に風呂を借りて三木を待っている間に、弥尋はすっかり寝入ってしまっていた。

風呂から上がった三木は、ソファに丸くなって眠る弥尋を認めると苦笑を零した。

背を揺り動かし、起きないとわかると、今度は両腕に抱え上げ、オープンに棚で仕切られた隣の寝室へ運び込んだ。そっとベッドに横たえ、自分もすぐ隣に横になり、眠る弥尋を見下ろしながら、額を撫でるよう

に指を滑らせ、前髪を払いのける。

「いろいろあって今日は疲れたんだろう。ゆっくりお休み。――……弥尋君、私と本当に結婚しようか？　私と結婚して養子縁組すれば、誰ももう君に手出しは出来なくなる」

「うん……」

　寝言なのか無意識なのか、薄く開いた口から零れた肯定に、三木は笑む。

「そうすれば君はずっと――」

　顔を埋《うず》めるよう胸に擦り寄ってきた弥尋を抱き寄せ、三木はスタンドの明かりを消した。そして二人、眠りにつく。

　寄り添って横になる互いの温もりを各々が感じながら――。


　翌朝、寝入った挙句にベッドまで運んでもらい、そこの半分を占領してしまったことに気付いた弥尋は、起きてすぐにベッドの上に正座して三木に謝った。無自覚の願望のなせる業のせいで、目覚めた時、三木の胸に顔を埋めるように抱きついていたのである。そればかりか、半覚醒状態で夢の続きと思い込み、より一層抱きついてしまっては、言い訳が出来るものではない。抱きついて抱き返され、あまりのリアルさと三木の匂いに現実だと気付いた瞬間、羞恥心で一気に眠気が覚めてしまった。

「せっかくエキストラベッド入れてもらったのに使わなくて……。俺、すっかり寝入ってしまってたでしょう？　そのままエキストラに放り込んでくれればよかったのに。邪魔じゃなかったですか？　寝にくくなかったですか？」

「邪魔じゃあない。それに私に抱きついている弥尋君はなかなか可愛らしくて、寝顔もしっかり堪能させてもらった」

「……堪能するほどのものじゃないです……。兄たちには間抜け面してるって言われるんだから」

「じゃあ私にだけ可愛い寝顔を見せてくれたんだな」

都合のいい解釈をした三木と二人で一階にあるレストランでビュッフェ形式になっている朝食を食べ、一日を三木とともに郊外にドライブに出掛けて過ごした夕方、帰り際に森乃屋に寄って、土産に桜餅の詰め合わせを購入し、家まで送ってもらった。

「四月に入ると新しい店を出店することになるから、暫《しばら》くは森乃屋に立ち寄れないかもしれない。私の携帯電話の番号を渡しておくから何かあればすぐに連絡しなさい。もちろん何もなくても掛けてくれて構わない。出られないこともあるかもしれないが、履歴が残っていれば必ず後で掛け直す。覚えておくんだ、弥尋君。どんな些細なことでも、一人で悩まないでほしい。何が出来るかはその時にならないとわからないが、私がいるということを絶対に忘れないでくれ」

「はい。ありがとうございます」

三木に手渡されたメモを弥尋はじっと見つめた。並んだ十一桁の番号は自分と三木を繋げてくれる呪文だ。

家の方針で弥尋は携帯電話を持っていない。友人たちとの連絡も自宅の固定電話で間に合うので、取り立てて連絡をし合う必要性もなかったが、こんな時、自分だけの回線を欲しいと思う。

（そうすれば三木さんと時間や場所を気にしないで話すことが出来るのに……）


夜になって帰宅した二人の兄を交え改めて御園の件を報告すれば、二人とも怒りも露《あらわ》に憤慨した。

弥尋を守るにはどうしたらよいか。御園が養子を迫っているのを妨害する作戦を考えても、断っても断ってもやって来る御園を追い払うためのよい案はなかなか浮かばない。

成績に目をつけられたのだから落としてしまえばよいのではないかとも提案された。確かに模試を受けるだけ受けて、白紙に近い解答用紙を出してしまえば希望は叶うだろう。しかし、そんな個人的な事情で参加するという態度は、真剣に模試に取り組んでいる他の受験生に悪い。そもそも、必ず毎回トップ二十に入るかどうかも未確定なのだし、弥尋としても今年は高校三年生になって受験を控えているのだ。自分の進学先を見極める上でも、今後受ける模試の全てにおいて手は抜けない。

それに御園のことである。学校の成績もどうにかして入手し、チェックしている可能性が高い。

御園撃退の有効な手だけを見出《みいだ》すことが出来ず、家族の中に重い空気が流れた頃、

「やっぱり結婚しかないのかなあ」

悩ましげに嘆息しながらの弥尋の呟きに、家族全員がぎょっと目を剝《む》いた。

「弥尋！　御園さんの言いなりになる必要はないんだぞ！」

「ワイドショーに取り上げてもらうのも手かもしれないな。現代の身売りとかなんとかなら……」

「どっちでもいいさ。弥尋が救われるなら俺は投書だってなんだってするぞ」

熱くなる兄たちに、慌てて弥尋は言い直した。

「あ、ごめん。違う違う。見合いの相手の人じゃなくてさ」

じゃあ誰なんだ？　と尋ねられ、「三木さん」と言いそうになって口を噤《つぐ》む。

いきなり黙ってしまった弥尋に、特定の人の存在を見出したのか、今度はそんな相手がいたのかとまた大騒ぎである。

出来るならしたいと思う。結婚相手として思い浮かべるのは、可愛らしい少女でなく、三木隆嗣という男。本当に実現すればきっと嬉しくて舞い上がってしまう

だろう。

（でも三木さんはどうなんだろう？）

昨日から今日にかけての三木の発言の真意はどこにあるのか？

牽制というにはあまりにも真摯《しんし》で、三木の想いが全ての言葉から溢《あふ》れ出ている。

それでも――本気にしてよいのかの判断は、まだ弥尋にはつかないでいた。

強制的に見合いをさせられたのは土曜日。日曜日に家に帰ってから一週間は、御園の襲来はなく、表面上は静かな日々が復活したように見えた。家族や三木は「しつこい」「絶対に諦めるわけがない」と主張したものの、拍子抜けするほどに一切の接触がなかった。

いつも通りの日常。いつも通りの三月。その間に弥尋は終業式を終え、春休みに突入した。

短い春休みの間にすべきことがたくさんある弥尋は、生徒会の人間として、毎日補講の後に入学式後の四月のスケジュールについて、生徒会顧問や友人たちと時間を費やして打ち合わせしていた。

その間、二度友人と森乃屋へ行ったのだが、三木には会えなかった。忙しくなると聞いていた以上、いくら本人からの許可を得、様子が気になっていても電話をするわけにはいかず、四月になればまた会えるだろうかと、そんなことを考えながら日々を過ごす。

早く四月になれ。

心待ちにしていた弥尋ではあったのだが、御園は弥尋が考えていた以上にしつこく、強引だった。

「どこの馬の骨か知らんが、可愛い弥尋を取られるわけにはいかんからな」

日曜。三月最後の日曜の昼前。

いきなりやって来た御園は、誰もが歓迎しない表情でいることに気付いていているのかいないのか、それともまったく問題なしと考えているのか、「どうぞ」と勧められるより先にズカズカ上がり込むと、今まさに昼食のヤキソバが並べられようとしていた炬燵の上に、ファイルケースに挟んでいた用紙を一枚、バンッと叩きつけるように広げて置いた。

端に座っていた父親は、いきなりやって来て我が物顔で上がり込んだ御園の無礼な態度に眉を寄せる。

母親は運びかけたヤキソバをもう一度キッチン側のテーブルに戻し、手を拭きながら父親の隣に座った。

「弥尋、お前もこっちに来い」

高飛車な物言いではあるが、自分が関係していることと、御園が持って来たものが何なのか興味もあって、角を挟んで両親の隣に座る。

三人が揃ったのを確認した御園は、もったいぶった様子で紙を父の前へずいと押しやった。

「……養子縁組届？」

「養子縁組!?」

紙を見た父親の呟きに、母と弥尋の叫びが重なった。

三人は一斉に紙を覗きこんだ。そこにあったのは確かに正式な養子縁組のための届出用紙だ。もちろん、まだ未記入の箇所は幾つかあるが、養親となるべき人物欄には「御園頼蔵」の名が、しっかり記載されている。

父親の目つきが険しく変わる。

「御園さん、これは一体どういうことですか。私どもは弥尋をあなたのところへ養子に出すなど、一言も言っていませんよね。何度仰《おっしゃ》られても受け付けるわけにはいきません。これを持ってお帰りください」

日頃は大人しく見える父親は憮然《ぶぜん》としたまま、用紙を御園へつき返した。

「馬鹿なことを仰らないでいただきたい」

母も弥尋も「うんうん」と頷く。だが、御園はそれくらいで退《ひ》く相手ではないのだ。

「馬鹿なのはどちらだ。よいか、本川さん。今のうちに弥尋をまともな道へ導いてやらんと、とんでもないことになってしまうのは目に見えているんだぞ。この間の男のように、どこの馬の骨ともわからんやつに、大切な息子が誑《たぶら》かされるのはいやでしょうが」

誑かされているわけではないのだが……と口を開きかけた弥尋は、父親に目で制された。

「よりによって男と恋愛だと？　けしからんにもほどがある。騙されて弄《もてあそ》ばれ捨てられるのが目に見えてるじゃないか。そんな誤った方向に向かわないように指導するのがわしらの務めだろう。そうは思わんかね。

あぁ？」

コメントしないまま黙っているのをよいことに、御園はさらに言い募る。

「身なりだけはまあ見られたようだが、所詮は若造だ。外面だけで女や男をとっかえひっかえしているろくでもない男に決まっている。大した仕事もしないで、遊び歩いているんじゃないかね。随分手馴れた仕草だったが、ああいうのは場数を踏んでいなければ出来ないだろう。他にも愛人の一人や二人はいるんじゃないのかね？　そんな男と愛だ恋だと現《うつつ》を抜かしてよいわけがないだろうが」

御園の三木への暴言は留《とど》まることがなかった。最初こそ、我慢我慢と耐えていた弥尋の、膝の上に乗せていた手の力が徐々に強くなる。ぎゅっと握り締めた拳《こぶし》と、真っ赤な顔は三木を思ってのこと。

「——何がわかるんですか……」

ボソリ、小さな声が零れてしまっては、もう止められはしなかった。

弥尋は顔を上げ、キッと御園を睨みつけた。

「御園さんに三木さんの何がわかるって言うんですか！　三木さんは——あの人は、それはもうすごく一生懸命な人で、一生懸命過ぎてみんなにはわかってもらえないかもしれないけど、でもすごく、すごくいい人なんだ。仕事だってすごく出来る。俺のこと、一緒になって真剣に考えてくれている。三木さんのこと、何も知らないくせに、勝手な想像だけで言わないでくださいっ」

　御園よりももっとたくさん三木を知っている。笑っているところも、照れてはにかみながら俯《うつむ》くところも、困った顔だって、真面目な顔だって知っている。

　ホテルでの後、

「慣れないことをするものじゃないな」

　と、照れ臭そうに微笑んだ三木は、他でもないこの御園から弥尋を救ってくれたのだ。

「三木さんは……俺の大事な人なんです。悪口は言わないでください」

「寝ぼけたことを言うもんじゃあない。遊ばれて捨てられるのがオチだと何度言えばわかるんだ。悪いことは言わん。すぐにあの男と手を切って、この間のお嬢さんと結婚しなさい。そのための援助はわしが幾らだってしてやる。あんなことがあってもまだ先方の葛原さんはお前を望んでいるんだぞ。凄いことじゃないか。相手は大きな会社の社長令嬢なんだぞ。本来なら会うことも出来ないような相手がお前がいいと言っている。ありがたいことだぞ。それがお前にはわからんのか」

「ありがたくなんかないッ！　俺が結婚するとしたら、三木さんとだけだ！」

「弥尋……」

　母の心配げな表情が目に入ったが、もう言わずにはいられなかった。

「誰かの決めた知らない人となんて絶対に結婚しない。もちろん、御園さんの養子にもなりません。俺は三木さんと結婚するって約束したんだ」

「それが騙されているというんだ。いいか――」

だが、御園が口を開くより、父が声を出す方が先だった。

「よくわかった」

それまでの弥尋と御園のやり取りをじっと聞いていた父は、じろりと弥尋へ目を向けた。

「弥尋、今の言葉に嘘偽りはないな」

「ない」

「よし」

腕組みしたまま重々しく頷いた父は、改めて御園へ向き直り、こう言った。

「聞いた通りです。御園さん、うちは弥尋の意志を何より尊重する」

「ハッ！　親子して血迷ったことを言うな。意志？　息子が男と一緒になると宣言してるんだぞ！　それを本川さん、あんたは許すというのか!?」

「馬鹿なことを言ってんのはあんたの方だろうが、御園さん」

父親の口調はガラリと趣を変えていた。

日頃はどちらかといえば大人しい父親が、今はでっぷり肥え太った御園を前に、気合の面でも一歩も退くものかと、眉と目を吊《つ》り上げて威嚇している。

「あんたのところに養子にやるくらいなら、好いた男のところへ嫁に出す方がよっぽどいいし、理に適っている。弥尋、お前の相手――三木さんを今すぐ連れて来い」

「……いいの？」

「俺の気が変わらないうちにな。とっとと行って引っ張って来い。自分の恋人の大事にノロノロしてるようなら嫁にはやらんとも言ってやれ」

「わ、わかった」

この場から弥尋を逃がすための方便かもしれないし、本気なのかもしれないし、そのどちらであっても、御園の前にはいない方がいいのは確かだ。

弥尋はダダッと二階に駆け上がり、財布を掴むと家を飛び出した。

「弥尋、待たんか！」

御園の叫び声は、引き止める枷《かせ》にもなりはしない。


財布だけを片手に家を飛び出した弥尋は、駅まで出て三木の携帯電話へ電話を入れた。繋がるか繋がらないか半々の賭けだったが、留守電に切り替わることはなくコールが途切れるのを待ち続けた結果、

「——はい」

待ちに待った三木の声が聞こえて来た時には、鼻の奥がつんとしたものだ。

この人は自分を助けてくれる。

弥尋にとって三木は命綱のような存在になっていた。

「三木さん？　俺、弥尋です」

「何かあったのか？」

名乗っただけで、すぐにそう尋ねてくれる三木の声に涙が溢れそうになる。


「あの、今から会えますか？　出来ればすぐに会いたいんだけど……。それとも仕事中？　お休み中？」

せっかくの休みの日。日頃の忙しさから体を休める大事な休養日でもある。御園が実家に来ていることを勢いで伝えてしまった後で自分の都合で休んでいた三木を呼び出すことに僅かばかりの罪悪感を伴いながら問うと、三木は受話器の向こうで小さく笑ったようだ。

「弥尋君の頼みとあれば、そちらを優先するに決まってる。今どこにいる？」

「うちの近くの駅です。森乃屋で待っていてもいいですか？」

「それでもいいが迎えに行こうか？　あ……いや、そうだな。そこにいると追いかけて来た御園さんに捕まらないとも限らないか。やはり店まで来てくれるか？　私もすぐに向かう」

「うん。——あ、あの、ありがとう」

「どういたしまして。頼ってくれて嬉しいよ」

電話を切った弥尋は、来た電車にすぐに飛び乗った。十五分ほどで毎日利用している駅に着くと、まっすぐ森乃屋に向かい、窓際の席に座り、三木を待つ。

休日の昼の時間帯で、そこそこ混雑してはいたものの、すぐに空席が出来たのは幸運だった。泣きそうな顔をしていたはずで、人に見られる場所に立ったままでいることに耐えられそうになかったからだ。

ほどなくしてやって来た三木は、走って来たのか顔が赤かった。着ているものも、電話の後すぐに出て来たのが見てわかるほど乱れがあった。

黒いスラックスにシャツ、春物のベージュ色のジャケット。いつもはセットされている髪の毛がほどよくばらけて前に落ちており、スーツで仕事をしている時よりも、二、三歳は若く見える。

すぐに弥尋を見つけた三木は、弥尋の目の前に湯飲みしかないことに気付くと、店員に「桜セット一つ」と注文した。

「三木さんが食べるんですか？」

「私じゃなくて弥尋君の分。いつも甘いものを食べているのを見ているせいか、ここにないと落ち着かない」

トントンとテーブルの上を指で軽く叩く。

「そんなにいつも食べているように見えますか？」

「うちのお得意様だろう、君は」

すぐに運ばれた桜セット、桜餅と抹茶のジェラートを食べながら、改めて弥尋は今日の昼に御園が来てからのことを語った。そして、三木と結婚すると宣言してしまったことも。

「それは熱烈なプロポーズだな」

「自分でもちょっと恥ずかしい。でも、許せなかったんだ。御園さんが三木さんを悪く言うのが。三木さんはこんなにいい人なのに。わかってもらえないのが悔しくて……」

「そうか」

「御園さんちに養子に行くのもいやだし、勝手に結婚相手を決められるのもいやだ。父さんも母さんも断ってくれてるけど、絶対にあの人が諦めるわけがない。俺、どうしたらいい？　どうやったら逃げられる？」

三木を見て安心し、今までの我慢が崩壊する。涙が頬を伝って顎の先からポタリとテーブルに落ちた。

「も……俺……わかんない……」

「弥尋君」

三木の手がすっと伸びてきて、両手で弥尋の頬を挟みこみ、流れる涙を指で拭う。見上げる弥尋の瞳は涙でしっとりと濡れていた。

「私がついていると言っただろう？」

「うん。でも……」

応える代わりに三木の指が最初は躊躇いがちに頬を滑り、涙を掬《すく》い、弥尋は自然に目蓋を閉じて、宥《なだ》めるように気持ちを落ち着かせるように肌の上を動く三木の指の感触に身を委ねた。

「――相当切羽詰ってるってことか。それにしても御園さんはともかく、見合い相手が退かなかったのは誤算だな」

大人しげな女性だったから、あっさり破談になると考えていたのは三木も同じだった。三木の側は、断りとカミングアウトで立ち消えになってしまったから尚更である。

「御園さんはまだ弥尋君の家にいるのか？」

「……多分。父さんが三木さんを連れて来いって言ったから、来るまで待ってる気がする」

「それも厄介だな。私が行くのは構わないんだが、それで済むかどうかが問題だ。行くのならそれなりの準備をして会う方が効果的だろう」

「だよね。なんか余計に修羅場になりそうな気もする。けど父さんもカッとしてたし、御園さんはあれだし……。俺も……」

また涙が零れ落ち、三木に拭われる。目蓋を閉じていても、三木の困ったような顔がまるで見えているように浮かんで来る。

「どうして？　君は悪くないだろう？　それに私のために怒ってくれた」

「弾みで三木さんと結婚するって言っちゃったのに？」

「最初に君を婚約者と紹介したのは私だ。それに弾みでも私は嬉しい。いや、弾みだからこそと言うべきだろうな、弥尋君の本音が聞けたんだから。——いっそ本当にしてしまおうか」

「出来る……んですか？　難しくはない？」

「その気があるのなら、難しくはない。私と君との結婚だから、手続きは一回だけで事足りる」

「あ」

御園が持ってきた養子縁組届の用紙。

同性同士の場合、そういう形で籍と苗字《みょうじ》を同じにする人たちもいるということは弥尋も知っていることだ。区や市によってはパートナーシップ制度があるところもあるが、まだまだ少ない。


「私の方もこの間の見合い相手は諦めてくれたが、親戚が実家に見合い写真を大量に持ち込んだらしくて、うんざりしてるんだ」

手で高さを三十センチくらい示して苦笑する三木。

「懲りないらしいぞ、その手のお節介は」

「春だから……かなあ」

「発情期だからだろうな。周りだけが盛り上がって本人を無視するのは迷惑この上ないが」

春めいた華やかなピンク色に包まれた季節。新しい出会いを求めて、心も解放されたがっているのかもしれない。

「少しは落ち着いたか？」

「——はい。少しだけだけど」

はにかんで答える弥尋の頬を、三木の大きな掌がすっと撫で、離れていった。もっと触れていてほしいと、寂しく思いながら、口に出して言うだけの勇気はまだ弥尋にはない。

「よかった。顔色も少しは戻ってきたみたいだ」

「そんなに悪かったですか？」

「思い詰めてるように見えた。話を聞いたら無理もないとわかったが」

「いつまで続くんだろうな、こんな生活。俺、一応受験生になるのに……。御園さん、早く諦めてくれればいいのに。やっぱり結婚しかないのかなあ。ねえ三木さん、もしそうなったら三木さんが俺を貰ってくれる？　結婚してくれますか？」

「もちろん。喜んでいただこう。私からお願いしようと考えていたくらいだ。弥尋君を手に入れられる機会を逃す気はない」

「よかった……」

三木がいると思えば安心できる。弥尋は、ペチと自分の頬を軽く叩いて立ち上がった。

「家に電話してみます。それで三木さんを連れていっていいか聞きます。本当に行っても大丈夫？」

「ああ。だが、この恰好じゃ示しがつかないんじゃないか？」

「いいですよ、それでも。十分カッコイイもの」

携帯を貸すと申し出られたが、断って店内の公衆電話に向かう。この店には、静かに話せるよう電話コーナーが少し離れた場所に設置されていた。

「弥尋だけど」

電話に出たのは母親だった。

「弥尋？　御園さんはもう帰ったわよ」

「ホント？」

「ほんとに。弥尋が出て行ってすぐに巡回中のパトカーが来てね、ほら、いつもの。御園さんの車が邪魔になるって呼び出されてすぐに。誰かが通報したみたい。あんたは今どこにいるの？」

「森乃屋。三木さんも一緒にいる」

あら。母親の小さな声。

「あんた……本当に三木さんに電話しちゃったの？

弥尋ってば……」

「だって。父さんだって連れて来いって言ってたじゃないか。それにどうしていいのかわからなかったし」

「ご迷惑かけたわけじゃないのよね」

「うん」

三木は迷惑ではないと言ってくれた。

「それでさ、三木さん、家に連れていった方がいい？　それとも御園さんが帰ったんならもう行かなくていいかな。父さん絶対連れて来いって言ってたし……」

「もういいでしょ。お父さんのは売り言葉に買い言葉だから、弥尋は気にしないで。お母さんから話しといてあげるから。三木さんは来てくれたんでしょ？　だったらそれで十分合格だとお母さんは思うな」

「ありがと。そうだよね。うん、そうしたらもう少ししてから帰る」

「三木さんにもちゃんと謝るのよ」

「はい」

電話を終えてほっとした。

先ほど三木が分析したように、三木を連れて帰っても御園が素直に納得して帰るとは思っていなかっただけに、このまま修羅場に突入してしまえば、どうしたらよいのかわからなくなっただろう。

電話を終えた弥尋はそのまままっすぐ席へ戻ったが、テーブルにうつ伏せになって顔を伏せている三木の姿にハッとした。

「三木さん？　どこか具合が悪いんですか？」

呼びかけに顔を上げた三木は、小さく頭を振った。

「……少し眠かっただけだ。家の方はどうだった？」

「御園さんはもう帰ったんだって。駐禁の警告受けそうになったから慌てて帰ったって」

「そうか、残念だな。せっかくご両親に紹介してもらえると期待していたのに」

「それはまた今度ということにしようよ。――ねえ、それより、目が腫れぼったいよ？　顔も赤くなってるし、本当に睡眠不足だけ？　熱もあるんじゃないの？」

「ただの寝不足だ。御園さんが帰ったと聞いて安心したせいもあるかもしれないいな」

　そう言われても、三木がテーブルに伏せっていたのは御園が帰ったのを報告する前。寝不足なら寝不足で、そんな人間を呼び出した責任もある。

　弥尋は手を伸ばして、三木の額に触れ、すぐに引っ込めた。

「熱！　凄く熱い！」

「え？　そうか？」

「高いよ、ほらっ」

　三木の手を取り、弥尋は自分の額に当てさせ、反対を三木自身の額に触れさせる。

「ほら」

「ああ、君の手はひんやりしていて気持ちがいい」

「じゃなくて！　三木さんが熱くなってるだけ！　どうしよう……お医者さん……ああ、駄目だ。今日は日曜だし……。開いてるところはあるかな」

　自分のことばかりに気を取られていたが、店内に入ってきた三木の顔は赤くなかっただろうか。走って来たせいだとばかり考えていたが、熱があったからではなかろうか。頬に触れた掌を熱く感じたのは、泣いてしまった弥尋の体温だけのせいではなく、三木自身が熱を持っていたせいなのでは――。

「病院に行くまでもないだろう。家で寝ていれば治る」

「――車で来た？」

「ああ」

「お金、ありますか？」

「一応それなりには」

「じゃタクシー呼んでもらいます。タクシーで帰って寝よう」

「わざわざタクシーを呼ばなくても運転くらい出来るぞ」

「駄目です。三木さんは平気だって思ってるかもしれないけど、絶対平気じゃないです。ぼーっとしてて運転ミスしたらどうするんですか」

「そこまでへまはしないぞ」

「でも駄目。俺、一緒についていくから。部屋まで一緒についてって看病するから、だから一緒にタクシーに乗って帰りましょう？」

泣きそうな顔で縋《すが》る弥尋の懇願に、三木はすぐに降参した。

「——わかった。お願いする」

「うん。ちょっと待ってて。お店の人に頼んでくる」

タクシーが来るまでの間、弥尋はもう一度自宅へ電話を入れた。三木の具合が悪くなったので家まで送っていくこと、もしかしたら泊まることになるかもしれないとも伝える。母親には、しっかり看病して来なさい、迷惑かけたのだから治るまで帰って来なくていいと叱られ、それで逆に気持ちが少し軽くなった。

「タクシー来たみたいだ。行こう、三木さん」


その後、三木の手を引っ張って彼の部屋へ到着した弥尋は、すぐに三木をパジャマに着替えさせてベッドへ寝かしつけた。

フリーザーから氷を取り出して、ビニール袋に入れて洗面所に張った水の中に放り込み、それで濡らしたタオルを額の上に置く。脱ぎっぱなしの昨晩のパジャマと靴下をクリーニングボックスに入れ、開いていたスーツケースに残されたままのスーツをハンガーにかけクローゼットに吊るす。机の上には同じく開きっぱなしのノートパソコンと筆記用具、ファイルの山で、先日来た時とは散らかり具合がまるで違う。

その全てが三木の忙しさを物語っており、弥尋は起こさないように気をつけながら、手を入れられる範囲で室内を片付けていった。

ある程度の整理整頓を終えてベッドルームへ行くと、三木はすうすうと寝息を立てている。

「やっぱりきつかったんだな……」

着替えてすぐにかかりつけの医師に往診を頼んでいたようだから、間もなく来る頃だろう。

ベッドのヘッドボードには解熱剤が置かれており、脱ぎ散らかされていたパジャマといい、弥尋が呼び出す前はベッドに横になっていたのだろうと想像するのは容易いことだった。

「それなのに来てくれた」

弥尋が呼んだから。助けるとの言葉通りに。

そんな状態の三木を安易に頼ってしまった自分を後悔すると同時に、体調不良をおして来てくれた事実がたまらなく嬉しく、また鼻の奥がツンとして涙が零れ落ちそうになる。泣いている場合じゃないと自分に喝を入れ、滲んだ涙を拭った弥尋は、三木の口元に顔を寄せた。

薄く開いた口元から零れる呼吸音。触れた頬は熱く、そこから弥尋の体にも血が集まっていく。

「無茶ばっかりして……」

だけどありがとう。

聞こえないとわかっていても、そう伝えたい気持ちでいっぱいだった。

やって来た初老の松本《まつもと》医師は、出迎えたドアの先に呼びつけた本人ではなく弥尋がいたことに白が目立つ眉を上げて大袈裟に驚いたが、

「熱が出てとってもきつそうなんです。体もすごく熱いし……」

説明する弥尋を従えてベッドに眠る三木の側に向かった。医師は弥尋が移動させた椅子に座ると、三木の腕を取って脈を測り、喉や脇に触れた。

「……まつもとせんせい？」

触られているうちに目を覚ました三木へ、医師はにんまりと笑いかけた。

「目を覚ましたか。過労だな」

「過労、ですか……」

「お前さんは働き過ぎなんだよ。真面目なのはいいが、

たまには息を抜け」

「抜いてるつもりなんですけどね、私は」

「そうか？　抜いているのは別のものじゃないのか？　ほれ」

　そう言って、神妙に診察風景を眺めていた弥尋へチラリと視線を流した医師に、

「せ、先生……それは！」

　三木は思い切り狼狽《ろうばい》し、起き上がろうとして眩暈《めまい》で出来ず、ベッドに倒れ伏す。

「三木さんっ」

　慌てて手を添え寝かしつける弥尋を手伝うでなく、医師は意味深に笑みを浮かべながら三木が大人しく弥尋に従うのを眺めている。

「わっはっは。まだまだ若いな、隆嗣」

　口では三木を揶揄《やゆ》する医師の手は、文句を言いたそうで言えずに黙っている三木が横になるとすぐ、診察のために動き出した。

　一連の目診の後、はだけられた胸に聴診器を当て、熱を測った医師は、

「過労と睡眠不足で、他は何も問題なし」

　と、三木ではなく弥尋へ告げた。

「大人しく寝ておればすぐに回復する程度のものだから、心配することはない」

「そうなんですか……よかったあ……」

　弥尋は大きく息を吐き出した。

「すごく熱があったから、俺、焦っちゃって……。もう平気なんですね」

「大人しく寝ていれば、な。どうせろくなものを食っちゃいないはずだ。どれ、点滴は打っておいてやろう」

　カバンから道具を取り出した医師は、念のためと車に積んで来た器具を弥尋に手伝わせて室内に運び入れ、三木の腕に針を差し込んだ。

「どれ。それじゃあ終わるまで茶でも飲ませてもらおうか」

三木をベッドの中に押し込んだ医師は、弥尋へと笑いかけた。

「あ、はい。三木さん、お茶はどこですか？」

「茶葉と急須はキッチンの上の棚にある。弥尋君には悪いが、先生のお相手を頼む」

「はい」

「悪いとはなんだ、悪いとは」

「悪いから悪いと言ったまでですよ。他に意味はない」

「ふん。一丁前に焼き餅か。こんな老人でも独占するのは気に入らないようだな」

「余計なお世話です」

簡易キッチンから弥尋がひょいと顔を出す。

「俺はいいですよ。だから三木さんはゆっくり眠っててください」

「四十分ほどで終わるからな。隆嗣はそれまで寝とれ」

「くれぐれも変なことを彼に言わないでくださいよ」

「変なこと？　はてさて。どれかな。隆嗣五歳のみぎりに、布団に描いてしまった水絵のようなもののことか？」

「先生！」

三木は声を上げた。

「三木さん、落ち着いて。ちっちゃい頃のことなんか、誰も気にしませんって。騒いだら熱も上がるでしょう？　それに先生も、三木さんをからかわないでください」

「隆嗣のはただの過労だぞ」

「それでも。熱もあるし、病人には違いありません」

きっぱりと三木を擁護する弥尋を、医師は面白《おもしろ》いものを発見したかの如《ごと》く、眺めている。

「俺はここにいますから。三木さんも点滴の間は大人しく眠っててください」

何とか三木を寝かしつけ、茶を淹れた弥尋は、医師と向かい合ってソファに腰を下ろした。

「先生は三木さんとは昔からの知り合いなんですか？」

「もう三十年になるか。隆嗣が生まれてからずっと付き合ってきとるからなあ。本川君や、隆嗣の体のことなら何でもわしに訊くといい。もっとも中学生以降は上半身しか知らんがな」

「先生、それはセクハラじゃ……」

「む。知りたいだろうと思って親切心からだったんだが？　お前さんからは訊けんだろう？」

「俺は別にまだそんなんじゃ……」

言いながら「まだってなんだよ！」と自己ツッコミを入れる。頬が赤くなっている自覚があるだけに、恥ずかしい。

「ふむ」

医師はそんな弥尋をじろじろ眺め、

「まだなのか……。意外と晩生《おくて》……」

と呟いた。

「え？」

「いやこちらの話。ところで、本川君と隆嗣はどういう知り合いなのかね？　見たところ、高校生くらいのようだが。――まさか、援助交……」

「違います」

どうもこの医師はそっち方面へ話をふるのが好きらしい。こんな医師と三木はそれなりに親しく交流があるというのが不思議だ。三木のことだから、子供の頃から同じようにからかわれて遊ばれていたのだろうが。

ほとんどない頭髪が真っ白な老人だから、まだ笑って済ませられる内容ではあるが、同じ話を御園が口にしたならば、鳥肌ものである。

しかし、改めて二人の関係を尋ねられると、曖昧だと気付く。

馴染みになった店の社員と常連客だとは、今では言い切れないほど弥尋の中で三木の存在は大きくなっている。三木への思慕の情――恋愛に基づいた好意を認めないほど、愚かではないつもりだ。

では三木はどうなのかと尋ねられ、漠然とした回答は弥尋の中にあっても、明確な応えをまだ三木から聞いていない。

「最初はただの店の知り合いで――今は……よくわからないです。ただ三木さんにはよくしてもらって、今日だって俺のために体調悪いのに来てくれて、すごく感謝してます。俺にとって三木さんはなくてはならない大切な……とっても大切な人なんです」

初対面の医師に何を話しているのだろうかと自覚はあったが、聞き上手なのか、医師がそうなるよう誘導したからなのか、思ったより素直に口に出すことが出来た。

「なるほどなあ。だからお前さんの前では隆嗣が隆嗣らしくいられるのかもしれんな」

「三木さんらしく？」

医師はにんまりとした。

「付き合っていけばおいおいわかる。隆嗣は本川君の前では十分地を曝《さら》け出しておるからな」

その後、点滴が終わるまで三木の幼い頃の話――注射を怖がって幾度逃亡を図ろうとしたかなどを身振りを交えて聞いたりと、楽しく過ごすことが出来た。

「今晩一晩眠ってしまえば、明日は元通りだ。熱が下がってないようなら、熱さましを飲ませなさい」

「食事は出来ますか？」

「そうだな、本川君は明日の朝までここにいるかね？」

「そのつもりです」

「それなら、朝に朝食を届けさせることにしよう。明日は月曜でわしも病院を開けんといかんからな。隆嗣もこんな老いぼれより、本川君がおってくれた方がよかろうて。代わりのものに持って来させる」

「もし今から朝までの間に目を覚ましたらどうしたらいいですか？」

「水分補給にサプリメントか何か飲ませればいい。ああ、間違ってもコーヒーなんぞ飲ませちゃいかんぞ」

「はい」

細々とした注意を聞きとめ、ホテルの下まで医師を見送った弥尋は、コンビニでスポーツドリンクを五本ほど買い求め、部屋に戻って来た。

点滴と薬が効いているのだろう。三木はまだぐっすりと眠り込んでいる。

「汗かいたパジャマも着替えさせた方がいいのか聞いといたらよかった」

シンと静まり返った部屋の中に一人でいても手持ち無沙汰を感じ、ボリュームを抑えてテレビ画面を眺めていると、暫くして起きて来た三木が弥尋の隣にトスンと座った。

「寝てなきゃダメじゃない、三木さん」

「いや、姿が見えなかったから……帰ったのかと思った」

「いますよ。いるって言いませんでしたか、俺。明日の朝までちゃんと。だから安心してください」

「そうか……。よかった。それにしてもみっともないところを見せてしまったな。かっこ悪くて幻滅しただろう？」

「そんなことあるわけないじゃないですか。俺の方が悪かったんだし。具合が悪いなら悪いって言ってくれたらよかったのに」

「弥尋君のくれた初めての電話とお願いだ。断れるわけがない」

手渡されたペットボトルを持ったまま三木は、気怠《けだる》げに弥尋の肩に頭をコトリと寄せた。

三木の髪が頬に触れ、ふわりとした匂いをすぐ間近に感じれば、トクトクと心臓が速い鼓動を刻み出す。

「ほ、ほらっ、寝てればいいのに起きて来るから。きついんでしょう？　ベッドに戻ってください」

「風呂に入りたいんだが」

「それは駄目です。シャワーも今夜は控えなさいって先生が言ってました。体を拭くなら用意します」

「頼んでもいいか？」

「だから寝てなさいって。着替えとタオルを持っていくから、三木さんはベッドで待っててください」

「わかった」

大人しくベッドへ戻った三木の元へ、湯を張った洗面器と熱く絞ったタオルを運ぶ。はらりとパジャマの上衣を脱いだ三木は、ほかほかのタオルで丁寧に体を拭っていった。背中など自分の手が届かないところは弥尋が手伝い、後は三木が全て行う。さすがに下半身を拭いているところを正視できるはずもなく、脱ぎ散らかされたパジャマや下着を集めながらそそくさと部屋を離れて作業が終わるのを待った。

「弥尋君は好きに風呂を使って」

「はい。お言葉に甘えてお風呂借りてきます」

先日泊まった時に買った着替えの残りがまだこの部屋にあるのは幸いだった。

コンビニで買って来たおにぎりを食べ、三木が再び寝付いたのを確認してゆっくりと熱いシャワーを浴びた弥尋は、眠る三木のベッドの上に屈みこみ、寝顔を見つめた。

「大丈夫かなあ……」

フットライトだけに絞った室内では顔色まではよくわからない。もっとよく見ようと弥尋は体ごと、ベッドに乗り上げるようにして近付き――。

いきなり伸びてきた腕に腰を引かれ、ベッドの中に引き摺り込まれてしまった。

「三木さん!?」

バスローブに下着をつけただけの姿で乗り上げたものだから、当然裾も胸元もはだけてしまっている。

一体何を唐突に……と胸元を合わせながら三木を見れば、熱で潤んだ瞳で座り直した弥尋を見上げている。

「いきなり何するんですか。びっくりしたじゃないですか」

「――ああ、弥尋君がいると思ったらつい手が出てしまった」

「ついって……三木さん、それどんな理屈？」

「理由も理屈も何もない。ただあんまり君が一生懸命に心配してくれるから嬉しくなっただけだから。だから……我慢できなかった」

熱烈な告白に等しい三木の言葉は、弥尋の全身を真っ赤に染めた。恥ずかしくて、どう反応して応えたらよいのかわからなくて、弥尋は三木の額に手を乗せる。

「まだ熱いよ。また熱が上がったらどうするんですか」

「そうしたらまた看病してくれるんだろう？　それに弥尋君は冷たくて気持ちがいい」

「そうですか？　熱が高いからそう感じるんですよ。氷枕代わりにするなら、水浴びして来ればよかったですね」

「駄目だ。そんなことをしたら君が風邪を引いてしまう。今のままで十分」

三木は微笑むと、弥尋に伸ばしていた腕をパタリとシーツの上に落とした。

疲れるならしなければいいのにと思いながら、弥尋は額にかかった髪を梳《す》き上げた。

「俺、ここで眠ってもいいんですか？　邪魔にならない？」

「病気じゃないんだからうつる心配はないし、構わないさ。ベッドもそれなりに広いし、私は歓迎する」

「だったら」

弥尋は熱くなった三木の頬に、冷たいと言われた掌をあてがった。

「一緒に寝させてください。氷枕代わりでもいいから」

「贅沢《ぜいたく》な枕だ」

言いながら三木は、弥尋を腕の中に抱き込み、大人しく横になった弥尋の首筋へ鼻先を埋めた。

「弥尋君の匂いがする。これがあれば最高にいい夢が見られそうな気がする」

吐息と声がくすぐるのは、肌だけでなく、触れられたいという熱情。ゾクリともどかしい熱が、弥尋の体の中を駆け抜ける。今、口を開けば、唇から零れ出てくるのはきっと言葉じゃない。本能でそれを察した弥尋は、ぎゅうと目蓋を閉じ、さらに三木に体を密着させた。

「おやすみ、弥尋君」

照明を落とし目蓋を閉じてすぐ、温かなものが弥尋の頬に触れた。それが三木の唇だったと気がつくのは、すでに三木が夢の中に入ってしまった後。

(今のキス……だよね)

頬にではあるが、キスには違いない。

ドキドキという心臓の音は、しかしやがてトクトクという落ち着いた三木の心音と歩みを揃える。三木と眠る二回目の夜。

嬉しいような恥ずかしいような気持ちを胸に抱いたまま、一日の疲れのせいか、弥尋もすぐに眠りに落ちるのだった。

翌朝、三木の様子が気になって、いつもより早く、六時に目を覚ました弥尋は、隣ですやすやと規則正しい寝息を立てている三木の姿に、ほっと胸を撫で下ろした。

昨晩の枕状態を引き摺ったまま、三木に抱き込まれていても、前回泊まった時のように慌てたりはしない。反対に、こんな機会はもうないかもと思えば、すぐに起き出すのも勿体なく、このままでいるのもいいなと、もっと近くへと密着する。暫くそうやって、三木の体の温もりと鼓動を堪能した後、起こさぬよう慎重に三木の腕から抜け出た弥尋は、静かにベッドを下り、洗顔して手早く着替えを済ませた。

朝食を持って来させると医者は言っていたが、何時頃に来るとは聞いていなかったため、昨夜同様、若干手持ち無沙汰気分のまま、静かな音量でテレビをつけてニュースを見ているうちに、すぐに七時を回る。そうなると、今度は起きてこない三木に、具合が悪いのが継続しているのではないかと心配になる。

「よく眠ってる。あ、無精髭《ひげ》発見」

兄や父以外に眠っている男の顔をまじまじと見たことがない弥尋には、先日宿泊した時は先に眠ってしまったせいで見ることのなかった三木の寝顔は、かなり新鮮に映った。手を伸ばし起きなければいいなと思いながら額に触れると、昨晩ほどの熱はもうなかった。その代わり、掌に感じるしっとりとした汗。疲労が濃く出ていた昨日と違い、今朝は穏やかに見え、ほっとする。

カーテンの隙間からうっすらと明るい空が覗き、窓を開ければ少し冷たいけれど気持ちよい春風が流れ込んでくるに違いない。今日からいよいよ四月。

「御園さんの存在そのものが冗談だったらいいのに」

昨日の縁談と養子の件は、嘘だ夢だと言ってくれれば本当に安心できると思うのに、決して嘘ではなく現実なのだとわかっているからなお落ち込む。

新学期が始まるのは今週四月五日の金曜日。その後九日に入学式となる。生徒会としての仕事のメインは九日からだが、その前に新しい学年や学級で委員の選出を行い、顔合わせや会合も待っている。すべきことはたくさんあるのだ。

「学校が始まっても来るのかなあ、御園さん」

精神的な疲弊はもちろんのこと、受験勉強の邪魔にしかならないとわからないのか。なぜ弥尋が拒否すると考えないのだろう。自分が富と名誉、出世を一番だと信じているから他人もそうなのだと思い込んでいるのかもしれないが、御園の野望、養子にして相手の望むままの大学へ進学し、卒業と同時に結婚など、絶対に許せるものではない。

なぜこんな長閑な春の日に、朝から嫌な親戚のことを考えねばならないのかと、それだけで憂鬱になる。いい加減どこかできっちり決着をつけたいものだと考えながら、弥尋は時計を見た。

「もう七時半か」

今日も補講が組み込まれているため、学校に行かなくてはならない。そのため一度自宅に帰る必要がある。もしまだ具合が悪くて寝ているようなら、学校での用事が終わった夕方、三木の様子を見に来てもいい。

「――三木さん、会社はいいのかな」

一般の会社に盆と正月、ゴールデンウィークの休みはあっても、春休みはいくらなんでも存在しないだろう。それでなくとも、忙しいと三木は言っていたのだ。

「起こした方がいいんだよね、多分」

七時半になろうかという時刻が早いのか遅いかの判断は、学生の身ではつきかねるが、もしも出勤を忘れて寝入っているのなら、知らせるのが親切だろう。会社に行ける体調でなくとも、本人からの欠勤連絡は必要になる。

気持ちよく眠っている三木を起こすのは忍びなく思いながら、体に手を伸ばしたところで、ピロロロと軽やかな電子音が室内に鳴り響いた。瞬間的に三木の携帯だろうかと体を震わせた弥尋は、鳴っているのがベッド脇のサイドテーブルに置かれた電話で、フロントからのコール音だと気がついた。

「は、はい」

誰も応えるものがいないとわかっていても、つい声に出して返事をしながら、急いで受話器を耳に当てると、来客が来ているので部屋に通してよいかという問合せだった。松本医師の妻が朝食を持って来てくれたらしい。

「お願いします」

受話器を置いて三分後、部屋の外のベルが鳴り、昨日会った松本医師と同じ真っ白い髪を結い上げ、から し色の薄いレースのカーディガンを羽織った老婦人が弥尋へ包みを手渡した。

「おはようございます」

「おはようございます。本川君？」

入り口で頭を下げた弥尋に、彼女は柔らかく微笑んだ。

「うちの人から聞いていています。本川弥尋くんね」

「はい」

「隆嗣君の様子はどう？　よくなった？」

「まだ眠ってるのでどうかは……あ、でも熱は下がってます。体もあんまりきつくなさそうに見えました」

「そう」

医師の妻はベッドルームをチラリと覗き、人が来たことにも気付くことなくスヤスヤ寝息を立てている三木の寝姿を見て、穏やかに小さく頷いた。

「よく寝てること。大丈夫みたいね、もう。あなたもご飯はまだでしょう？　雑炊ね、二人分あるから一緒に食べてくださいね。簡単なおかずもついているから」

「ありがとうございます、俺の分まで。あの、三木さんもおかずは食べていいんでしょうか？」

「消化にいいものを持って来ているから大丈夫よ。それに大きな大人には、雑炊だけじゃ物足りないかもしれないものね。レンジで温めればすぐに食べられますよ」

「本当に何から何までありがとうございます。あの、お茶でも」

「あら、こんなおばあちゃんを誘ってくれるなんて嬉しいこと。でもごめんなさいね。うちの病院のお手伝いに戻らないといけないのよ」

「あ、じゃあ忙しい時にわざわざ……？」

「患者さんのためのお手伝いだからそれはいいの。三木さんのところとはお付き合いも長いしね。それよりしっかり隆嗣くんに食べさせてちょうだい。本川君みたいにしっかりした人がついていてくれたら隆嗣君も安心だと思うから」

ニコニコ笑って医師の妻は帰っていった。ロビーまで送ると言ったのだが、早く起こして食べさせないと遅刻すると言われた言葉がもっともなこともあり、甘えさせてもらった。

耳元のコール音にも起きなかった三木は、

「三木さん、起きて。もう八時ですよ」

手早く食事の用意を済ませた弥尋が数回声を掛けるだけで、うっすらと目を開けた。

「あ、本川君……もう朝か？」

「起きられる？　頭、痛くない？」

三木は自分の額に手を当てた。

「熱は下がっているみたいだ。体も随分楽になっている」

「よかった。じゃあ念のために体温計で熱を測ってください。お医者さんの奥さんが雑炊を持って来てくれたから、すぐに食べられますよ」

三木の口に差し込んだ体温計は、すぐにピピッという音とともに測定を終わらせ、出た数字は三十六・三度。平熱だ。


「よかった。大丈夫そうだ」

レンジで二分、チンして出来上がった雑炊は、細かく刻んだ鶏肉《とり》が入った鶏雑炊で、卵でとじられていた。塩加減も程好《よ》く、かなりおいしかった。

食べ終えた後、カップ類をゴミ袋にまとめた弥尋は、三木の前に茶のお代わりを置いた。

「学校に行かなくちゃいけないから、一度家に帰りますね」

「まだ春休みなのに行くのか？」

「うちの学校、休みでも補講があるんですよ。だから午前中はどうしても出なくちゃいけなくて」

「そうか。残念だな。今日は一日一緒にいられるかもしれないと思っていたのに」

「それはまた今度。でも、三木さん、会社はいいんですか？」

「え」

「もしかして……今日が月曜日だって忘れてるとか

「……？」

三木の間抜けな表情を見てしまえば、一発で図星だったとわかるというものだ。

「本川君！　今は何時？」

「八時少し前。会社は何時からですか？」

「九時。……というか今日はもしかしなくても四月一日だよな？　入社式がある」

「……入社式は？」

「十時から」

当然、十時に到着すればいいということはないはずだ。

「三木さん！」

慌てて立ち上がった弥尋は、ビシッとバスルームを指さした。

「先にシャワーに行って汗を流して！　その間に着替えを用意しておくから！」

三木を浴室に追いやった弥尋は、クローゼットを開き数ある服の中からスーツを吟味する。似たような色が並ぶ高級そうなスーツの中から、三木に似合いそうなシャツとネクタイの色合せをしてベッドの上に並べて置いた。

「弥尋君、下着を持って来てくれ」

「はーい。今持っていきます」

先日泊まった時の経験からどこに何があるのかはどことなく把握している弥尋である。

「ビキニブリーフ派なんだよね、三木さんは」

シンプルなグレーの下着を引き出しから取り出していると、バスタオルをかけ、ローブを纏っただけの三木が「パンツくれ」と洗い髪のまま歩いて来る。

「ちょっ……！　三木さんっ。パンツを穿いて。髪を乾かして！」

三木が一つ一つ片付けていくたびに、不要になったバスタオルやローブをクリーニングボックスに放り込む。

「準備完了」

十五分後、柔らかに笑いかけた男は、パジャマで寝乱れていた病人もどきでも、髪から雫《しずく》を垂らしてバスローブ姿でペタペタ歩いている濡れ男でもなく、髭をきれいに剃《そ》り上げて髪をセットし、ビシッとネクタイを締め、高級スーツに身を包んだエリートサラリーマンの見本、三木隆嗣だった。

「スーツとかネクタイ、勝手に選んでしまったけど、それでよかったですか？」

「もちろん。今度から毎朝選んでもらいたいくらいだ」

行こうかと背を押される。さりげなくエスコートできるのも、三木の人柄や育ちを感じる瞬間だ。


三木の好意に甘えて家まで送ってもらった弥尋は、家人がもう仕事に出掛けたことを確認し、手早く制服に着替え荷物を持つと、またすぐに少し離れた駐車場に車を停めて待っていた三木の元へ戻った。

「待たせました？」

「いや、大丈夫」

三木は携帯電話をポケットに仕舞いこんだ。

「それじゃ行こうか」


「入社式って、三木さんも出たりするんですね？」

「一応役職持ちだから顔は出すが、それだけだ。壇上で挨拶をするわけではないからな」

それでも式に出席して立ち会うだけでも凄いものだと思う。

「入社式って、テレビに映ったりするでしょう？　本当にあんなに人が集まったりするんですか？」

「テレビの場合、映り栄えのするシーンしか撮らないから、どうしても人数の多い企業が映されることになる。大抵テレビの映像は銀行や外国資本だったり、世界的にも有名な大企業ばかりだろう？　ホテルの一ホールを借り切ってやるところもあるようだが、大抵は会社の会議室がせいぜいだ」

「三木さんのところはどっちですか？」

「うちは午前中がホテルで、グループ企業全ての新入社員対象の一斉入社式。会長からの挨拶やお偉いさんの堅い話が続いて、その後部署や会社に分かれて、それぞれのトップを前にして簡単な入社式。翌日に配属先の部署で本格的な顔見せ、実質こっちが本当の入社式みたいなものだな。地方の支社の場合、当日が初出社で配属先が確定される」

「手間がかかるんですね」

「単独会社ならここまではなくて、おそらく一般の人が想像するようなものと大差ないはずだ。うちの場合は規模が違うからな。新卒の採用人数はそう多くもないんだが、なにしろグループ系列企業の全社員対象だ。本社のホールはそれなりに広くても、全員を収容するのはとてもじゃないが無理だ。もっとも、新入社員と上の方の人間以外、月が変わったってやることはそう変わらない。とはいえ異動や転勤もあるから、人によって四月の迎え方は違う」

「三木さんは、営業系になるんですか？　営業部とか課とかよく聞きますけど、いまいちよくわからないんですよ、まだ」

「一口には言えないんだが、営業職といえばそうかもしれない。これで意外と外回りも多い。森乃屋に行くのも半分は仕事だ」

「あれ？　じゃあ、後の半分は？」

「弥尋君に会うために決まっている」

真顔で言い切る三木の横顔を、思わずまじまじと見つめてしまった弥尋である。

「……そ、それって、喜んでいいのかな……？」

「もちろん。でなくてどうしてわざわざ週末に仕事を入れると思うんだ？」

「あ」

三木と会っていたのは大抵土曜か金曜だ。金曜日はともかく、土曜に三木がいるのは、一般的に土日が休日だと仮定すれば、確かに妙かもしれない。

「……俺ってバカかも。今頃気付いた……。じゃ、じゃあ。秋に初めて森乃屋に行った時、三木さんに会えたのも、わざわざ三木さんが土曜日に仕事を入れてくれてたから？」

三木は笑うだけで答えてくれなかったが、だから回答がわかってしまう。弥尋に会えるかもと期待をし、時間の遣り繰りをして来ていたのだろう。もしあの日に勇気を出して行かなければ、本当に今の二人はなかったかもしれない。

「運がいいと言ったのを信じたか？」

「信じる。信じました」

神妙に頷いた弥尋が可笑しいのか、三木は軽やかに、今度は声を立てて笑った。

「弥尋君のお兄さんたちも、もう社会人だっただろう？　やはり今の時期は忙しいのか？」

「上の兄は志津っていうんですけど、会社で運転手してます。二番目は実則で、ジムのインストラクター」

志津は車に限らず乗り物が好きで、それが高じて、普通に事務能力を評価され秘書として会社に入社したものの、運転手を募集していると聞いて即座に部署変更を申し出た変わり種でもある。次兄は大学までは陸上をしていたが、長兄曰《いわ》く「筋肉の魅力に取り付かれている」ために、スポーツに関わりたいと、インストラクターとして有名ジムに所属、プロやアマチュア選手のツアーに付き添ったりと、結構引っ張りだこで活躍中だ。結果的に、二人ともあまり家にいないことが多いのだが、家族仲は良好だ。

「御園さんにとっては全然価値のない仕事なのかもしれないけど」

「自分が全力で打ち込むことの出来る仕事や趣味を持

つのは素晴らしいことじゃないか。言い方を変えれば、御園さんも仕事に打ち込んでいるのではあるんだろうが……」

「巻き込まれた方はいい迷惑です」

心底嫌そうに唇を尖らせた弥尋の頭に、三木の手がふわりと乗せられた。

「そうだな。弥尋君たち家族にとっては確かに迷惑だ」

車は流れに沿ってゆっくりと道路を走っていく。春休み中であっても、月曜ということもあり、いつも以上の時間をかけて学校へ到着した時には、九時を少し過ぎていた。

「甘えて連れて来てもらったけど、会社には間に合いますか？　さっき、携帯電話で話してたでしょう？　仕事の話だったんじゃ……」

「少し遅れると伝えただけで、あれは別件だ」

「俺のせいですよね。まっすぐホテルから会社に行ってれば間に合ったのに」

ごめんなさい。しゅんと項垂《うなだ》れる弥尋に三木は慌てる。

「違うぞ弥尋君。私が送らせてくれと言ったのだから、弥尋君に責任はない。それに、元々今日はゆっくり行けばいいようになっていて問題はない」

「気にしないように嘘言ってるんでしょ」

「違う違う。本当なんだ。今日は本当にゆっくり出社でいいんだ」

「……サボリ？」

「あのな……」

三木はやれやれと嘆息する。

「先週ずっと出張で、土曜の夜に帰って来たばかりなんだ。入社式があるから顔は出すが、本当ならまる一日、いや二日は休みを貰ってもいいくらいだろう」

「それじゃ……やっぱりごめんなさいだ」

ますます俯く弥尋に、三木は「ん？」と怪訝《けげん》そうに眉を寄せたが、すぐ理由に思い当たり、左手を伸ばして弥尋の頬をつつく。

「そんな顔をするな」

「だって、だってさ、それで疲れて帰って来たばかりなのに、寝てたところを邪魔してしまったんでしょう？　三木さんが倒れたのも俺が無理言ったから……」

「ストップ」

大きな手が弥尋の口を塞いだ。目を上げると、三木はしょうがないなと笑っていた。

「松本先生も言っていただろう？　過労は上の責任で、体調を崩したのは不摂生だった私の責任。まだ暫く会えないと思っていた弥尋君と思いがけず会えて、一緒のベッドで眠ることが出来てとても嬉しかったのに、弥尋君はそうじゃないのか？　私だけか？」

ふるふると首を振ると、

「だろう？」

三木は満足そうだ。

「なんか俺、三木さんに迷惑かけてばっかりのような気がするけど、それでもいいの？」

「これくらいは迷惑とは言わないぞ。それに、昨日私を看病してくれたのは弥尋君だ。私の方がよほど手間をかけさせてしまっている。——と、そろそろ行ってくる」

「はい。気をつけて行ってらっしゃい」

片手を挙げてアクセルを踏みかけた三木は、しかし、何かを思いついたように窓の外に立つ弥尋を見上げた。

「何時頃に終わる？」

「多分昼前には。その後生徒会の仕事があるから、三時前には終わると思います」

「それなら今日は夕方にはちゃんと家にいるな。明日も同じ予定なのか？」

「そのつもりですけど。何か？」

「いや、予定だけ聞ければ。——もし、また御園さんからちょっかいをかけられたり、何かされそうになったら迷わず私に連絡してほしい。それと」

三木は一旦言葉を切ると、じっと弥尋を見つめた。

「私と結婚する意志に変わりはないか？」

「――はい」

「そうか」

だからどうだと問いもしない弥尋。

だからこうなんだと説明しない三木。

二人は、しかし互いの顔を見つめ合い、にこりと笑い合った。

「いいですよ。ただ夜のお勤めはもう少し経ってからの方がありがたいです」

一瞬、虚を突かれたように目を見張った後、軽やかに三木の笑い声が響く。

「そうか。うん、その気になったらいつでも言ってくれ。私の方はいつでもＯＫだ。心待ちにしている」

そんな冗談を口にしてしまい、顔が赤くなっていないかなと思いながら、校門を潜《くぐ》る弥尋の足は軽かった。三木となら、一緒に暮らしてもいい。逃げ道の一つとしてではなく、そう思える自分にどこか納得しながら。


「今日はいませんように……」

半ば祈るようにして帰宅した弥尋は、家の前にいつもの大きなベンツが停まっていないことに安心し、玄関を開いた。

「ただいま」

そして出迎える声。

「待っていたぞ、弥尋」

ゲッと声を上げなかっただけでも褒めてもらいたいものである。ただいまの声を聞いて出て来たのは、父でも母でもなく、御園頼蔵その人だったのだ。

「なんで……？　なんで？　うちの前に車、なかったのに……」

靴も脱がず、玄関先で呆然と立ち竦む弥尋に構わず、手を伸ばした御園が家の中に引っ張り込もうと腕を摑む。

「レッカー移動されてしまってはたまらんからな。今日はタクシーで来た。さて、今日こそ署名してもらうぞ」

「ちょっ……待ってください！」

「御園さん、弥尋はいやだと言ってるんです。何度もお断りしているんですから、もういい加減にやめてください！」

慌てて出て来た母親が、息子へ詰め寄る従兄弟を諌《いさ》めるが、御園はそんな母を一瞥するだけで無視する。

「弥尋、ほらペンを握るんだ」

金色の万年筆を押し付けられるが、弥尋は両手を堅く握り締めて受け付けない意志を示した。

「いやだって言ってるでしょう！　御園さんの言うことを聞かなきゃいけない義務は俺にはない！　帰ってくださいっ！　それに俺にはちゃんと恋人がいると言いましたッ」

「見え透いた嘘をつくな。そんなに簡単に男同士が結婚できるものか。相手が社会人なら世間体もある。高校生の男に誰が本気になるものか」

政略結婚の道具にするつもりで強引に養子にしようとしている御園だけには言われたくない台詞だ。

「それでも！　三木さんはしてくれるって言った！」

「証拠はどこにある？　え？　昨日だって結局、本人は来なかったんだろう？　断られるに決まっておる」

「違うっ。来てくれるって言ったんだ。でも体調が悪くて」

「とにかくだ。早くこれに名前を書いて判を押しなさい」

「いやだっ！　絶対にしない!!」

届出用紙を持ち、弥尋にペンを持たせ、無理矢理にでも押さえ付け名前を書かせようとする御園。玄関先で二人が揉み合っていると、いきなりドアが開かれた。

「またあんたか……御園さん」

帰って来た父親は、見飽きた顔にうんざりした様子で険しく眉を顰《ひそ》めた。困り顔の妻と、真っ赤な顔で御園から逃れようとしている息子を見れば、御園が何をしようとしていたか、見当は簡単につく。

「もううちには来てくれるなと昨日言ったことを忘れてしまったんじゃないでしょうな」

「わしは認めた覚えはない」

「何度来られても弥尋をあんたのところに出す気はないんだ。諦めて帰れ」

手でシッシッと追い払う真似を露骨にした父は、弥尋を見た。

「弥尋」

「なに？」

「客だ」

「え？」

玄関に入った父親の後ろから、見慣れた長身の姿を認めた弥尋は、目を大きく見開いた。

「三木さん……」

呆然としつつも嬉しさが滲み出るのを隠せない弥尋へ、小さく笑んで見せた三木は、もう一人、三十代後半と思われる体格のよい男を一人伴っていた。

狭い玄関に、弥尋と両親、御園、三木と連れの男の六人が立ったまま。今の状況を完全に把握できているものがおそらくいないだろうこの時に、最初に動いたのは三木だった。

「実はお話があって参りました」

ピンと張りのある声は、次に母親を我に返らせた。

「申し訳ありません。お客様を玄関先に立たせたままにしちゃって……。失礼しました。弥尋、三木さんとそちらの方——」

「上田《うえだ》です」

「三木さんと上田さんを和室にお通しして」

「あ、はい。三木さん、上田さん、どうぞ上がってください。狭い家ですけど」

母親は茶を用意しにパタパタと台所に消え、父親も弥尋に先導された三木たちの後をついて玄関を上がる。そこでようやく御園は自分が無視された形になっていることに気がついた。

「本川さん！　どういうつもりだ!?　客というならわしの方が先に来ていたんだぞ」

「しつこいですな、あんたも。うちが客と認めているのは、今のお二人だけです」

廊下を追って食い下がろうとする御園を振り切るとすぐに、父もリビングへと続く和室に向かった。

御園に出されていた茶を片付け、母親が新しい茶を淹れて父親の隣に座ったのを見計らうと、三木と上田は礼を言いながら軽く頭を下げた。

「夕方のお忙しい時間に事前の約束もなく、急に来訪しましたこと、まずはお詫《わ》びいたします。初めてお目にかかります。私が三木隆嗣です」

深く頭を下げた三木は、持参した菓子折りを母親へ、もう一つの薄い正方形の箱を父親の前へ差し出した。

「簡単なものですが、どうぞ」

「まあ。わざわざご丁寧にありがとうございます。こちらこそ、いつも弥尋がお世話になりっぱなしで。具合はもうよろしいんですか？」

「お気遣いありがとうございます。すっかりよくなりました。弥尋君の看病のおかげです」

一見和やかに見える三木と母親との話を耳にしながら、父親は口を開かず無表情に貰った包みを眺め、上田はなぜか口元に可笑しげな笑みを浮かべ——御園は苛々《いらいら》を隠そうともせずリビングのソファにふんぞり返り……。弥尋は徐々にドキドキ感が大きくなっていく。

(三木さん、何しに来たんだろう?)

まさか世間話をするために来たわけではあるまい。それに何のために上田という人を伴っているのかも気にかかる。会社の帰りに立ち寄ったにしては、両親への手土産まで持参したりと最初からそのつもりで来た

としか思えない。一つだけ――一つだけ心当たりがないこともないが、

（まさか……だよね）

ありえない気持ちの方が強く、たった一つの心当たりを、そうであればよいと望みながら期待してはダメだと否定する。

三木と母親の会話はこのまま暫く続くと思われたが、リビングの御園へ瞬間的に視線を走らせた三木は、おもむろに一歩下がると両手を畳の上についた。

そして、両親を前に言う。

「弥尋君を私にください」

まさか、だった。可能性として真っ先に否定した台詞が思いがけず聞こえ、

「三木さん……」

信じられないと大きく目を見張る弥尋へ、畳に額がつくほど深く下げていた頭を上げた三木は、安心させるように頷きながら微笑みかけ、再度両親へ先の言葉を繰り返した。

「私は弥尋君と結婚したいと考えています。どうかその許可をいただきたい」

「――本気なの？　三木さん」

問う弥尋の声は震え、掠《かす》れていた。

「本気だ。一緒になってくれるかと訊いたら、君はうんと言った。だから貰いに来た」

「本当に本当？　後から嘘だとか冗談とか言わない？」

「言わない」

断言した三木はそのまま父をまっすぐ見つめた。

「弥尋君は今、とても困っている状況だと聞いています。私は誰より大切にしたいと願う人が幸せでないことが腹立たしく許せない。しかし、私なら弥尋君を助けることが出来ます。無論、同情や一時的な感情のための思いつきではなく、冷静に考えた結果です。上田さん」

指名され、それまで黙っていた上田は、誰にも気付

かれない程度の笑みを浮かべて、重そうな革鞄《かばん》から書類を取り出した。

「……」

常人なら一生目にすることがないかもしれないそれも、本川家の面々にはすっかり見慣れたものだった。

上田は座卓の上にすっと用紙を滑らせ、弥尋と両親によく見えるよう広げて置いた。

「養子縁組の届出書です。すでにこちらの三木の署名は済ませています」

昨日は御園頼蔵の名があった養親の欄には、今度は三木隆嗣と力強くはっきりした黒文字で記されている。

「それとこちらは、三木の戸籍謄本と住民票の写しです。独立した住民票と戸籍を所持していますので、弥尋君には三木の戸籍に入っていただくことになります。本籍地については、後日の変更も可能ですから、まずは三木の戸籍がある役所に届け、それから新居なり二人で考えるとよいかと。弥尋君は明日十八歳になり成人として扱われるようになります。そうすれば成人としての保護者の許可が必ずしも要るわけではないのですが、ご家族で話し合う時間がご入り用かとも思いますので、本日は説明を聞いていただくだけで構いません」

届出用紙の隣に置かれた二枚の紙。

「それから」

上田は、鞄からクリップで留められた用紙の束を取り出し、同じく卓に並べた。

「三木の身上書です」

「身上書？」

弥尋の疑問へ答えるのは上田だ。

「どんな人間で、どこで生まれ、どんな生活を送り、両親や兄弟、職業、年齢などが一通り書かれているものだ。三木隆嗣という男を知るための手立ての一つだと考えればわかるかな？」

「はい」

履歴書のようなもの、釣書とも呼ばれる当人の証明書だ。ドラマでは探偵や興信所を使って調べることもあるが、今目にしているのは調査による裏的なものではない。

「いきなり現れて自分の子供をくれと言われても、相手のことを知らなければ安心して委ねる判断を下せるわけがない。ただ紙切れに書かれた文字の羅列でしかないこれを、必要とする人はやはり多いんだよ」

当人よりも背景を知りたいと思うのは、ある意味自然な流れだと上田は説明する。そこに記載されていることから人格や人柄がわかるわけではないと頭の中で理解していても、時として有効に利用することも出来るのだ、と。例えば、御園が持ってきた葛原製薬との縁談のように、名も知らぬ女を社長令嬢というカテゴリーに入れて見てしまうように。

「ただまあ」

上田は少しおどけた口調で弥尋へ笑いかけた。

「どんな背景があろうと、君にはそう大して関係はなさそうだけれどね」

なぜ上田がそう思うのか、なぜそんなことを言うのか、具体的な理由は何もわからない。それでも弥尋は「はい」と頷いた。

「読みたければ読めばいい。読みたくなければ見なくても構わない。その判断は君とご両親にお任せします。一つだけ、俗なのを承知で加えておきますと、社会的な意味において悪い内容は一つもありません」

黙ったままの父親が気になって、隣に座る父親の横顔を見れば、目線は身上書ではなく養子縁組届にじっと注がれている。

「――弥尋」

「はい」

「自分の名前は自分で書くんだぞ。――ペンはありますか？」

上田が胸元から差し出した万年筆を受け取った父親

は、証人の欄にさらさらと自分の名を書き記し、弥尋へそのまま万年筆を握らせた。

「父さん?」

「無理強いはせん。お前が書きたいと、それがいいと思っているのなら書けばいい」

怒るでも諭すでもない、淡々とした父親の言葉が胸の中にじわりと広がっていく。弥尋は縁組届用紙にもう一度目を落とした。さほど大きくはない普通の紙である。テストの解答用紙にも、提出物、生徒会での報告書、レンタルショップでの会員登録などにも、これまで様々な場面や場所で幾つも名前を書き、書類と呼ばれるものを提出して来た。

しかし、今目の前に置かれている紙の持つ意味は、そのうちのどんな紙切れより重い。署名押印《おういん》し、役所に提出するだけで、弥尋の一生を決めるのだ。

求められているのは是か否か。

悩み躊躇いはなく、手を動かすまでに間を置いたのは知りたかったから。

三木を見る。

まっすぐに弥尋を見つめる瞳の中にあるのは、揺るぎない決意と弥尋への想い、そして僅かの懇願。その僅かの部分が三木らしいと心の中で独り笑む。もっと自信を持てばいいのに、と。

(俺が、自分で)

望んで、望まれて、自身で決めた。

慣れない万年筆を持つ手は震え、約十八年生きてきて、こんなに気持ちを込めて自分の名を書くのは初めてだ。

父と母とそして上田、三木を順番に見回し、全員の温かい眼差しに励まされるようにして、本川弥尋と自分の名を、ゆっくりと丁寧に記す。

こんなに緊張した思いで名を書く日が来るとは思わなかった。たかが紙切れ一枚とよく言われるが、自分が当事者になって初めて、その重みがわかる。

何てことのない、何十、何百回と書いてきた名前。

書き間違わないように、書き上げられた「本川弥尋」。その後の住所・本籍の欄も、間違わないように必死で、汗で万年筆を滑らしそうになりながら順に書き進め、やがて左面が埋まった。

万年筆を置いた弥尋は、じっと感慨を持って自分の名前――もしかするともう二度と書くことがないかもしれないその文字の並びを見つめた。

三木隆嗣、本川弥尋、鷹司《たかつかさ》＝C＝孝子《こうこ》、本川学《まなぶ》。

「鷹司＝C＝……？」

書き上げてホッとすると同時に、それまで目に入らなかった他の部分まで見る余裕が出来、左から順に読み込んでいた弥尋は、父親の署名の隣にある初めて見る名前に首を傾げた。

「誰ですか？」

「Cはカロリン、結婚した日本名が孝子。私の伯父の妻の母親で、私にとってはもう一人の祖母のような人だ。遠縁というより、私とは直接的には血縁関係がない外戚になるが、今後のことを考慮すると彼女のサインが役に立つだろうと、私の父や祖父母が勧めてくれてお願いした」

「認めてくれたんですか？」

「もちろん。喜んで書いてくれた。本当は祖父も署名したがっていたんだが、そこは本川君のご両親のために空けさせてもらった」

「この三木の戸籍謄本と弥尋君の謄本を揃えて役所へ提出すれば手続きは完了し、三木弥尋となります」

聞いたことのない言葉が幾つも幾つも耳に飛び込んで来て、養子縁組をするのにも手間がかかるものなんだなと他人事のように考えていた弥尋は、

「認めんぞ」

ダンッとリビングのテーブルを叩く音にビクと意識を戻した。リビングでは、御園が立ち上がっている。忘れていたが、彼もいたのである。全員が御園に注目

する。

「黙って聞いておればなんだ。養子の話はわしが先に持って来ておったんだ。後からしゃしゃり出るな。貴様のような若造が養父になるだと？」

御園は自分が書かせようと持っていた縁組届用紙をグイと皆に見えるよう突き出した。

そんな激昂《げっこう》する御園にも、三木と上田は冷静に対処する。

「こういうことに早いも遅いもないんですよ。すべては弥尋君の気持ち次第なんです。弥尋君がノーと言えば、私もあなたも無理を言える立場にはない」

「御園さんでしたか。若造と仰いますが、三木がどのような立場の人物かわかっての発言でしょうか？　知らずにいたのなら仕方ないかもしれませんが、知っていての発言ならば、実に滑稽《こっけい》と言わざるを得ません。会話を聞いていたのなら、気がついてもよいはずなんですがね。会社を経営されているのでしたら、少なくとも経済界について疎くてはいただけませんよ」

落ち着いた二人の対応と声は、弥尋らを安心させるに十分。もう第三者ではなくなった三木たちの存在は、この場でとても頼りになるものだった。

「御園さん、弥尋君は自分の意思で署名押印した。あなたが何と言おうと、これが翻ることはありません。弥尋君はあなたの出世の道具ではない」

最後の一言は、今まで聞いた中で最も厳しく鋭く、そして最も強く弥尋の心を揺さぶった。

（三木さん……）

「あなたの都合に合わせて勝手に振り回し、ご両親を不快にし、弥尋君を傷つけたこと、私は許す気はない」

口を開けて顔を真っ赤に染めた御園は、白目までもが赤く充血していた。若造と卑下する相手に反論され、大勢の人の前で恥をかかされ、それでいて有効な反撃材料を持たないのだ。

「これ以上、本川さんのご家族へ迷惑をかける無理強いを続けるのなら、司法的な処置を取らせていただきますが」

言って胸からスマートフォンを取り出して、ボタンに手をかけた上田に御園は、

「……諦めんからな！」

そんな捨て台詞を残し、足音荒く出て行った。玄関扉を閉める大きな音が家の中に響き渡り、反響音が消えてから父親がゆっくりと口を開く。

「三木さん、御園さんは帰りました。今のお話、本当のことを聞かせてくださいませんか？」

「本当のところ、とは何でしょう？」

「弥尋から、うちのこと、御園さんのことを聞いていた三木さんが弥尋を助けるため、こんなものを用意して来たのではないかということです」

「父さん！　それって芝居だって疑ってるってこと⁉」

弥尋は信じられない思いで、目を大きく見開いて父親を凝視した。

「なんで、どうしてそんなこと……！」

「お父さんは三木さんの本心が聞きたいんだ」

「だってそれにしたって！」

せっかくの穏やかな気持ちが、暗く翳《かげ》っていく。それはそのまま紅潮から一転、血の気を引かせて蒼白《そうはく》になった弥尋の表情となって現れ、父親の疑念に対し、いかにがっかりし、ショックを受けているかを知らしめるものでもあった。それでも気丈に、三木への侮辱だと膝立ちになり、父親へ文句を言うために口を開きかけるのだが、

「弥尋君」

三木がそれを止めた。

「三木さん、でも……」

「いいんだ」

答える三木は、機嫌を害した風でなく、寧ろ笑みを浮かべている。

「弥尋君を大切にしているお父様のお気持ちは私にも

わかります。しかし、私もまた本気です。頭の下げ方が足りませんでしたか？　それなら庭先をお借りしてもう一度下げれば信じていただけますか？」

言って立ち上がり、狭い庭に面した窓に手をかけた三木に、弥尋は慌てて駆け寄り腕にしがみついて引き止めた。

「やめろよ、三木さん。父さんも！　俺はいいんだよ、三木さんのところに行くのは俺もちゃんと納得してのことなんだから」

「弥尋、御園さんが諦めたらどうするんだ？　一度縁組して簡単に離縁とはいかないんだぞ」

「わかってる」

「ただの養子縁組とは訳が違う。お前本当にいいのか？」

「――俺、多分まだあんまりわかってないのかもしれない。でも三木さんなら、三木さんとならいいって思う。もしかしたら変なのかもしれない、でも俺は三木さんがいいんだ。それじゃ駄目なの？　三木さんと結婚できるのはとっても嬉しいんだよ」

「十分だ、弥尋君。それに、私は簡単に離縁なんかするつもりはないし、させるつもりもない。だから安心して私のところへおいで」

「……父さん、それでも駄目？　でも駄目って言われても、俺は三木さんと一緒にいたい」

父親は、三木と息子を無言で見つめた。

長身の三木が、不安の中に「絶対に退かないぞ」の決意を込めた瞳で父親を睨みつける弥尋の肩を、宥めるようにとも守るようにとも見える仕草で抱いている。スーツの若い男と学生服の少年。一見繋がりがなさそうに見える二人は、どこからどう見てもすでに一対、二人で一つだった。

負けるものかと自分を睨む息子から、上方にある三木へ視線を上げれば、端正な顔に浮かんでいるのは微笑。それも慈愛タップリの。

父親は表情を幾分緩め、威嚇する息子へ身振りで座るよう促した。渋々といった調子で座った弥尋の腕は、三木に抱きついたままだ。

「お前は……。三木さんの邪魔になるだろうが」

「邪魔でもなんでも。大体邪魔って言うなら、俺たちのこと邪魔してるのは父さんじゃないか」

「弥尋君」

三木に宥められても弥尋は動く気はなく、逆にさらにべったりしがみつく。

上田が笑いを噛《か》み殺しているのもまるで目に入っていない弥尋へ、これ見よがしなほど大きな溜め息を落とした父親は、やれやれと緩く首を振った。諦めではなく、呆れのためであるのは間違いない。

「弥尋がいいなら父さんはいい。母さんもいいか？」

うんうんと頷く母親の目にはうっすらと涙が浮かんでいた。

「まさか息子をお嫁さんに出す日が来るとは思わなかったけど……でもいい方でよかった。三木さんならお母さんも安心よ。ほんとに立派なお婿さんで」

「三木さん、まだまだ子供ですが、どうかよろしくお願いします」

両親が頭を下げ、父親の態度の変化に戸惑っていた弥尋も慌てて倣《なら》った。

「大事にします。一生……。ありがとうございます」

三木も深々と頭を下げ——しんみりした空間は、グゥという腹の音で壊された。

「……ごめんなさい」

雰囲気を壊した張本人の弥尋は、下を向いたまま顔を赤くして上げられず、くすくすと洩《も》れた忍び笑いが場を和ませる。

「ホントにもう恥ずかしいったら……。お母さんが恥ずかしくなっちゃったじゃない」

「い、今のは緊張して……」

「見栄を張らないの。すぐご飯にするから。そうそう、三木さんと上田さんもよろしければご一緒にいかがですか？　大したおもてなしはできませんけど」

「寿司でも取るか」

「そうねえ。お祝いだし」

すっかりその気になっている母親が注文しようと立ち上がりかけるが、それは三木に制された。

「あ、いえ。ありがたいお申し出ですが、今日はこれで失礼いたします」

「仕事？」

「仕事のようなものだな。出張だったと話しただろう？　報告相手が夜しか空いてなくてね。私もちょうど急ぐ話があったから今日はこれで失礼させてもらう」

「そっか。残念だな。せっかくお寿司取ろうって話になってたのに」

俯く弥尋の後頭部に三木の掌が乗り、重さと一緒に笑い声が落ちてくる。

「寿司がお預けなのと、私が帰るのとどちらを残念に思ってくれているとか訊いてもいいものだろうか」

「そんなこと！」

弥尋は勢いよく顔を上げた。

「……三木さんが帰るからに決まってる。三木さんと一緒に食べられたらいいなあって思ったからつい……。あ、もちろん、上田さんもですよ。上田さんも帰るんでしょう？」

「私だけ残って三木に恨まれるのもいやだからね。それに私にも仕事が出来た」

「寿司はこの次伺った時に是非お願いします」

「この次って？」

「役所に届けを出す日のことだ。もう一度ちゃんとご挨拶しなきゃいけないだろう？　今度は三木隆嗣と三木弥尋として」

本川弥尋から三木弥尋になる日。

書類を鞄へ仕舞い込んでいた上田が思案しながら口を開いた。

「書類は明日には全部揃いますから、明日でもいいですよ。寧ろ早い方が良いかもしれませんね」

「御園さんか……」

呟く父の声にも苦いものが混じる。

「そうです。手出しはしないよう一応牽制はしていますが、言葉に拘束力はない。それにどうも私の言った内容を理解したとは思いにくい。御園さんもまだこちらが手続きを完了させていないことを知っています。出来れば明日の朝、一番に全ての手続きを済ませたい。──あまり考えたくはないのですが、妨害工作に出られないとも限らない」

どうだと訊かれ、三木も考え考え頷く。

「早ければ早い方がいい、ということか。戸籍が変わるわけだから学校の手続きもある。新学期に間に合わせた方がいいのを考えれば、それまでには全てを変えていた方がいいだろうな。急だとは思うが、弥尋君もそれでいいか？」

「──わかりました。明日一緒に役所に行きます」

本川弥尋を名乗るのは今日まで。この父母の子供でいられるのも今日まで。書類上のことで、関係が断たれるわけではないのに──。

「……あれ」

目がすうっと霞《かす》んで、浮かんできたのはうっすらとした涙。

皆の視線が自分に集まっていることに気付き、慌てて目元を拭い、取り繕うように笑った。

「マ、マリッジブルー？」

しかし、この冗談は不発に終わり、一人慌てた三木だけが弥尋の肩を摑んで顔を覗きこむ。

「大丈夫か？　弥尋君。私は急がせすぎたのか？　もし時間がいるなら、待てないかもしれないが出来るだけ待つように努力するつもりがないこともないぞ」

なんだかなあと、涙を拭うのも忘れて、焦って自分を見下ろす男に思う。

御園や両親を前にあんなにも豪胆に毅然とした態度を取っていた男が、弥尋のちょっとした心の揺れに敏感に反応して、こんなにも取り乱す。

しかも言っている内容が滅茶苦茶で、回り回って「待てない」と言っているのと同じことだと本人だけが気付いていない。それが証拠に、不発に終わった弥尋のマリッジブルー発言より、三木の慌てぶりに両親も上田も笑いを噛み殺しているではないか。

弥尋はクスリと笑った。三木を見て、本心から望まれているとわかったからもう平気だ。

「ん、大丈夫。いやとかそんなんじゃないから。それより三木さん、人と会う用事があるって言ってませんでした？」

「そうなんだが……」

「俺は大丈夫だから。ちょっとしんみりしただけで、決心は変わらない。だから三木さんも仕事に行ってください。ね？」

「弥尋はすっかり三木さんのお嫁さんね」

母親がカラカラ笑い、弥尋と三木は赤面した。そんなところも初々しさを感じさせると、当人たちだけが気付いていないのがまた、見ているものたちには微笑ましく映る。

「や、そんなわけじゃ……。ほら、三木さん寝込んでたし、病み上がりだから無理してまた体調悪くなったら困ると思って。三木さん、行こう」

「あ、ああ。それではまた明日」

弥尋は、両親へ挨拶した上田と三木を門まで見送った。本当は彼らが車を停めている駐車場までついていきたかったのだが、何かあれば困るからと止められたのである。

「明日は八時半頃に迎えに来るから用意して待っていてくれ。必要なものは、さっきご両親に説明した通りだ」

「はい。その後学校に行くから、制服でもいいですか？」

「もちろん。それじゃあ弥尋君、また明日」

「はい。さようなら」

駐車場へ向かう二人の後ろ姿を眺め、ほうと息が零れる。

ゆっくり家に戻ると、母親がエプロンをかけて遅い夕飯の支度に取り掛かるところだった。

「お腹空いてるでしょ。ちょっと待っててね。すぐに生姜《しょうが》焼きを作るから」

ジュウッと肉を焼く音と匂いが立ち込める。弥尋はテーブルの上に乗せっぱなしになっている赤茶色の包装紙に包まれた箱を持ち上げた。軽いと思っていたが、結構重量がある。

「これ、開けてもいい？」

「どれ？」

「三木さんから貰ったお菓子。お腹空いたからちょっとだけ」

「開けるのも食べるのもいいけど、ご飯食べるくらいの隙間は残しておきなさいよ」

ほんッとに色気より食い気なんだから。ブツブツ呟く母親は無視し、パリパリ包装紙をめくった弥尋は、箱を開けて驚いた。

「わかってる——うわぁ……」

重いのも道理で、中には色とりどりの春らしい和洋菓子がぎっしり詰められていたのである。

「あ、これ、結構おいしいかも」

卵に砂糖と小麦粉を混ぜて作った濃い黄色の練り菓子がモンブラン風に飾られている下の白い餅は、団子のようで甘さ控えめ、思わず二個目に手をつける。

「どれがおいしいって？」

弥尋の感嘆に、つい母親も箱を覗きこみ、同じように目を丸くした。

「これ。胡麻《ごま》団子もある。この抹茶の……マドレーヌみたいのに小豆挟んでるのもおいしそう」

「へえ。あら、これ、森乃家《もりのや》さんのお菓子じゃない」

「俺がいつも行ってる三木さんのお店のこと？　こんなの店には置いてないけど。それによく見たら『や』の字が違うし。俺が通ってるのは屋根の屋だけど、こっちは家だもん」

「じゃあきっと親会社ね。喫茶店も新しく始めたんじゃない？　和菓子屋さんの中でも有名どころなのよ。高いから自分では絶対に買わないけど。へえ、これが森乃家さんのねえ」

母親はしきりに感心している。

「そんなに高いの？」

「高い高い。だからお母さんが買って来たことないでしょ」

自慢するものではないが、確かにその通りだ。

「高いのもあるけど、売ってるところが少ないの。銀《ぎん》座《ざ》と新宿《しんじゅく》のデパートと吉祥寺《きちじょうじ》にある本店、空港のお土産屋さんでも取り扱ってるらしいけど、なかなかねえ」

確かに銀座のデパートは母親の行動範囲とは違う。

「そんなに有名なんだ」

へえと感心し、またパリパリ別の菓子包みを破ると、母親の方が呆れ顔になる。

「あんた、知らないでお店に通ってたの？」

「うん、知らないで通ってた。でも全然高級店て感じはしないよ。アットホームでのんびりほわほわって感じ。じゃあ三木さん、本社のお店まで行って買って来てくれたのかな」

「デパートでしょ。包みに書いてあるじゃない」

気に留めず破り捨てた包装紙は、確かに全国的にも有名な百貨店のロゴ入りだった。

「なんだ、デパートなんだ。本社に顔を出すって言ってたから本店だと思ってた」

「本社と本店は別なんじゃないの？」

「よくわからないから今度聞いてみる」

母親は手を止めて、ご近所でもご自慢の、息子のきれいで可愛い——だがのんびりとした顔を見つめ、首を横に振った。

「……弥尋、あんた三木さんのことちゃんとわかってんでしょうね？　迷惑かけそうで、お母さん、すごく心配なんだけど」

「なんとかなるよ。あ、これもおいしそう」

弥尋が再び箱の中の菓子に手を伸ばした時。帰宅した兄二人が揃って台所に顔を見せた。スーツ姿の眼鏡の長兄志津、青いトレーニングウェアの上下の次兄実則である。

「なんだ？　どれがおいしいって？」

「あ、志津兄ちゃん、お帰り」

「お帰りなさい、志津。あ、実則もいるんだ。今日も帰って来ないと思ってた。ご飯はいるの？」

「食べるよ。で、おいしいってこれか？　ああ、森乃家のお菓子だ。うちの社長も好きなんだ。誰の土産？」

「三木さん」

「弥尋の結婚相手」

フライパンに追加の肉を放り込む母親の台詞に、長兄は菓子に持っていきかけた手をギクリと止め、ゆっくりと弥尋を振り返った。

「結婚……相手なのか？」

ペットボトルからスポーツ飲料をラッパ飲みしていた次兄は、ゴボゴボとむせながら吹き出した。

「や……マジ……？」

「ホント」

途端に二人が弟に肉迫する。

弥尋百七十二センチに対し、兄たちは十センチ以上高い。ばかりか体格もまるで違うのだ。それなのに、前からは長兄が頬をむぎゅりと挟んで「誤魔化しは許すものか」と自分に目線を合わせるよう持ち上げ、後ろからは次兄が肩を摑んで逃亡を許さず。

「お前、とうとう御園さんに屈してしまったのか!?

あれだけ止めろと言っていたのに……！」

「うちの社長に頼んで御園さんに圧力をかけてもらって破滅させる手も使えるんだ。早まるな、まだ間に合う。こんな時に使わず、いつ使うコネと人脈だ。安心しろ弥尋、兄ちゃんたちが何とかしてやる。だからその結婚、すぐに破棄しろ」

「脅迫されてるんだったら、屈するな。俺たちはそんなに弱くない。それとも恥ずかしい写真を撮られてしまったのか……？　くっそー！　許せん！　あのクソ狸!!」

兄たちは悪い方へ想像を膨らませ、勝手に結論を出している。

（俺の周りってこんな人ばっかりかも……）

兄たちほど熱くなく、こと弥尋に関する事柄にだけは落ち込む方に思考展開しがちな三木を思い浮かべ浮かんだ笑みを、兄たちは気がつかない。

（俺、ちゃんと三木さんって言ったのにな）

やれやれである。それだけ御園が本川の家族に不快な思いをさせてきたということでもあるのだが。

「違う違う。御園さんちに行くわけじゃないよ。三木さんって言っただろ」

「は？」

「御園さんじゃないのか？」

「うん。一言も御園さんとか言ってないのに、勝手に決め付けたのは兄ちゃんたちだよ」

「三木ってお前が懐いているリーマンだろう？　そいつと？」

「いろいろ複雑な理由があって、お嫁に行くことになりました。もう決まったことだから、苦情は一切受け付けません」

御園の持ち込んだ縁談相手ではないと安心した二人だが、妙にすっきりきっぱりの――少しばかり照れの入り混じった――弟の発言内容だって、「ああそうなのか」と聞き逃せるものでは当然なく、怒りの代わりに湧いてきたのは焦り。

「ちょっと待て弥尋。嘘も冗談もなく、まさか本気……なのか？」

「本気。本気じゃないと出来るわけないに決まってる。三木さんは優しいし、幸せになれるかな――って」

「かな……って程度で嫁に行くのか、お前は」

「違うよ。俺も三木さん好きなんだ。三木さんも」

「――実則は知ってたか？」

「俺は知らねぇよ！　志津兄は？」

「初耳だ」

「当たり前だろ。兄ちゃんたちが知るわけないよ。だってついさっき決まったばっかりなんだから」

「それならあと少し早く帰っていれば三木さんとやらに会えたのか、弥尋を餌付けしているリーマンに」

「実則兄ちゃん……餌付けって犬とかネコと間違えてない？　俺をなんだと思ってるんだよ」

「食い物に釣られないとは言えねェだろ、弥尋の場合。しっかし、こうなってしまえば餌付けも怪しいもんだ。そいつ、弥尋を最初から狙っていたに違いないぞ。なあ、志津兄」

「勝手に変な想像するなよ！」

しかし、次兄はわざとではないかと思えるほど大袈裟に、両腕で頭を抱え天を仰いで嘆くのだ。

「ああ、もう少し早く帰って来ていればっ！　あの我侭クソアイドルのトレーニングに付き合いさえしなければ！　遅刻して来た分際で延長を要求すンじゃねぇッ！　俺の貴重な時間を返せッ」

地団太を踏むというのは今の次兄の姿だなと、現物を目にして理解した弥尋である。

「早く帰って来たらもれなく御園さんもついて来たけどね。それに兄ちゃんたちが早く帰って来たからって、縁組はやめないし」

まだ冷静な長兄はともかく、次兄の参入で余計に場が混乱しなかっただけ、その「クソアイドル」とやら

「うん。抵抗とかそんな気持ちは少しもないんだ、三木さんの養子になって、嫁になるのだって、結構すんなり認めてくれたし。俺ね、三木さんのこと好きなんだ。だから三木さんが一緒になってくれるって言ってくれて、すごく嬉しかった。俺、おかしい？　変？」

「俺に聞くな。変だと言っても気持ちは変わらないんだろう？」

弥尋ははっきりにっこり大きく頷いた。

長兄は長い長い息を吐く。これ以上何を言っても変わらないのは、弥尋の表情が雄弁に物語っていたからだ。

「御園さんの鼻をあかせて嬉しいのは確かなんだけどな。それにしても弥尋、俺は思うんだが――早すぎないか？」

「そこかよ！」

次兄が顔を上げ、思わず叫ぶ。長兄と弥尋は揃って下を向いた。


に感謝だ。

「心配しなくても会えるよ。兄ちゃんたちが早く帰って来たらの話だけど。三木さん、明日の夕方にはうちに来るんだから」

「お寿司取るのよ。楽しみよね」

鼻歌かお気に入りの歌劇の一節でも口ずさみそうな口調で焼き上がった肉を皿に乗せていく母親にまず首を振り、床にしゃがんで何とかというアイドルへの恨みを並べ立てている次兄を呆れて一瞥した長兄は、もう一つと菓子に伸ばした弥尋の手をパシリと叩いて、自分の方へ注意を向けさせた。

「母さんまで何浮かれてるんだか。弥尋、父さんはなんて？」

「許可したのは父さんだよ」

は。長兄は、炬燵に座って三木に貰った箱の中をじっと眺めている父親を見て、力なく首を振った。

「……もう変わらないのか？」

「え？　何が？」

「違うだろ!?　弥尋は男と結婚するんだぞ？　それでいいのかよって話じゃないのか!?　志津兄も、だから吃驚したんじゃないのか！」

「あ？　俺が驚いたのは御園さんの話に乗ったのかと思ったからで、男とするのは別に気にしちゃいない。俺としては早すぎることに驚いただけで、嫁に出すことに反対する気はないぞ」

「志津兄ちゃん……」

「兄キ、そんな……。弥尋が男と結婚しちまうんだぞ！」

「自慢じゃないが仕事柄、たくさんの企業の顔と知り合いになることが多い。同性のパートナーを同伴する企業のトップも結構見てきた。運転手仲間ともいろんな話をするし、そいつらの話を聞いても今は多いんだそうだ、同性愛も。無理な結婚をするより、よほどいいじゃないか」

「いや、俺だって弥尋がいやなのを無理にとは言わないぜ？　けど男だぞ？　それに物事には順序ってものがあるだろうが。いきなり過ぎるだろ、今回のことは。高校生だぞ？」

「俺の誕生日、明日の四月二日だから十八になるんだよ。だから法律的にも結婚出来るんだから問題ないよ。第一、本人たちがいいって言ってるんだから。っていうか、もう決めたんだから文句言っても変えないよ。それに三木さん、ちゃんと手順踏んでると思うけど」

　ぞろぞろと食卓についても、話題は弥尋と三木の結婚話ばかり。母親に急《せ》かされて和室から出て来た父親も、手順話には考えるまでもなく弥尋に同意した。

「父さんもそう思う。それに三木さんはなかなかいい人だ。俺は気に入った」

「お父さん、さっきからじっと見てたのは三木さんのお土産？」

　母親の質問に、父親はにんまりと目尻を下げ、相好を崩す。

「あれな、皿だったぞ、皿。しかも黒瀬灰泉《くろせかいせん》の皿だ」

誰それ有名人？

父以外の四人は同じことを思ったが、尋ねたら最後、蘊蓄《うんちく》を語り出して離してくれないのはわかりきっているため、口に出すような愚かな真似は誰もせず、弥尋はさっさと話題を逸らした。

「それで、実則兄ちゃんの言う手順ってどんなの？」

「あ、そりゃあ普通あれだろ、アレ。知り合って好きだって告白して、付き合って、デートを何回かしてさ、三ヶ月か半年、何年でもいいけど、そんくらい時間をかけてお互いを知って、この人だって思った時にプロポーズ。そして結婚だ。最近はデキちゃった婚もあって、順番すっ飛ばしてるのも多いけどさ」

意外と古風で奥ゆかしい次兄である。

しかし、聞いていた弥尋と両親は、「だったら」と三人顔を見合わせた。

「三木さん、その通りだよ。知り合ってお付き合いして結婚」

好きだと告白こそしていないが、それはもう今更だろう。

「そうね。実則の言う王道を行ってると思うわよ、お母さんも。私たちにもご挨拶しに来てくれたし、弁護士さんもご一緒だったし」

「結納品はこの際なくてもいいだろう。仲人なんてのも男同士じゃ必要ないしなあ。上田さんが仲人みたいなもんか。そこを飛ばせばそう変わらないはずだぞ。俺が母さんと結婚した時の方がずれてるくらいだ」

「お父さんとお母さん、結婚してから報告だったのよ」

「ええっ？　そうなの？」

息子たちはにこにこ顔の母親を見つめた。

「そうよ。結婚式も志津がお腹にいる時でね、着物がきつかったのよ」

昔ならお腹の大きな妊婦は好意的には見られなかっ

ただろうが、母はきっと幸せな顔で父の隣に立ってい
たのだろう。
「その点、三木さんはきちんとしてたからね。初めて
お会いしたけど、素敵な人だった。弥尋、幾つなの、
三木さんの年」
「二十九歳。今年三十だから俺とは十二歳違う。だか
ら干支《えと》は同じなんだよ。それで結婚歴も離婚歴もなし。
隠し子は……多分いないと思う」
「……確認しとけ。あとから子供がいるなんて言われ
て泣きたくないだろ」
次兄はまだくすぶっているようである。
「二十九か……俺より年上なのか」
「年上ったって志津兄ちゃんと三つしか違わないよ」
「兄キより年上の弟の旦那か。なあ、こういう場合、
俺たち義兄《にい》さんって呼ばれるのかな？　そんで義弟《おとうと》っ
て呼んだり？」
「普通に名前で呼べばいいんじゃない？　三木さんは
兄ちゃんたちを名前で呼ぶかもしれないけど」
「しかしこの際、義兄さんと呼ばれるのも悪くないな」
「志津兄……」
「それで兄ちゃんたち、三木さんとのこと、そういう
風になったから認めてよ。認めないって言われても、
俺の決心は変わらないけどね。それと、明日届けを出
すから、明日から俺は本川じゃなくて三木弥尋になる」
「急だな」
「うん。急すぎてあんまりまだ実感ないんだけど、ま
あ、なんとかなるんじゃないかな。愛があれば……な
ーんてね」
「愛ってお前なあ……。後悔しないな？」
「後悔したくないからこうするんだ」
顔を見合わせ肩を竦めた兄たちは、食卓の左右から
手を伸ばし、交互に弥尋の頭を撫でた。次兄も反対し
てごねて弥尋を泣かせるつもりはないのだ。会ったこ
ともない三木に対し、弥尋を泣かせたら承知しないぞ

と心に誓ってはいても――。

「嫁に行っても弥尋が俺たちの弟なのは変わらないからな。いつでも遊びに来いよ」

「引越しは？　結婚するならこの家から出るんだろ？　人手がいるようなら、うちのジムから肉体派で暇なヤツを派遣するぞ」

「ありがとう。でも多分まだここに住むと思う。三木さんと話してから、引越しとか住むところとか考える予定だから」

三木が現在住まいとしているのはホテルの一室だ。さすがに結婚して新居とするには体裁が悪いし、何より部屋が狭い。

学校へ通うことを考えれば、今と同じくらいの通学時間か、学校まで徒歩で通える範囲が望ましく、三木はそれらの条件を合わせて、物件のピックアップの最中だという。明日には役所へ書類を提出して学校へ出向いた後、一緒に幾つかの部屋を見て回ることになっている。

「マンションかアパートか、戸建ってことはないだろうしなあ。無難に2ＬＤＫくらいのアパートかマンションってとこか。それで弥尋の養育費は全部あっちが持つのか？」

「養育費って、実則兄ちゃん、俺が子供みたいじゃないか」

「子供だろうが、弥尋は。自分で稼いでもないし、学生だ。大学だってあるんだぞ。まだまだ金はかかる」

いきなり現実的な話になり、そう言われてみれば……と考える。

結婚する、一緒に暮らす――がまず最初にあって、その先のことを三木とどうするのか、話し合う時間は持っていなかった。それこそ事象の方が先に先にと展開し、その場その場で対応するのが精一杯、綿密な打ち合わせをする時間などどこにもなかった。起因が御園にあるとしても、それで今のところうまく嚙み合って悪い方向には向かっていないのだから、特に不便も面倒さも感じることなく、弥尋としては、三木と一緒になりさえすれば後は頑張るしかないと単純に考えていたのだが。

結婚生活というより、同居の延長のように捉えているだけで、具体的な生活はまだ想像できないのだ。そうかと言って、結婚したくなくなったかと問われれば、決してそんなわけではなく、

（三木さんと一緒に考えながら膨らませていくってのは駄目なのかな）

そう思ったのは弥尋だけでなく、母親も同じだった。

「お嫁に行く人を不安がらせてどうするの、あんたたち。そんなのは三木さんと弥尋がこれから考えていけばいいんだから」

「だけど母さん、まだ住むところも決まってないんだぞ」

「弥尋、三木さんは探してくれてるって言ってるんでしょ？」

「明日一緒に見に行くことになってる」

「ほらごらんなさい。いいのが見つかるまでうちにいたっていいんだから、気にすることなんてないんだからね。学費だって、あんたの分の積み立てがあるんだから、それは心配しないで。籍を離れたからって、すぐに放り出すわけないでしょ。なんなら志津か実則のどっちかに出て行ってもらって、三木さんに住んでもらうのもいいかもね」

「ちょっと母さん！　勝手に息子を追い出すなよ」

「実則はほとんどうちにいないんだから部屋なんていらないじゃない」

「確かに。ジムに泊まり込めば、シャワーも寝床もあるし、便利だぞ。通勤時間もゼロだ」

「ひでェ……兄キ、他人事だと思って……」

すぐ下の弟に恨みの籠もった目で睨まれても、長兄は、他人事だとにべもない。

「そのくらいのことはしてあげられるってことだから、弥尋は心配しないで待ってなさい。ねえお父さん」

「お母さんの言う通りだ」

「そうする。それでももしもの時は実則兄ちゃん、可愛い弟のために頼んだ」

「さっさと住む場所見つけちまえ！」

台所で五人揃って食事をするのもあと何日かわからないと、感傷に浸る自分を想像していた弥尋は、あまりにも変わらないいつもの光景にどこか安心していた。

（そんなにすぐに変わるわけないよな、やっぱり……）

御園のことがあって、慌しく籍を早く入れることになりはしたものの、どちらにしろ、完全に生活が変わってしまうまでは、まだ時間的にも余裕がある。

徐々に慣れていけばよいか。

そう思えば気も楽になり、本川弥尋としての最後の夜は、いつもと変わらず過ぎていった。


翌朝、三木はキッチリ八時半に弥尋を迎えに来た。もっと早い時刻に家を出なくてはならない兄たちは残念がっていたが、夜に会えるのだからと自分を納得させていたようだ。

「おはよう、弥尋君」

「おはようございます」

「朝早くからありがとうございます、三木さん。どうぞよろしくお願いしますね」

玄関先で弥尋とともに待っていた母親は丁寧に頭を下げた。

「いえ、こちらこそ。お父様は？」

「もう仕事に出掛けました」

「そうですか。ご一緒にと思っていたのですが。お母様はお時間は？」

「私もパートがありますから」

「一時間ほど遅れるわけにはいきませんか？」

一緒について来てくれないかと誘っているのだと気付いた弥尋と母親は、顔を見合わせた。不安に思っているわけではなくとも、見届ける人がいてくれるのは弥尋としても心強く、息子の晴れの日——自分たちの籍を離れる場に立ち会うのが「本川弥尋」の親として保護者としての務めかと思い直した母親は、

「——少しお待ちください。職場に電話してみます」

すぐに電話のある居間へパタパタ駆け込み、五分もしないうちに同じように足音を響かせて戻って来た。

「どうだった？」

「役所に行く用事が出来たから一時間くらい遅くなって言ったら、いいって。お役所って混雑するから一番に行きたいって話したら、そうですよねーだって。お母さん、すぐに用意して来るから待っててちょうだい」

「そのままでよろしいですよ」

「え、でも」

母親は自分の恰好を見下ろした。

パート先の総菜屋ではいつもトレーナーとジーンズを着用しているため、今もそのままの姿なのだ。近所の総菜屋へ自転車で通うには確かに合理的な服装で、特におかしなものではない。しかし、母親として女性として、日頃足を運ばない役所へお出掛けする際には多少でも見映えよくありたいと思うもの。

「五分！　五分で着替えてきます」

母親が戻って来たのは十分後。おめかしに時間をかけたのがわかるメイクだけに、三木と弥尋は顔を見合わせ、くすりと笑い合った。

途中、弥尋の分の戸籍謄本を取りに地元の役所へ立ち寄ってから向かった、三木の戸籍が登録されている役所では、すでに上田が必要書類を揃えて待っていた。

「おはようございます」

先に役所に入った弥尋が挨拶すると、椅子に腰掛けファイルに目を落としていた上田は強面《こわもて》を緩ませた。

「よく眠れたかい？」

「はい。上田さんも、今日はありがとうございます。わざわざ出向いていただいて」

「なあに、これくらいはまだ軽いものだよ」

「軽いっていうことは、重いものもあるってことですか？」

「軽重揃えて多種多様、何でも取り揃えてるぞ。おいおいわかってくるとは思うが、三木は結構人使いが荒い。君もこきつかわれないよう気をつけるんだぞ」

「そうなんですか？　そんなところは今まで見たことないからわかりませんけど」

「巧妙に見せないようにしていただけで実は……かもな。どうする？　入籍を考え直すか？」

「もしかして上田さんは反対なんですか？」

「まさか。君みたいないい子がなんだって三木にとは思うが、基本的に私は大賛成なんだ。そうは見えないかもしれないがね」

「だったらよかった。俺はいいんです。いろんな三木さんを知っていくのも楽しいと思うし、その方が飽きないでしょう？　第一、俺、絶対に飽きることなんてないと思うから」

「なるほど。これからも末永く三木を頼んだよ、本川君。おっと今日からは三木君だな」

「はい」

弥尋と上田が互いにこれからもよろしくの挨拶をしていると、母親を連れて後からやって来た三木が不機嫌そうに割り込んできた。

「上田さん、弥尋君と何をお喋りしているんですか」

「今回の仕事を労ってくれたから、大したことではない、楽な仕事だと応えていただけだ」

「本当に？」

「疑うなら本人に訊いてみるといい。俺にまで焼き餅を妬《や》くな」

「弥尋君、上田さんに妙なことを言われていないか？」

「別に普通の話ですよ、本当に。それと三木さんをよろしくって。それより、ねえ三木さん、妙なこと言われる自覚があるんですか？　俺、そっちの方が気になるんですけど？」

あははと上田が笑い、三木が睨みつける。

「笑うな。弥尋君、妙なことなんか何もない」

「怪しい……」

軽く目を眇《すが》める真似をして、じっと睨み上げると慌てて三木は首を振る。

「弥尋君っ」

「早くも尻に敷かれているようだな」

そんな二人を見てまた上田が笑う。

「ほら、二人とも。じゃれ合うのは後にして、早く手続きしちゃいなさい」

母親の呆れた声にはっと我に返り、弥尋は顔を赤らめた。

三木の顔も赤くなっていたが、すぐに普段通り落ち着いた表情に戻り、上田から書類一式を受け取って弥尋を促す。

「じゃあ弥尋君、一緒に」

「はい」

一転、厳粛な気持ちになり、用紙を持つ三木の隣に並んで窓口に提出した。

二人にとっては正真正銘婚姻届の提出と同義である。淡々と事務員が確認手続きをするのを待つ間、知らずに三木のスーツの裾を握り締めていたらしく、「上等なスーツが皺になっちゃったでしょ！」と後で母親に叱られた。

それくらい緊張の時間が流れ、絶対に却下はされないからと上田から前もって太鼓判を押されていたにも拘らず、手続きが全て完了し、本当に受理された時には、膝から下の力が抜け落ちそうになったものである。咄嗟に三木が支えてくれたから無様な真似をさらさず

に済んだが、母親には、

「本当にこの子でいいんですか？　もうちょっとしっかりしてからの方がよくないですか？」

と嘆かれてしまう。生徒会役員を任されているように、普段はどちらかというとしっかりしている弥尋なのだが、人生の大転機の瞬間に落ち着いていろと言う方が無理な相談だ。

二人はそのまま再度戸籍謄本と住民票の写しの申請を行い、すぐに発行された住民票の「三木隆嗣・三木弥尋」と記された紙を顔を寄せ合って感慨深げに眺めた。

「……本当に三木弥尋になったんだね、俺」

「私たち二人だけの戸籍だ」

「うん。住民票が何枚もあるのはどうしてですか？」

「一つは本川さん、弥尋君のお父さんやお兄さんたちに見せるためだ。後は学校での手続きに必要になるかもしれないから念のために」

三木が家族手当の申請のために会社に提出する分も含まれている。

「そっか。学校かあ。そっちも変えなくちゃいけないんだよな」

いつも父親の名前が書かれていた欄、そこが今度からすべて三木の名前になり、住所も連絡先も三木弥尋として変わるのだ。

「名前が変わった理由も説明しなくちゃいけないかな」

「そこまでする必要はないんじゃないか？　先生も根掘り葉掘り聞いたりしないだろう」

「ん、でも訊かれたら正直に言うよ。養子になったって。結婚したとまでは言えないけど、本当のことだから」

「弥尋君、私も一緒に行こうか？　いや、ついて行く」

「三木さん、会社は？」

「元々今日は休みを取っている。部屋を見て回る予定だっただろう？　さすがに仕事の片手間に出来るとは思えないからな。時間はいくらあっても足りない」

「あ、そっか」

「迎えに来るまでの間に、不動産屋から必要なものを受け取って来ようと思っている。焦って決める必要はないが、よい物件はすぐになくなってしまう。空きが出た途端に次が決まる部屋はざらにあるんだ。押さえておいてもらわないといけないしな。何もない閑散期なら別にいつでもいいんだが、春は移動も多いから動けるならすぐ動いて損はない」

「上田さんは？」

「私は残念ながら仕事があるのでこれで失礼する。弥尋君、何かあれば私のところにいつでも連絡しなさい。君の知らない三木のことを教えてあげよう」

「はい」

笑いながら名刺を渡した上田は、後ろ手を振りながらそのまま事務所へと戻っていった。

「学校にはお母さんからも電話しておく」と言った母親を職場へ送り届け、三木の車に乗って学校へ向かう道すがら、

「上田さんって太郎《たろう》って名前なんですね」

桐嶋《きりしま》法律事務所、上田太郎弁護士の文字に目を落としている弥尋へ、運転している三木はつまらなそうに肩を竦めた。

「上田さんの言うことは話半分に聞いていた方がいい」

「上田さんは三木さんとは付き合いが長いんですか？　あのお医者さんみたいに」

「その法律事務所がうちの会社の顧問で、私の実家も世話になっている。その関係だな」

「でもそれだけにしては親しさが違うような気がするんだけど」

「――私の先輩で、兄の友人でもある。家がすぐ近所なんだ」

「つまり幼馴染《おさななじみ》ってこと?」

「そうとも言う」

「上田さん、四十歳くらいってことは、ちっちゃい三木さんも知ってるんですね。いろいろ教えてくれるって」

「弥尋君」

信号で停まったのを幸い、三木はむすりとして左手をハンドルから離し、弥尋に向かって差し出した。

「その名刺は私が預かる。貸しなさい」

「俺が貰ったんだよ?」

「用があれば私を通せば済む。弥尋」

「——三木さん横暴」

「横暴でも何でも。君が頼るのは私で、私のことも私に訊けばいい」

それは一種の嫉妬なのかなと思えば嬉しくもあり、渋々を装いながら弥尋は三木の求めるまま、名刺を差し出した。


二年生時の担任に姓が変更になったことを告げると、半信半疑で「エイプリルフールは昨日だぞ」と言われたが、三木と一緒に住民票を提示すると、さすがに信じないわけにはいかなかったらしく、驚いて何度も住民票と弥尋の顔を交互に見ていた。

「俺が一人だったら絶対信じてなかったと思う、先生。三木さんがついて来てくれて本当によかった」

「私も十分胡散《うさん》臭い目で見られていたようだがな」

納得はしたものの、後で弥尋の母親から電話があるまでは、完全に信じさせるわけにはいかなそうだ。

「離婚したんじゃないかって思ってるかも。——離婚じゃなくて結婚なのに」

思い出しながらくすりと笑う弥尋を、三木は目を細めて見下ろす。

「結婚のことは、私たちと信頼できる人たちだけが今は知ってればいいさ」

「そうだね」

「それで、部屋の見学なんだが、私は何時にここに来ればいい？」

「今は十時半過ぎだから、お昼にはいいですよ」

「それじゃ十二時頃にここで」

「はい」

三木が笑いながら運転席に乗り込み、エンジンをかける。

「じゃあ弥尋君、また後で」


三木の養子に入ったことを今日会う友人たちにもまだ知らせるつもりのない弥尋は、始業式になって初めて知ることになる彼らの反応が楽しみでたまらない。

何の役職も持たない一生徒なら姓が変わった程度で反応は薄いだろうが、生徒会書記として名前が出ることも多い弥尋だ。本川から三木に変わったことを、大々的に公表し宣言せずとも、諸々の場面を通して校内全員に知らしめることにもなる。

卒業まで残り一年なのだから、校内では「本川」で通称を通してもよいと三木は言ってくれたのだが、それは弥尋が反対した。

男同士の婚姻という世間的にはまだ風当たりが強く馴染みのない養子縁組も、三木と弥尋と双方で納得して行ったもの。その結果が「三木弥尋」。

無用なトラブルを回避するために同性で結婚している事実は伏せておくにしろ、隠すつもりは欠片もない。

「始業式が楽しみかも」

始業式は今週の木曜日。その前には新居に引越しているかもしれない。二年の時同じクラスだった連中は、担任がクラス分けを発表する時に本川の名がないことに気付き、どんな顔をするだろうか。わくわく半分、ドキドキでもある。

御園から逃れる口実に、連日のようにちょこちょこ顔を出していたおかげで、新学期が始まってからの準備は万端だ。明日から始業式までは、学校側が新体制へ移行する慌しい時期でもあり、補講も生徒会の仕事もなく、完全な休みとなる。

「何して過ごそうかな」

三木は仕事だろうから、一日家でゴロゴロするか。久しぶりに森乃屋へ行って、菓子をタップリ食べるのもいい。

「待て待て。出来ることはやっておかなくちゃいけないぞ」

引越しがいつになるかは不明でも、まとめられる荷物はまとめておいた方がよいに決まっている。即決即入居可なら、三木のことだ。明日には早速新居へ移ると言いかねない。

変なところで突飛な行動をする男なのだ。

「そんなアンバランスなところもいいんだけど」

へへ、と一人照れ笑いを浮かべ、約束の十二時より少し早めに校舎を出て門の外で三木を待っていた弥尋は、横から滑るようにしてゆっくり走って来た車に気がつかなかった。

気付いた時には、

「んんーっ!?」

いきなり開いたドアから伸ばされた腕に引き摺り込まれるようにして、車の中に押し込まれてしまっていた。

「御園さんッ!!」

引き摺り込まれた拍子に、前部座席との隙間に押し込められ、頭と肩を打った弥尋は、何とか体勢を整えると顔を上げ、自分を睨みながら座っている御園頼蔵に愕然とした。

何かするかもとは、昨日の段階で弁護士の上田に注意されていたが、社会的地位のある御園が本当に何かするとは、実のところ、あまり本気にしていなかったのだ。危険性を軽んじていたのは確かで、誘拐や拉致は、自分とは遠いテレビや新聞或いはドラマの中だけだと、どこか楽観していた感は否めないまでも、白昼堂々と高校の近くで連れ去るというのは、暴挙というよりもはや愚行としか言いようがない。

御園としても危険が大きいのは承知の上。それでも自分がより一層の地位を築き上げるためには、どうしても従姉妹《いとこ》の優秀な末息子の身柄の確保が必要なのだ。弥尋を葛原へやれば、大口の取引が成功、うまくいけば社長の長女の婿の父となり、権力の拡大も夢じゃない。

それをことごとく邪魔されて、残されているのは弥尋の意志を無視して葛原の元へ連れていくこと。

渡しさえすれば、弥尋を渡しさえすれば……――。

すでに御園の思考は、養子から結婚ではなく、葛原が弥尋を欲しがっているから差し出さなくてはという構図に刷りかえられていた。葛原製薬への貢物、それが弥尋の役目だと信じ込んでいるのだ。

弥尋を出さずとも、最初から成功確率が低かった取引が不成功に終わるだけで、害と言うほどの実害がないにも拘らず、強迫観念と富への妄執に取り付かれた御園は、どんなに愚かな行為に自分が走っているのか気付いていない。

当然ながら御園は、朝の早いうちにすでに三木と弥尋の養子縁組届が正式に受理され、弥尋が本川の籍を離れ、三木の籍に入っていることを知らない。知らないからこそ、大胆にもなるのだろう。

(切羽詰った顔ってこんなのを言うんだろうな)

弥尋は上から見下ろす御園の疲れと焦りと怒りがまぜこぜになった横顔を見ながら、漠然と考えていた。

（何とかしないと……）

隙間に押し込められているせいで身動きは取りにくいが、だからと言って抵抗もせずに捕まったままでいるのは、自身の身の安全を確保する点において不適切なのは確かだ。

（三木さん……）

もうそろそろ十二時を回っただろうか。

迎えに来て、探しても探しても、校内のどこにも弥尋の姿がなければ、何と思うだろうか？

（泣きそうだよな、あの人……。それとも怒るかなあ……？）

そのどちらも、弥尋が約束を違《たが》えることはないと信じてくれているからだ。

「御園さん、こんなこともうやめろよ。俺は養子になんかなる気はないんだし、まして結婚なんかする気もないんだ。相手の前ではっきり言ったら、御園さんの面子《メンツ》もつぶれてしまうじゃないか」

相手が親戚だろうとも、言葉遣いにまで気を使う必要性をもはや感じない。

「それはお前が気にすることじゃない。お前さえ連れていけば、わしの会社は大口の取引先を手に入れ、半永久的に富が約束されるんだ。和子さんやお前がいやだと言おうが、結婚さえさせてしまえばすべて片付く」

——そんなに簡単にいくもんか。

呟きは苦い。そんなこともわからない男に好き勝手されるのはもうたくさんだった。

「結婚、結婚って……そんなに簡単に出来るわけがないじゃないか。する気がない人間を連れてったって、どうにもならないだろ！」

「筆跡くらいいくらでも真似られる。あとは証人としてわしのサインがあればいい。役所に出すのに何も本人が顔を出す必要はないからな」

唖然とした。

弥尋だけでなく、両親までも役所へ連れていこうと誠意を見せてくれた三木とは大きな違いである。世間的見解から鑑みて、三木と弥尋の男同士の結婚の方が認められない人も多かろうが、男女の婚姻であっても、御園がやろうとしていることはまるっきり本人の意思を無視した犯罪だ。

前の席に座っている運転手は御園の企《たくら》みを知っていて、誘拐に加担しているのだろうか？

「——そんなことが出来るもんか」

「出来る出来ないはあちらに着いてからはっきりする。届出用紙も向こうにすべて揃っている。本来ならお前を養子にし、大学を卒業させてからと考えていたが、葛原の家に入るのは早くても構わないそうだ。あちらで教育を受けさせてもらえば、十年、二十年後には立派な社長だ」

「そんな話を……」

信じているのだろう、母の従兄弟だという御園頼蔵は。

だが出来るわけがない。無理なのだ、御園がしようとしていることは。

「——でも絶対に出来ない。御園さんは俺を養子にするなんて、絶対に無理なんだ」

「なんだと？」

濁った目がギョロリと弥尋を睨むが、ここで負けるわけにはいかない。

「何度でも言うよ。どんな会社か知らないけど、葛原なんとかとなんて関わりは持たないし、結婚なんてしない。俺はあんたの養子にはならない。ううん、なれないんだよ」

「……どういうことだ？」

御園は眉を寄せた。

「俺の名前、知ってます？」

「？　本川弥尋だろうが。笑子《えみこ》さんの三番目の息子だ」

「本川笑子は母さんだけど、俺の名前は本川弥尋じゃない」

言わんとしていることを察した御園は、睡眠不足で赤く充血し濁った目を見開いた。

「お前……まさか……まさかもうッ!?」

「三木弥尋だよ、俺は」

「お前はーッ!!」

笑みを浮かべ、誇らしげに言い切った弥尋の襟首を、憤怒の形相で御園が摑んで引き上げるのと、車体に衝撃が走るのとはほぼ同時だった。

「痛ッ……!」

衝撃は二度三度と続き、一度目の衝撃で前へつんのめり、御園の重い体とフロントシートの間に挟まってヘッドで横顔をぶつけた弥尋は、二度目の衝撃の際に再びシートの隙間に挟まり込んでしまった。

最初だけなら単なる追突事故かと思うところだが、間を空けずに、しかも最初の衝撃よりさらに激しく突き上げるガコンガコンという音は、明らかにこの車を狙っての行為だと考えるまでもなくわかるものだった。

「ど、どこの誰だッ!?」

最近は街中で頻繁に目に止まり、さほど高級感がなくなったとはいうものの、一応高級車として名前がよく知られているベンツである。価格も修理代も馬鹿高いのは小中学生だって知っている。どんな相手が乗っているのかわからない状況でのこの仕業は、無謀としか言いようがない。

ベンツを富のステイタスシンボルだと信じている御園は、青筋を浮かべて後ろを振り返り、後部ガラスの向こうの相手を大声で罵った。

しかし、罵り程度で止まるわけもなく、さすがに後ろにぴたりと張り付き、カーアクションさながら煽《あお》られ車体を揺らされては、狭い日本の公道、カーチェイスを続けるだけの度胸も腕もない以上、車を停めざるを得なくなる。ベンツが路肩に車を寄せ停止すると、後ろの車もまたぴたりと張り付いたまま、真後ろに停めた。

幹線に繋がる前の住宅街の道は、さほど車の通行量は多くないが、揉めながら走っているのは当然のことながら目につきやすい。御園は打った横顔を押さえる弥尋を車内に残したまま、運転手を先に出し、相手を威嚇して修理代を請求するため、自らもドアを開け外へ体を乗り出した。

降って湧いたチャンスだった。これを逃す手はない。

（逃げなきゃ……！）

御園が体の半分を車外へ出したのを見計らって、弥尋は反対側のドアに飛びつき、ロックを開けると、転がるようにして道路に飛び出した。

「ああぁっ！　み、宮迫《みやさこ》ッ！　弥尋を捕えろッ!!」

慌てた御園が先に下りていた運転手へ叫ぶ。

大きな体の運転手は即座に手を伸ばし、転がり出た直後でまだ体勢を整えきっていない弥尋の腕を後ろからむんずと摑んだ。

「離せッ！」

暴れても、相手の力は強く摑まれた腕は一向に緩まない。

だが、

「え」

いきなり後ろではなく前に引かれたと思った瞬間、腕から運転手の手が離れ、引っ張られるまま前方へ引き寄せられていた。

その時のことは弥尋はよくわからない。なぜなら、倒れこむように引き寄せられるのと同時に、バキッともグキッともいうもの凄い音がし、ドサリと音がしたのを聞いて振り返った時にはもう、さっきまで弥尋の腕を摑んでいた運転手は道路に仰向けに倒れこんでいたからだ。

「……私の弥尋に触るな」

怒気を隠さない低い声は三木のもの。

弥尋を抱く腕も胸もとても温かいのに、声と雰囲気は厳しく極寒地のブリザード並に冷たい男。

「三木さん……」

ゆっくりと見上げれば、三木は運転手ではなく、車体の反対側、僅か二メートルほどの距離を挟んで立っている御園を見据えていた。

ぎゅうっと抱きついた弥尋に応えるように、三木の腕に力が込められ、それだけで安心で満たされるのを感じる。

「御園さん、昨日、上田弁護士が忠告したのを忘れたわけではないだろうな。弥尋へ手出しすれば社会的制裁もありうると、十分過ぎるくらいに仄《ほの》めかしたつもりだが、それを理解していなかったということか」

睨み合い、対峙《たいじ》する二人だが、片や、前髪こそほつれて落ちて来ているものの、一分の隙もない身だしなみで怒気と威圧感を纏わせる若い男、片や憤怒で醜悪に顔をゆがめる老年の男と、他者に与える印象はまるで異なるものだった。

さらに、怒りは収まらずとも弥尋を取り戻した三木に余裕が見られるのに対し、葛原製薬への貢物を奪われた御園にはそれもなく、肥え太った体を震わせギラギラと三木を睨みつけている。

「社会的制裁？　そんなことが出来るわけなかろうが。たかが弁護士、たかが青二才に何ができる？　そんなことより、弥尋を渡せ！　よくもわしの弥尋を勝手に養子にしてくれたな」

「誰の何だと？　言っておくが、弥尋は私の伴侶だ。あなたのものになどなった覚えは一度もない。今後もまた同じだ」

「貴様のせいで……わしの会社は……！　せっかくの大口取引が台無しだ！　せっかくのチャンスを！」

「あんたの会社など知ったことか。それはあなたが勝手に妄想し、夢見た未来だろうが。そんなことのために私や弥尋を不快にさせた罪は重い。加えて誘拐の現行犯だ。私は家族を拉致されたとして、御園さん、あなたを告訴する」

「告訴？　それくらい……」

「もみ消せると思っているのだろうが、それは甘い。出来るぞ、いくらでも。二度とお前が邪《よこしま》な望みを抱かないように、会社をつぶすことだって可能だ」

御園の訝しげな視線を、しかし三木は薄く嗤《わら》うだけで跳ね付けた。

「種明かしをするつもりはない。明日――いや今日の夕方にはあんたの会社は全ての取引を停止せざるを得なくなる。――警告を無視して弥尋に手を出した当然の報いだ」

無表情な三木の宣告に、嘘や脅しではなく、実際に事態が進行しているのだと感じた御園は、慌てて携帯電話を操作し、

「――なッ……なんだとォッ?!　まさか……」

大声で相手とやり取りした後、弥尋たちの方を一顧だにせず、座り込んでいたままの運転手を引き摺るように立たせ、後部がへこんだままの車を慌てて発進させた。

大通りでキキーッとブレーキを踏む音が幾つも聞こえたのは、御園の乗る車の乱暴な運転のせいである。

御園の車が完全に見えなくなって、三木は抱いている弥尋の体を少し離して顔を覗きこんだ。

「会社に着くまでに警察に捕まる方が早いかもしれないな。――弥尋君？　大丈夫か？　顔色がよくない」

「あ……多分。驚いただけだから、すぐに元に戻ると思う」

「その傷」

安心させるよう笑みを作った弥尋だが、痛々しげに三木の目がすうっと細くなり、指が頬からこめかみの辺りをなぞる。

「頭を打ったのか？　それともあの男に何か……」

ギリリと歯を嚙み締める音が聞こえた気がして、弥尋は慌てた。

「や、そうじゃなくて、連れ込まれた時に頭を強く打

ったのと、さっきの追突のせいだと思う。でもそんなに痛いわけじゃないから平気」

「あの男が原因なのは変わらないじゃないか。少し赤くなっている」

「そう？　シートで擦っただけだと思うから、本当に……わっ」

悲鳴を上げたのには訳がある。

いきなり顔を近付けた三木が、ペロリと赤くなった場所を舌で舐め、そればかりでなく唇で触れたのだ。

「み、三木さん……!?」

真っ赤になった弥尋は、慌てて三木の胸に手をやり押しやった。

「なんで、なんで舐めるんですか!?」

「知らないのか？　おまじないであるだろう？　痛いの痛いの飛んでけーというやつが」

「あ、ありますけどっ。……それって舐めた？」

「さあ」

「さあって……」

いけしゃあしゃあと言ってのける三木に絶句するが、弥尋の夫は気にするなと肩を竦める。

「いいじゃないか、そんなこと。もう痛くはないだろう？」

「痛くはない……けど、恥ずかしい……です」

赤く染まった顔を見られたくなく、離れたりくっついたり焦る自分を馬鹿みたいだと思いながら、弥尋は三木の胸に顔を埋めた。思うのだ。

（やっぱりここって気持ちいい）

三木の体温が、三木が存在するという証拠が。そんな弥尋の態度も気持ちも三木にはわかっているはずで、好きなようにさせてくれるのがまた嬉しい。

「三木さん」

顔をくっつけたまま言う。

「ん？」

「助けてくれてありがとう」

それしか伝えようがなく、公道なのも忘れてギュッと腕を回して抱きつくと、間を置かず抱き返す腕がある。

「礼はいらない。弥尋君を守るのは私の役目なのだから、助けて当然だ。だが、間に合ってよかった」

最後の言葉には安堵がたっぷり滲んでいた。

「御園さん、俺を葛原って人のところへ連れていくつもりだったみたい。何か、その人と契約したいから結婚させるって。約束とかなんとか言っていた」

「葛原、か。弥尋君、前から訊こうと思っていたんだが、葛原というと、葛原製薬のことか？」

「そうだと思う。有名な会社なんですか？」

ひとしきり安心を味わった弥尋は、顔を上げ尋ねた。

「有名というほどではないが、中堅どころのメーカーではあるだろうな。製薬と名前にはあっても、医療系の薬剤ではなく、今はスポーツドリンクや健康補助食品に力を入れているところだ。競争が激しい業界内で生き残っているところをみれば、それなりではあるんだろう」

「詳しいですね」

「これくらいは、な。」

感心の声に、やっと笑みを浮かべた三木は、弥尋の背を押した。

「さあ、車に乗って」

三木の乗って来た国産車は、それなりに高級で頑丈ではあるのだろうが、ベンツへの攻撃のせいで前のバンパーがかなりへこんでいた。

「アメリカ映画なんかでカーアクションは見たことあるんだけど、生で体験できるとは思いませんでした」

「私だって二度はしたくない。必要とあれば、厭《いと》わないが」

弥尋を助手席へ座らせると、三木はゆっくり、今度は安全運転を心がけながら走り出した。

「俺が連れ去られたってよくわかりましたね」

「迎えにいく途中であの男の車を見かけたんだ。弥尋君の高校がある方向から走って来たから、まさかと思えば案の定、弥尋君の顔が見えた。後はもう知ってる通りだ」

「ありがとう。三木さんが来てくれなかったら、多分葛原って人の家に連れていかれてたと思う」

「たとえどこに連れて行かれたとしても、必ず私が助け出す」

「うん」

言葉は、自分にはそれが出来ると確信しているもので、気負うことなく告げられるからこそ安心できるものでもあった。

「三木さんって、怒ると怖い方？」

「大事な人が危険な目に遭っているんだ。怒らなくてどうする。あれでも抑えていた方だと自分に感心しているくらいなんだぞ。あいつを殴らなかっただろう？自分を褒めてやりたい」

「殴りたかったの？」

「出来れば思い切り。止めるんじゃないぞ。あってほしくないが二度目は絶対に我慢できない自信がある」

思うに、思い切り殴られるよりも御園にとって非情な発言をしていたような気がするが、それも怒りを抑えていたためにまだ緩い方なのだろうか？

（それよりももっとって……）

考えると変な方向にいきそうになり、弥尋は頭を振った。

「二度目がある方がいやだよ」

「違いない。私も同感だ。何もないのが一番いい」

自分のせいではないが、三木を心配させ怒らせたことを申し訳なく感じていた弥尋は、三木の声や表情の動きとともに、柔らかな空気がふわりと広がり、ほっとする。

「あ。三木さん、手が赤くなってる」

ハンドルを持つ三木の左手のつけねと甲の部分は、

見てわかるくらいに赤くなっていた。

「運転手を殴った時のだよね。痛そう……」

「これくらい、平気だ。あとで冷やしておけばすぐ治る」

「触ってもいい？」

「どうぞ」

ハンドルを握ったまま指を広げて許可を示され、弥尋は手を伸ばし、運転の邪魔にならないようそっと自分の手を重ねた。

これが自分を守ってくれた手。これから一生をともに繋いでいく手。

大事な、愛しい人の手。

だから自然に唇を寄せていた。

「や、弥尋君」

「さっき三木さんもしてくれたでしょ。痛いの痛いの飛んでけ～……だよ」

三木は少し顔を赤くして、困ったように苦笑していた。

「困ったな。君を抱き締めたくてたまらない」

運転中でそれが出来ない三木は、重ねられていた弥尋の手と自分の左手の上下を入れ替え握った。

そのままキスに雪崩れ込んでも不思議はないくらい、二人の間に初めて生まれた甘い雰囲気はしかし、食い気に勝る年少者の腹から聞こえた不粋な音により霧散した。

昨日とまるで同じ展開に、穴があったら入りたいくらいの気分を味わいながら、一回も二回も同じで今更だと開き直る。

「――お腹、空きましたね」

「空いたな」

くすくす笑うと三木は、正面に見えてきた商業ビルを指さした。

「あそこの地下に入っているお好み焼き屋がおいしいんだ。いけるか？」

「大丈夫、いけます。ミックスあるかな、ミックス」

「弥尋君は本当によく食べる」

「……呆れる？」

　上目遣いにチラリと見れば、三木は前を向いたまま微笑《わら》っていた。

「そんな弥尋君も好きだ」

　おそらく多分、きっと。初めて三木から告げられた気持ち。

　弥尋はカーッと顔に血が上るのを体感した。いまや体中が朱に染まっているのは必至。それより何より、全身が鼓動を打つかのごとくドキンドキンと心臓の音に合わせて脈打っている。

　好きだと、好意は感じていた。家族にと、夫婦にと求められているくらいだから、口には出さなくても知っていたつもりだった。そう、あくまで「つもり」でしかなかったと、声に出して告げられ、初めて三木を一人の男として意識する。

（この人が俺の結婚相手で、伴侶で、夫で、旦那様で……）

　縁組届を出した時の比ではない嬉しさと戸惑いが、全身を行ったり来たりして、うまく言葉を操れない。

　ぼうっとしたまま三木の整った横顔を見つめたままの弥尋へ、いつまで経っても反応がないのを訝《いぶか》しんだ三木が目を走らせる。

「——どうかしたのか？」

「……三木さん、本当に俺のこと好きだったんですね」

「ああ。——もしかして、疑っていたのか？」

「だって初めてだよ、聞いたのは。……その、俺のこと好きだって……」

「そうか？　だったら私が悪い。自分の中では当たり前すぎて、言っていたつもりになっていた。昨日ご挨拶に伺ったのも、歴《れっき》としたプロポーズだったんだが……。そうか、私は一番先に伝えなくてはいけない人に伝え損なっていたのか」

最後の方を自分に言い聞かせるよう呟き、三木はゆっくりと誰が聞いても聞き間違うことのない言葉を告げた。

「好きだよ、もうずっとね」

「ずっと？　ずっとってずっと？」

「ずっと――いつか、君が私だけのものになってくれればいいと夢見ていた。まさか叶うとは思わなかったし、今だって本当に信じられないのは弥尋君より私の方かもしれない。目が覚めたら夢だった……とね。それでも私は思うんだろうな。ああなんて幸せな夢だったんだ、と」

切ない告白だった。

今回の御園のことがなければ、三木は弥尋への恋慕を黙したままでいただろう。そして、それでも弥尋にはいきなりだった結婚を意味する養子縁組も、三木の中ではいつ実現されてもいいように、気持ちの準備は整えられていたに違いない。

「三木さん……」

弥尋は泣きたくなるのを堪えて、ハンドルを握る三木の腕にそっと手を添えた。

「俺はいるよ、ここに」

声は少し震えていた。震えていたが、全身で心からの愛情を示してくれる三木に応え、伝えるべき言葉がある。

「夢じゃないよ。明日の朝、目を覚ましても俺は三木弥尋になって三木さんの隣にいる自信ある。だから自信を持ってよ。ついうっかり忘れちゃいそうだけど、俺たち一応家族で……夫婦なんだから。俺もね、三木さんが好きだよ。ずっと好きだったんだ。だから一緒だよ」

「ありがとう」

三木は微笑っていた。

三木お勧めのお好み焼き屋は本当に美味かった。自家製秘伝のタレとマヨネーズの絶妙な味わい、しかも巨大で食べ盛りの高校生男子の胃袋を満足させてくれたせいもある。

その後、二人は当初の予定通り、三木が懇意にしている不動産屋へと足を運んだ。


三木のことだから現代的でスタイリッシュ、大きな店構えのいかにも高級そうな店舗をイメージして、幾分身構えていた弥尋が連れられて入ったのは、明治初期を思わせる古風な赤レンガ造り三階建てのこぢんまりとした社屋の不動産屋だった。しかしその店内はというと、パソコンや周辺機器が幾つも並んでいて、すぐに希望に沿った物件をサーチできるという優れものだったのだから驚きだ。

確実な優良物件しか扱わないのも特徴で、全国津々浦々、海外の不動産も手がけ、隠れた大企業や富豪の御用達でもあって、取り扱い数も年間契約数もかなりの数に上る。ところが店内に入ればいるのは事務員の男性が二人と、社長の三人だけ。人が少ないのは、営業の人間が常に外を飛びまわっているからとのことだった。今時は、携帯電話とパソコンがあって、インターネットさえ出来ればどこでも会社になると、意外と若く、三木とさほど変わらない年齢の五代目社長は、笑いながら教えてくれた。

そんな社長が二人の前に広げたのは、戸建からマンションまでの二十軒ほどの図面。そこから、安全を考えて戸建を除外した。

「セキュリティを入れておけばいいんじゃないですか？　こちらの物件は日当たりも良好、庭も広く、一戸建て５ＬＤＫです」

「戸建もセキュリティをしっかりしておけば安全かもしれないが」

そうなると、現在の弥尋の住まいよりさらに遠くなってしまう。都内の住宅事情を考えると、逆に戸建を見つける方が困難なのかもしれない。

「バルコニーやベランダが広ければ庭の代わりになるんじゃないか。私が出張でいない時、何かあったら困るからマンションから選びたい。弥尋君の好みは？」

「どうだろう。あんまり部屋とかよくわからないんですよ、俺。日当たりのいい部屋があるといいなってくらいで。欲を言うなら、広い方がいいけど」

「希望は出来るだけ叶えますよ」

社長はにこにこ顔でパソコンを操作する。

「じゃあ、三木さんのと俺のと、部屋は一つずつあった方がいいと思う。仕事もあるし、俺も勉強あるから。台所は使いやすいのがいいかな」

「対面式――カウンター式が今は主流ですねえ。料理が好きな方、手間暇かける方、ホームパーティを予定している方なんかは、L字型やコ型でキッチンスペースが広い方を好まれるようです。それでＬＤ－Ｋ、Ｌ－ＤＫ、ＬＤＫ、どのタイプがいいですか？　オープン？　クローズ？　用途に合わせてリフォームが可能な物件がいいでしょうね」

「えっと……」

「料理している姿が見えるようにオープンで。普通のＬＤＫでいい」

慣れない用語の連発に戸惑う弥尋に代わり、三木はきっぱりと述べる。弥尋よりもかなりイメージを強く持っているのが、その発言からよくわかるというものだ。

（どんなのを想像してるのかは――）

あまり深く考えない方がいいのかもしれない。

「風呂場は広く、出来れば採光十分。風通しがあればなおいい。寝室は別に一つ、客間に和室が一つは欲しいか。そう考えると、４ＬＤＫか余裕を持って５ＬＤＫがいいな」

「あんまり広いと掃除が大変じゃない？」

「二人ですれば大した手間も時間もかからないさ。ハウスキーパーを入れてもいいぞ」

「ハウスキーパー？　それは反対。自分の家に他人がいると落ち着かないし、勝手に触られるのはいやだもの。俺たちの家でしょう？　自分の手が行き届かないのはいやじゃない？」

「自分たちの家……か。いい響きだな」

三木は一人満足げにほくそ笑む。

いろいろと条件を突き詰めていって、最終的に三軒に絞り、それからは車に乗って現物を見に向かった。

一つ目は十八階建ての十七階部分、見晴らしは確かにかなりよかった。次は少し駅から離れた七階建ての三階部分。こちらはバルコニー部分だけでまるまる一部屋使えそうな広さが魅力だ。最後に案内されたのは四階建ての四階部分。ペントハウスになっているため、戸建感覚も十分に味わえるものだった。値段は最後のものが一番高く、いずれも部屋は４ＬＤＫ、それに書斎や物置などが付属しているかなり広めの間取りとなる。

どれも新築物件ばかり。四月のこの時期に未だ空き室があるのは、値段との折り合いがつかないからだと、社長が教えてくれた。

「戸建は先送りにするとして、マンションも賃貸か分譲かによっても変わるか。同じ出すなら賃貸より分譲の方が安上がりだろうな」

「買うの？」

「どっちがいい？」

「どっちがって言われても……。あのさ、三木さん」

弥尋はちょいと腕を引っ張り、社長から離れたバルコニーへ連れ出すと、背伸びして三木の耳元に口を寄せた。

「採算を考えないとローン払えなくなるよ。俺、まだ学生なんだし、バイトして生活費の足し分くらいは稼げるかもしれないけど、それだって微々たるものだろうから」

「とんでもない。大丈夫。弥尋君にそんなことをさせられるわけがない。これでも甲斐性《かいしょう》はあるつもりだ」

一体どれくらいの給料を貰えば、賃貸料何十万のマンションや一億以上もするマンションを買おうと思うのだろうか。

「そんなに上等のじゃなくてもいいよ」

「そうは言っても安全面を優先すると、これくらいになってしまう。安全を金で買うと思えば安いものだろう？　私の不安を取り除くためだと思って、多少高いのは目を瞑《つぶ》ってくれないか」

普通、目を瞑るといえば欠点やマイナス要素を指すのだが、三木にとっては絶対の必要経費も、弥尋にすれば「勿体ない」になる故の今の発言である。

「三木さんの不安？」

「さっきも言ったように、出張は必ずある。一泊二泊の短いものじゃなく、一週間二週間、場合によってはひと月帰らないこともありえる。それに帰りが遅くなることもあるかもしれない。弥尋君が一人で家にいるかと思うと、私も気になって気も漫《そぞ》ろになるだろう？　そうすると仕事にミスが出るかもしれないぞ」

「それは脅し」

弥尋はクスリと笑った。

「過保護って言わない？　それ」

「過保護だろうと何だろうと、その線は譲れない」

「本当に心配性なんだから……。わかった。三木さんが満足するところに決めましょう」

「私じゃない。弥尋君の満足が一番だ」

弥尋を満足させるより、三木を満足させる方がハードルが高いのにと、弥尋はこっそりと溜め息をつきながら肩を竦めた。

真剣な三木の顔を見ていると、きっと意地でも探すのだろうなと、つくづく思う。都内全域から隣県にまで範囲を広げれば、条件に沿う物件は多くあるのだろうが、高校の通学圏内という限定条件がかなり足枷になってしまっている。申し訳ない。

卒業までは賃貸で、その後改めて居住区を探してもよいとは思うのだが、そのまま住み続けるのと買ってしまうのとでは、どちらがよいか弥尋には判断がつかない。そもそも、住居というのは、その場にずっと住むのが前提という意識が強く働いている。不動産が簡単に買い替えのきくものでないことは、苦労してローンを払っていた父を見ているからわかっているつもりだ。

「三木さん、ホントにどんなものでもいいから、無理だけはしないで。ローンを返すために残業ばっかりで家に帰って来ない方がいやだよ、俺」

弥尋にとっては普通に率直な意見だった台詞は、聞くものによっては十分すぎるほどドンピシャリ、心臓のド真ん中を射抜く結果となる。ましてや、聞いている相手はまがりなりにも今日結婚したばかりの夫。

「弥尋君……」

頬を紅潮させた三木は、何事か決心したようにぎゅっと拳を握り締めると、力強く数回頷いた。

「もちろんだとも！　絶対に寂しい思いをさせたりしない。残業は出来るだけしないよう努力する」

それからにこやかな笑顔で宣言するのだ。

「ローン返済なんか気にしないでいいよう、やはり一括にしよう」

「ええっ⁉　ちょっと待って三木さんっ。一括って……」

冗談だろうと、正気に返って冷静になってくれと、腕を揺するのだが、三木は至極真面目な顔で自分の意見を名案だと納得させている。

「そうすれば月々の生活費だけでいいだろう？　弥尋君が心配するようなことは何もなくなる」

「だから一括って……そんな簡単に」

買えてしまうものなのだろうか？

五千円のものを買うのですら悩むというのに。そもそも、万を越えると「高額！」の意識しか身についていない弥尋には、そのさらに千倍以上の金額はまったくもって未知の世界なのだ。

この間家のローンが終わったばかりで喜んでいた両親を見て育っているだけに、それでいいのか？　と考えてしまっても仕方がないだろう。

「あの、別にローンでもいいから、三木さんが無理さえしなかったら……」

一人悦に入っていた三木は、一生懸命袖を引いて話しかける弥尋の言葉の中に「三木さんが心配」を嗅ぎ取り、嬉しそうに口元を緩めた。

「私のことが心配？」

「うん。だってこの間だって熱を出したばかりでしょう？　あれも過労が原因だって、お医者さんが言ってたじゃないか」

「あれは特に忙しかったからであって、こき使われていただけだから、普段はあんなことはまずないんだ。私自身、驚いたくらいなんだぞ」

「でも過労は過労です」

看病してもらったことは嬉しい思い出だが、体力のない男と認定されるのはよろしくなく、三木は苦笑するしかない。

「大丈夫。蓄えは十分ある。当然二人の老後の資金まで含めての話だぞ？　サラリーも同年代のほとんどの人間より多く貰っている自負がある。心配なら個人資産用の通帳と給与明細も今度見せよう。とりあえず、気に入ったところがあればさっさと仮契約を済ませてしまおう」

この不動産屋ほど物件を揃えているところはなく、リストに載っていないのは個人所有の物件くらいで、ほぼ満足のいく結果が得られるだろうという。個人所有で売りに出されるものも、その筋を通して情報が流れて来るようになっているというのだから、奥が深い。

「資産家の個人不動産になると、規模も額も大きいからな。信用のおけるルートでしか流さない。だから余計に信頼も出来る」

参考になるかもと連れていかれた二億五千万の分譲マンションは、価格に見合うだけの設備とサービスを兼ね備えていた。

「ここも候補に入れていたんだが、空きがないそうなんだ。弥尋君が社会人になって空きが出来たら越してこよう」

三木はにこやかにそんなことを言う。

社会人になるには最短で五年。五年後にすぐ、こんな豪勢なマンションに住む度胸は育ちそうにないなと考えながら、せっかくだからと隅々まで見せてもらう――が。

(見物するには楽しいんだけど)

やはり住むには自分は庶民すぎると思うのだ。


最初に案内された三軒は即決は出来なかったため、各々の写真と間取りのコピーを受け取り、近日中に回答することで本川家へ向かった。もしも新規で物件が入った時には、時間を問わずすぐに連絡してくれるよう念を押すのを忘れずに。


三木を伴って本川の家に帰る際、初顔合わせになる兄たちの反応が気になっていた弥尋だったが、

「いない？」

二人とも急な出張が入り、出掛けた後だった。

「実則は十日とか七日とかのツアー。志津は明後日まで北海道《ほっかいどう》なんだって。志津の方は昼過ぎに一度着替えを取りに戻ってたみたいよ。実則はいつものように電話一本」

次兄の場合、仕事道具はジムに置きっぱなしのため、トレーニングウェア一つで海外にだってふらりと出掛

けてしまうのだ。

「二人とも、三木さんに会うのを楽しみにしていたのに」

楽しみというよりも、弟の婿になると言い出した奇特な男を是非とも見てみたいという単純な興味の方が勝っているのだが、弥尋はとても残念だった。もちろん、家に上がるまでそれなりに緊張していた様子の三木も残念がった。

「私も是非お兄さんたちにお会いしたかった」

「いつもこうなんですよ。いきなり出張になっていなくなる。兄ちゃんたちも三木さんに会いたがっていたんだけどな。よりによって今日じゃなくていいのに……」

結局四人で囲んだ食卓は、終始和やかに進んだ。

御園の一件はあったが、楽しい食事の席で持ち出してあえて心配させる必要はないだろうと、二人で黙っていることにしたのだ。食事の最中、ついうっかり三木が皿の話題を持ち出したのを切っ掛けに、父親が長話を始めるというハプニングがあったため、二階の弥尋の部屋へ三木を連れていき二人きりになれたのは、午後九時を回った頃だった。

「部屋はどうする？　悩むようだったらご両親に決めてもらってもいいんだぞ」

その提案は弥尋を思ってのことだったが、反対に弥尋はきょとんと首を傾げた。

「どうして？　だって俺と三木さんが住む家でしょう？　三木さんもいろいろ考えてくれてるんだし。夫婦の初めての共同作業って感じで二人で考えて決めるのでよくない？」

夫婦初めての共同作業という言葉から、別のことを真っ先に思い浮かべた三木は、本気で新居選びこそ初めての共同作業だと張り切っている弥尋の真面目な発言に、思い浮かべたその構図を消した。

「そうだな。夫婦の共同作業なのだから、二人で考えて二人で決めるべきだな」

「それで失敗したら、二人で反省して、今後の教訓に活かすんだ」

三木の目が優しげに細められる。

「私は本当にいい妻を手に入れた」

座っていたベッドから下りた三木に、背中から抱き込まれ、一瞬緊張で体を強張らせたものの、すぐに三木の胸にコトリと頭を預けた。

「俺、いろいろわからないこともあるかもしれない。すぐには追いつかないかもしれないけど、頑張って勉強します。だから」

「わかってる。でもね、弥尋君。どんな君でも私はいつだって好きだと誓えるよ」

「それは欲目ってものじゃないですか？」

「夫の欲目で結構。私の目にだけ可愛く映っていればそれで十分だ」

「……照れることを真顔で言わないでほしい……です」

「私にとっては真実なのだから仕方がない」

「だからー……もう」

諦めて、ふぅと嘆息した弥尋の体に回された腕が心地よく締まり、弥尋の手に重ねられる。頭の上にコトンと三木の顎が乗せられ、トクントクンと鼓動が伝わってくる。

「弥尋君は本当に私を温かい気持ちにしてくれる。初めてなんだ、人に対してこんな感情を持ったのは。いくらでも君を喜ばせてあげたい。幸せにしてあげたい。私の側で、望みを全部叶えてあげたい。次から次にいろいろなことが浮かんで来る」

「そんなこと言うと、図に乗ってあれもこれもって言い出すかもしれませんよ」

「それでもいい。君の我侭なら幾らでも聞こう。言っただろう？　そのくらいの甲斐性はあると。だから何も気にせず存分に甘えてほしい」

「だから甘やかし過ぎだって。俺だって三木さんにいろいろしてあげたい。出来ることはあんまりないかもしれないけど」

「そんなことはない。弥尋君は十分してくれている。私の腕の中にいてくれる。それで十分だ」

三木が頭を擦り寄せる。

「いいのかな」

「本人がいいと言ってるのだからいいことにしておけ。そのうち、いろいろ無理難題を押し付けるかもしれないぞ？」

「出来ることならいいな。――出来なくても出来るように頑張ります」

「二人で頑張ろう」

「うん」

想い慕う相手の腕の中にいる温もりと安心感。どちらが与え、与えられているのかその境界線は曖昧で、だからこその一体感。

二人で過ごした時間は三十分と短く、午後九時半過ぎに、三木は本川家を辞してホテルに帰っていった。

「おやすみなさい」

門の前で手を振り、見送りの体勢に入った弥尋は、立ち止まって動かない三木を、首を傾げて見上げた。

「どうかした？」

「早く一緒に暮らしたいなと思った。せっかく結婚したのに初日から別居状態なのと変わらないのも寂しいと。弥尋君はどうだ？」

「……俺も同じだよ」

わかりきっていたことではあるのだが、確かに昨日の別れと今日の別れとでは、寂しさを感じる気持ちが段違いだ。

あの駅での最後の日、これで会えなくなるのだと思った時に似ている。気持ちを通じ合わせ、家族・夫婦になった今の方が確実に会えるとわかっている分、幾らかマシではあるのだが。

弥尋は立ち去り難さでいっぱいの三木の手に、自分の掌を重ねた。

「でも帰らないと。三木さんは明日は会社でしょう？　俺は一日家にいるから、何かあったら電話してくれますか？」

「何もなくても電話する」

「あ、ダメ。そんなこと言われたら困る」

「……迷惑、なのか？」

「違います。そうじゃなくて――だって」

弥尋は目蓋を伏せ、口を尖らせた。

「電話があるかもって思ったら気になってしまうから。お風呂にもトイレにも買い物にも行けなくなる」

「弥尋君……」

三木はガバッと抱きついた。

「このまま連れて帰りたい。どうせ春休みなんだ、いっそ……」

「いっそ？　いっそ何？　……それより三木さん、苦しい……」

「あ、いや」

冷静な弥尋の声に、三木は慌てて腕の中に閉じ込めていた弥尋の体を離した。

幾ら夜とはいえ、耳目はある。三木の胸がいくら心地よくとも、さすがに見られて平然としている度胸はない。

「俺も一緒に帰りたいのは同じ。でもホテルに戻っても明日は三木さんは会社でしょう？　余計寂しくなりそうだし……と！　抱きつくのはなしっ」

再び伸びてきた腕をサッと翻して避《よ》ける。

「わかっていて煽っているのか、私の忍耐を試しているのか、どちらなんだ君は」

弥尋を捉まえ損ねた三木は、恨めしげに弥尋を見遣り、嘆息した。

「……今日はお暇《いとま》しよう。そして出来るだけ早く部屋を決めて、一緒に暮らそう」

「うん」

「すぐに必要そうなものは、今度一緒に買いに行くぞ。二人の生活が始まるんだからな」

「はい。気をつけて帰ってくださいね」

「ああ」

角を曲がって見えなくなるまでずっと、何度も振返る三木の後ろ姿を見送っていた。

「カッコイイよなあ、やっぱり」

外見は文句なし。弥尋限定かしれないが包容力もある。

その男が弥尋の夫。

門に寄りかかり、ぼーっとしている息子を窓から眺め、母親はくすりと笑う。

「すっかり恋する男の子じゃないの。もうお嫁さんだけど。——あ、電話が鳴ってる。はいはーい、今出まーす」

余韻を引き摺りながら弥尋が家に入ると、ちょうど電話を終えた母親が、

「弥尋、ちょっと」

手招きをした。

「なに？　どうかした？」

座りなさいと呼ばれた和室では、父と母は何とも言えない表情で互いに顔を見合わせていた。

「今、古藤のおばさんから電話があってね、御園さんところの会社、倒産したんだって」

母の発言は、またよからぬことでもと身構えていた弥尋の口と目を十分驚きで開かせるものだった。

「はぁっ!?　なんで？　いつ？」

「お母さんも今電話で聞いたばかりで、よくわからないんだけど、不渡りとか何とか言ってた。あそこ、そんなに悪かったのかしらねえ。だから弥尋を欲しがってたのかな」

首を捻る母親の隣では、父親がふんと鼻を鳴らす。

「よかったじゃないか。大変なことになった御園さんには悪いが、自分のところが大火事じゃあ、こっちま

でどうこうする余裕はないだろう。あからさまな政略結婚の道具にしようとしたのは、会社が危なかったからかもしれないな」

「あんなにキンキラの服を着て、大きな車に乗ってたのに」

「きっと見栄を張っていたんだろう。ガソリン代もえらい食いそうじゃないか。あのアメ車」

「いやベンツはドイツ車」

「外車には変わらんだろうが」

長兄がいれば、猛烈に異論を唱えるところである。

「でもあそこ、何百人か働いてる人がいたでしょう?」

「元々無理な仕事をしていたのかなんかだろう。気の毒にな」

「結婚した娘さんが二人いたはずだけど……どうなるのかしらねえ」

両親が話している間にも、親戚からの電話が何本も入って来た。普段は盆と正月にも交流はなく、顔を合わせるとすれば誰かの結婚式か葬式くらいのものなのに、こんな話ともなれば伝わるのは早いものだ。最初に電話をしてきた古藤のおばさんはゴシップが好きなせいもあるが、株をやっている息子に「これって親戚じゃなかったか?」と知らされ、気付いたらしい。

「終わる間際って何が終わる間際なのかよくわからないけど、一気に株価が落ちたとか、大口の取引停止情報がネットに流れたとか」

両親同様、株云々《うんぬん》言われてもさっぱり摑めなかったが、心当たりが一つだけ弥尋にはあった。

(三木さんの言ってたことってもしかしてこのこと……?)

弥尋を誘拐しかけた御園へ怒りを露にしていた三木。具体的に誰が何をどうするか種明かしをする気はないと話していたのは、弥尋も知っている。もしも三木が示唆していたのがこのことなら、確かに御園にとってはこれ以上ないダメージだろう。

（でも三木さん、どうやってそんなこと）

考えてみれば謎である。役職持ちの堅実なサラリーマンには見えても、特に社長とかそんなものをやっているわけではなさそうなのに、個人資産はかなりありそうだ。俳優の槇原邦親とも知り合いで、穴場的な金持ち御用達の不動産屋とも繋がりがある。

（上田さんとこの事務所、実家の顧問だって言ってたから、そっちが凄いのかな）

別に隠すつもりはなさそうだから、訊けば教えてくれるだろうが――。

（一つ一つ見つけていくのもいいかも）

きっと身上書にはすべてが記載されているに違いない。そのためのものだと上田は話していた。だが、弥尋はそれを見ようとは思っていない。これから三木隆嗣という夫を、自分の目で少しずつ知っていくこともまた、楽しいと考えているからだ。

それより御園だ。

三木が何らかの手を打ったとして、父親と同じく、御園へ同情するだけの気持ちのゆとりは弥尋にはなかった。問答無用で攫《さら》われかけたのだ。情状酌量を申し出たところで、御園が心を入れ替える保証はどこにもない以上、これ以上関わらないでいるのが精神的にも一番楽だ。

次兄はともかく、御園の話を出張先で耳に入れた長兄も、出先から電話を掛けて来た。御園の会社の規模がそこまで大きいのかどうかは知らなくても、兄の会社の社長が知っているというくらいなのだから、経済界にとってはかなり大きなニュースなのだろう。

ただ、御園のことは正直どうでもよいが、従業員が路頭に迷うようになっては後味が悪い。

明日、直接会った時にでも聞いてみようと思いながら、弥尋は二階の自室でベッドにうつ伏せに転がり、三木が置いていった新居の間取りのコピーを眺めた。

「洋服がたくさん入る大きなクローゼットは欲しいな。

ウォークイン？　料理は……三木さん、出来なさそうだから、俺も少しは習ってた方がよさそう。俺の部屋と三木さんの部屋と――」

　ベッドルームにベッドは一つ？　それとも二つ？

　結婚したのだから一つでよいのだろうとは思うが、両親は各々布団を持っている。

「布団とベッドは違うのかな？　でも……」

　赤くなって足をバタバタさせていた弥尋は、顔をポトリと枕に落とし呟いた。

「……キスもまだなんだよね……」

　それらしい雰囲気は、車の中でも先ほどのこの部屋でも門のところでも、幾らでもあったのに、抱き締めるだけでキスもしてくれない。傷を舐めて触れられはしても、あれをキスとは言わないだろう。

「もしかして俺が吃驚したから……？」

　いきなり傷に触れられて驚いたから、驚かせたくはないと？

　部屋で抱き締められた時にびくっとしたからか？

（いきなりだったら誰だって驚くよ。外も恥ずかしいし）

　いやではなく、本当に驚いただけだったのに。

「――それとも、キス、したくないのかな」

　弥尋だって年頃の少年だ。淡白傾向にあるものの、好奇心がないとは言わない。

　ましてや好きな相手で、想いは通じ合って夫婦なのだ。男女の役割を男同士で行うのなら、三木に対して男でいるより、抱かれたいと願う自分にも気付いている。

　触れたい、触れられたい。

　欲望は日を追う毎《ごと》に増すばかり。

　気付いてしまえば熱の向かう方向はただ一つ。

　三木はどんな風に愛し、抱いてくれるのだろうか？

　好いたもの同士が一緒に暮らす以上、避けて通れない最初の夜は、いつかは必ずやって来る。

それはいつになるのか。

「やっぱり引越ししてからなんだろうなあ」

三木の性格からしてこの家でどうこうは絶対に考えられない。

三木の泊まっているホテルは、出来ないことはないが、朝帰りした顔を両親に見られるのは恥ずかしい。ラブホテルは……三木には似合わないので却下。高級ホテルのスイートまではいかずとも、弥尋だって雰囲気のある方がいい。

もわもわと気分だけが盛り上がっても、如何せん、性経験皆無では具体像が思い浮かばない。映画やドラマで見た男女の絡みシーンを試しに思い描いてみるものの、三木と自分に置き換えるのは不可能だった。

たった一度だけ見た三木の裸体は、診察したり体を拭いたりで、恥ずかしくて正視できず、それなりの体格からして、弥尋のソレと三木のアレは絶対にサイズが違うはずで――。

「……入るのかな？」

つい手が尻の合間に伸び、気がついて赤面する。いやしかし、他のゲイカップルはちゃんと入れているのだろうから、無理はないはずで。

思い悩んでもわからないものはわからない。

（その時になったらどうにかなるよね、多分……）

開き直ったのは夜も大分《だいぶ》更けてからのこと。結局、新居を決めるために費やす時間はほとんど持たなかった弥尋である。

なんだかんだと三木との初めての夜はいつになるのかを考えながら、いつの間にか眠っていた弥尋の顔には、昨夜枕の上に重ねて置いていたコピー紙の形がラインになってはっきり残されており、母親に笑われ、父親には、

「三木さんに教えてやろう」

と揶揄される始末だった。

「こんなことなら三木さんが寝込んでる時にキスしちゃ

ゃえばよかったのかも」

弥尋は部屋の中の荷物をまとめながら、昨晩の思考を引き摺っていた。

「欲求不満なのかな」

三木のことしか頭にないのは、正真正銘色ボケだ。こうしてよくよく考えてみれば、新婚だからという理由だけでなく、出会ってから三木のことを考えなかった日がないことに気付く。男同士のセックスも、三木が相手なら嫌悪感も拒絶感も湧いてこない。実物を目の前にした時も、緊張はするだろうが、「嫌」だとは絶対に思わない自信がある。

出会った時から惹《ひ》かれていた。その時から好きだったと今ではわかる。特別に燃え盛るほどの愛を自覚していたわけではなかったが、他の誰に対するのとも違う別格の三木にだけ感じる「好き」——愛は、心の中に特別の場所を持って、もう絶対に切り離せない弥尋の中の一部になってしまっている。


好きも育てていくもので、愛情という名の肥料を二人で欠かさず与えていけば、きっと嵐だって乗り越えられる。

「嵐か……。なければないに越したことはないんだけどさ……」

三木と一緒にほわほわしながら暮らすのが弥尋の望みだ。

しかし、弥尋はふと荷物をまとめる手を止めた。

「こうしてみると本当に俺って、荷物持ってないよなあ」

一番多いであろう私服も、下着や靴下まで全部集め、冬服夏服合わせても、おそらく標準的な押入れの一段で事足りてしまう。あとはＣＤや本くらいで、ＣＤにはさほど興味が湧かないために、これも数枚程度のもの。パソコンは自前のものは持っていないから、本当に引越しの言葉を使うことすら大袈裟に思えてしまう。

「なんか一部屋もいらないかも」

クローゼットも必須だが、押入れや天袋はあった方が細々としたものを収納出来て便利だ。確か、押入れではないが——納戸付きのマンションがあったはず。寝床さえ別室に確保できれば、そこを弥尋の私室兼荷物置き場に使わせてもらっても生活には何ら支障はなさそうだ。

「車で一回できっと運べるぞ」

手間暇かけずに済んでよかったと言うべきか、それとも広くて新しい未来の新居に申し訳ないと謝るべきか。

大学生になれば別かもしれないが、高校生の間は私物がそう増えそうにない。今後増えそうなものの筆頭は、参考書や問題集で、色気も遊び心もまるでなし。長兄も似たようなものだし、次兄などトレーニングウエアやジャージがほとんどで、ファッションからはほど遠い場所にいる兄弟である。

そんなわけだから、当面使用しない分だけをスポーツバッグや箱に詰め、それ以外の室内の荷物はいつでもまとめられると判断した弥尋は、鞄に財布と借りていたDVDを押し込み、肩から提げた。レンタルの期限は明日までなのだが早めに返却するに越したことはない。ただでさえ、最近は不意なトラブルに見舞われることが多いのだ。

ぶらぶらと歩いて十五分ほどのレンタルショップへ向かう。特に目ぼしい新作が見当たらなかったため、そのまま帰宅する途中、弥尋は自分の勘が間違っていなかったことを知った。

「御園さん……」

家の近くで再び御園頼蔵の姿を認めた弥尋は、眉を寄せた。弥尋を誘拐しかけ、三木に撃退されたのはつい昨日のはずだ。しかし、昨日と同じスーツもネクタイはよれて半分解けかけ、血走った目と一晩でげっそり落ちてしまった頬の肉は、御園をまったく別人へと変えてしまっていた。

「……なんで」

一歩一歩後退《あとず》さる弥尋へ、御園は乾いた虚《うつ》ろな笑いを向ける。

「お前のせいでわしは破滅だ。会社も乗っ取られた。理事会でわしの退任が決まったんだ。社長なんだぞ、わしは。それなのに出て行けと！」

「会社が倒産したって……」

「倒産？　そんなもんじゃない。わしのものじゃなくなっただけで、会社はある。だが！　あれはもうわしのものじゃない！　不渡りを出してすぐに買い手がついたんだがな、わしはすぐに追い出されてしまったんだ。新しい筆頭株主の一言で、だ。くそっ……わしは無一文だ。すべて……すべて弥尋、お前のせいだ。お前がさっさと……」

狂気を孕《はら》んだ昏《くら》い目をした御園は、背広のポケットから銀色の光も鋭いナイフを取り出し、弥尋へ向けた。

「……嘘……だろ……？」

「全部お前が悪い。あの男が悪い。わしから何もかもを奪ったあの若造に同じ思いをさせてやる」

ギラギラした刃が弥尋へと迫る。刃渡り何十センチと呼べる代物とはほど遠い果物ナイフでも、刃物は刃物だ。

弥尋は極度の運動音痴だが、命の危機が迫ったこの時に避けられないほど神経は鈍くない。そうかといって、手際よく組み伏せることが出来るほどの、技も体格も持っていない。細身の弥尋に比べると、身長に差はなくとも、脂肪がたっぷりと乗った御園の体は、簡単にどうにか出来ると楽観できるものでは決してないのだ。

「やめろよ……」

「わしはどうせ破滅するんだ。お前も道連れにしてやる……ッ」

弥尋を人身御供《ひとみごくう》に差し出してでも富と権力を手中にしたかった男の会社が他人のものになった事実は、弥尋と三木を憎しみの対象に置き換えてしまっていた。

両手で握り締めたナイフを持ち、御園が弥尋へと突っ込んでくる。一撃は躱《かわ》したものの、重そうな体とは裏腹な敏捷《びんしょう》な動きで、すぐにまた弥尋へとナイフを振りかざし襲い掛かってくる。

弥尋は肩から提げていたカバンを振り回した。

「誰かッ!!　警察！　警察呼んでくださいッ!!」

自分ひとりだけの力で何とか出来ると思うほど、万能でもないし、己の力を過信していない弥尋は、御園の突進を躱しながら叫んだ。場所は車の多い通りから離れた住宅街とはいえ、誰かしら人はいるものだ。

何事かと顔を覗かせた近所の主婦は、ナイフを持つ御園と弥尋を見て「ひっ」と小さく息を呑み、慌てて顔を引っ込めた。

通報してくれると願いたい。

（お願いだから早くッ……！）

身内であってないようなもの。やりたい放題に弥尋たち家族の安穏とした生活に波風を立ててかき回した挙句、自分の野望が断たれたからといって逆恨みされてはたまらない。

会社がどうなっていようとも、弥尋が御園の提案を受け入れない以上、こんな結末にはなったのだろうとは思うのだが、理不尽な暴力の前に命の危険にさらされ、許せるものでは決してない。

（もういやだよ……助けて……三木さん……）

緊張で強張り震える手足を叱咤《しった》して、何とか立っていられるのは、三木を思ってのこと。

（三木さん……！）

このまま御園の手にかかり、三木に会えなくなるのは絶対にいやだ。せっかく一緒になれたのに、三木の悲しむ顔は見たくない。

気がつけば、二人から離れたところでは、通行人が息を呑んで見守っていた。見ているくらいなら助けてほしいと願っても、刃物相手に無茶をしろとは言えやしない。

泣きたくなった弥尋の耳に、パトカーのサイレンが聞こえてきたのはどれくらい経ってのことか。

ホッとした弥尋だが、すでに正気を失っている御園は、パトカーも周囲の視線も何も目に入れず、ただ弥尋だけを追っていた。

油断はしていなかった。

ただ、バタバタとドアが閉まり警官が迫って来ている音に、

「助かったんだ……」

安心したのと、うおぉおっと奇声を上げて御園が飛び掛かって来たのが運悪く重なっただけ。

「あ……」

赤い血が、ぽたりとアスファルトの上に散った——。


「弥尋ッ!!」

病院の静かな廊下に大きな声が響き渡る。走り出したいのを懸命に堪《こら》えているのが明らかにわかる大股《おおまた》な足取りで、急ぎ歩み寄った三木は、椅子に座って待っていた弥尋を見つけるなり、そのまま大きな体で覆い被《かぶ》さるようにして抱きついた。

「よかった……」

「……三木さん……あの……」

大の大人が少年に抱きついている姿は十分人の好奇心を煽り、注目を集めるものだ。廊下を歩いている看護師や患者たちも、何事かとあからさまではないものの、視線で問い掛けているのが少し恥ずかしい。

しかし、離れてくれとは言えなかった。

広い背や肩は小さく震えていた。背中に回された手の先が、弥尋がここにいることを確かめるように何度も何度も動くのに気付いてしまったから。

（三木さん……）

嬉しくないはずがあろうか。

こんなにもこの男の想いは、まっすぐ自分にだけ向けられている。

「——来てくれて、ありがとう」

嬉しさと安心から泣き出しそうになるのを堪えて紡ぎ出された弥尋の声に、ようやく顔を上げた三木は、弥尋の肩に手を乗せたまま、確かめるように上から下まで体全部に視線を走らせた。

「大丈夫なのか？ 怪我《けが》を……ナイフで刺されて怪我をしたと……。一体何処《どこ》を刺されたんだ？ 痛みは？」

「痛みは今はないです。痛み止めの薬が効いてるんだと思う。それと、刺されたのはここ」

弥尋はシャツをまくって腕を見せた。カバンを貫通したナイフを咄嗟に避けようと体を捻った時に、肘の少し下の部分を切られてしまったのだ。

「縫ったのか？」

「ううん。縫ってないです。縫うほどのものではないだろうって。あ、でも痕が少し残るかも……え!? ちょっと、三木さん？」

「藪《やぶ》医者が……」

ボソリと呟いた三木は、いきなり弥尋の体をひょいと抱え上げた。

「ねっ！ 三木さん！ 何してるの？ 下ろしてってば！」

「他の病院へ行く。そして傷痕が残らないようきれいに処置してもらおう。暴れるな、落ちるぞ」

「ちょっ……！ そこまでしなくても俺は平気だから」

「治せるものなら治した方がいい。弥尋君のきれいな体に傷をつけるなんて……許せるわけがない」

「……結構傷だらけだよ、俺の体」

男ばかりの三人兄弟。喧嘩《けんか》もすれば、兄たちの玩具《おもちゃ》にされもした。幼少のみぎりから、すっ転んだり落ちたりしていれば、目立たないまでも傷痕は幾らでもあるものだ。

「それに警察の人が……」

「ああ。そっちがあったか」

三木は不機嫌に呟くと、不承不承腕の中の弥尋をまた椅子に、ゆっくり丁寧な手つきで座らせた。

「病院は三木さんが行きたいなら一緒に行くから、先に用事を済ませよう」

「私にとっては弥尋君が全てにおいて最優先事項であって例外はない」

きっぱり言い切る三木。

「仕方がない。先に警察に事情を聞かせてもらおう。その上で然《しか》るべき法的措置を取らせるよう手配する」

「上田さんに連絡するの？」

「こういう時のための顧問弁護士だからな」

きっと「重い」仕事を押し付けられたと上田は肩を竦めるのだろう。そんな姿がリアルに想像できて、不謹慎かと思ったが弥尋は小さく笑った。


警察の説明は実に簡単なものだった。御園はその場で傷害と殺人未遂で逮捕。それ以外にも、会社の方で横領や収賄、不当労働行為などが明るみに出て、複数の関係筋から民事での起訴もされるらしい。

御園の弥尋への逆恨みを簡潔に説明した三木は、完全にこちらに非がないことを伝えた上で、

「何かあればいつでもどうぞ」

自分と上田弁護士の名刺の二枚を警察に渡していた。

そして弥尋を抱きかかえ、病院を後にする。

「傷痕より、処置を誤れば感染症を起こす可能性もある」

「そこまで不安になる手つきじゃなかったよ、担当のお医者さんは」

「それなら言い方を変えよう。私が心配なんだ」

車に乗り込んで助手席に弥尋を乗せ、運転席に座っ

た三木は、車を駐車場に停めたまま、ハンドルに顔を伏せ呟いた。

「心臓が止まるかと思った……。弥尋君が刺されたという連絡を貰った時……あの男を殺したいと心の底から思った」

「それ、間違っても警察の前では言わないでくださいね。三木さんが逮捕されるのはいやだから」

「しないさ。したいのは山々でも、それで私が捕まって君を一人にしてしまうのはもっといやだ。今回のこども、それに前回のことだって、いつだって弥尋君のせいじゃない。それでも、我侭な私は目を離したくないと思ってしまう。片時も離さず側においておきたいと」

三木は手を伸ばし、弥尋を自然に腕の中に収めた。

「無事でいてくれて……本当によかった……」

大きな、本当に大きな長い息が三木の口から零れ出る。

どんな顔をして事件の一報を聞いたのか。どれだけ急いで駆けつけてくれたのか。

罪と責任は御園の上にあり、自分のどこにも咎がなくても申し訳なくて、そして嬉しくて――。

三木のもたらす温もりに、弥尋は自然に体から力を抜いた。

「――来てくれてありがとう。嬉しかった。仕事の途中だったんでしょう?」

「仕事なんて二の次だ。弥尋が一番大事だ。――警察には私の連絡先を教えたんだな」

「だって三木さんが俺の保護者だもの。それに……俺が会いたかったんだ」

「弥尋?」

「……怖かったよ。もしかしたら刺されるかもって思って。そんなこと思いたくもないし、御園さんに負けるとは思わなかったけど、けど、もしかしたらって思うと、すごく怖かったよ。死んじゃったら三木さんに会えなくなるでしょう？　会えなくなるのはすごくいやだって……だから……」

弥尋はシートの上に体ごと乗り上げて、腕を伸ばして自分から三木に抱きついた。

「弥尋」

三木が震える体を力強く抱き締める。

「……怖かった。すごく怖かったんだ……もう、俺、いやだよ……」

今まで出そうで出なかった涙が、堰《せき》を切ったように溢れ出る。

「大丈夫。私がいる」

涙を流す弥尋を、三木は泣き止むまでずっとただ抱いてくれた。


「――恥ずかしいから顔見ないで」

ひとしきり泣いて顔と目蓋を腫らした弥尋は、窓ガラスの方を向いたまま、決して三木を見ようとはしなかった。三木にとってはどんな顔でも可愛い弥尋でしかないのだから、顔を見れないのは残念と思いつつ、拗ねたような恥ずかしがっているような姿もまたよいと思ってしまうあたり、かなり弥尋馬鹿である。

「私の方は見てくれなくても構わないが、病院には連れていくぞ」

「約束したからちゃんと行きます」

「それと、ご両親には私から電話を入れておく。病院からは一緒に帰ろう」

さすがに一人で帰れると言い張れる体力も気力もない弥尋は、素直に頷いた。そして、ゆっくりと車が動き出してポツリと呟く。

「三木さん」

「なに？」

「家、早く決まるといいな」

「どうしたんだ？　急に」

「家には帰りたいんだけど、三木さんも一緒がいいなって。——ああ違うか。三木さんと帰る家があったらいいなあって」

誰にも気兼ねなく思い切り泣ける場所、甘えられる二人だけの場所が欲しい。

弥尋の言葉に考える素振りを見せた三木は、前を向いたまま口を開いた。

「——弥尋君、病院から家に帰る前に一つ、立ち寄りたい場所があるんだが、いいか？」

「いいですよ。時間は余裕あるし、傷の方も痛むわけでもないから。それより、俺、お昼食べてないんです。どこかで何か食べてもいい？　三木さんは食べましたか？」

「ああ。もう二時になるのか。私もまだだ。それじゃあ、病院へ行く前に食べようか。その間に病院の予約を入れておけば待たされることもないだろうしな。では奥様、本日のご希望は？」

「おいしいカツ丼がいいです」

「おいしいカツ丼、か。少し遠くなるが」

「おいしいならどこまででも行きますよ」

「決まりだな」

三木は湾岸《わんがん》方面へ車線を変更すべく、ウィンカーを右に出した。

「三木さんはよくいろんなお店を知ってますよね。やっぱり仕事で接待に使うから？　あ、でも、接待でカツ丼はないか」

「仕事柄といえばそうかもしれない。どこにどんな店があるのか、そこの客層を見極めるのも私の仕事の一つだ」

「じゃあ、いろいろなお店を一緒に回ることが出来ますね」

「国内を食べ尽くしたら、外国にも足を伸ばそう。あっちにもいい店がたくさんある」

「毎日外食しないとそれは無理なんじゃないですか？

それはそれで問題だから、外食はそんなに頻繁にしなくて、月に一度とか二度くらいにして、家での料理も頑張ることにして」

「弥尋君の手料理が食べられるのなら、外食なんかする必要はなくなるぞ。楽しみにしている」

「あんまり期待しないでくださいね」


ジュワ……と広がる豚カツの味を十分味わった弥尋は、三木の知り合いという医院へ連れていかれ、傷口の治療を受けた。傷そのものはうっすらと痕が残るか残らない程度で、差異はあれど、ぱっと見て目立つことはないだろうとの見解で、最初に連れていかれた病院の診察結果と変わらない。


そこを三木の強い要望により、あえて治療を施してもらうのは、なんだか弥尋は申し訳なく、施術中は口も開かず大人しくされるがままだった。縫うのではなく、接着するように継目をぴたりと合わせ、妙な凹凸《おうとつ》や引きつりが出来ないよう傷口を固定した。そのため、暫くは激しく腕を動かしてはいけないと注意を受けた。

「動きにくい……」

「一週間の我慢だ」

「お風呂にも入りにくそう……」

「濡らして化膿《かのう》するのを防ぐためだ、我慢しなさい。手助けが必要なら喜んで手伝わせてもらうが。どうする？」

「……自力で何とかしてみます」


病院を後にした三木は、今度は来た道を引き返すように車を走らせ、住宅街に位置するグレージュ色の大きなマンションの前で一度車を停めた。

「ここ？」

「ああ」


マンションの地下にある駐車場の、あらかじめ連絡をしていた来客用のスペースまで移動して車を停めると、二人は直通のエレベーターに乗った。

「昨日の夜、不動産屋から電話があってここを紹介された。競争率が高いから即決での回答を求められている部屋だ」

グランドピアノが一台楽々入りそうなほどの広さを持つエレベーターは、揺れも特有の振動音もなく上昇し、五階で止まった。降りて茶色のカーペットが敷かれた内廊下を歩き、進んだ先に一つしかないドアを預かっていた鍵で開けると、そこには真新しい木の香りのする広い空間が広がっていた。

ほぼ真四角のロビー風のスペースには、広い納戸とシューズインクローゼットが設置され、正面には両開きの扉が一つ。三木はその正面のドアを開いた。開いた先は左右に廊下が続き、まずは右側へ進む。

予想に違わぬ広々としたリビングとダイニングキッチン、そして十二畳ほどの畳の部屋。キッチン、リビングから出られる外には、大きなバルコニー。玄関正面奥の廊下側にあるバスルームは採光を取り入れられるよう、こちらも小さな専用のバルコニーに面していた。左側の廊下の先には、部屋が三つ。主寝室を間に逆コの字型に並ぶ部屋は真ん中の寝室への出入りが直接できるよう、扉が付けられており、まさに新婚仕様とも言える造りとなっていた。

さらに弥尋を驚かせたのはマンションでありながら二階がある所謂メゾネット仕様で、主寝室から上へ続く階段を昇った先にはサンルーム付きの部屋が一つあった。

「広くてきれいだね。明るいし」

採光は東西南北全ての方角から。建物そのものは五階建てだが、ステップ方式のため、各々の居住空間に段差が設けられており、全体的には中層から中高層くらいの建物の高さとなっている。二基ある共有エレベーターの停止階と降りてからのルートが各戸で違うため、廊下ですれ違うということもほとんどない。家が連なる大きな集合マンションと説明した方がわかりやすいだろう。

リビングに戻って来た二人は、床に並んで腰を下ろした。何にもない部屋の白い壁紙で覆われた天井は、座って見上げるとかなり高く感じられた。

「気に入ったか？」

「気に入ったかどうかなら気に入ったよ。でも……」

弥尋は口を噤み、誰も聞いていないとわかっていながら、小声で尋ねた。

「幾ら？」

暫し考え、三木は視線を宙に向けたまま答えた。

「――――六千万」

途端に弥尋の否定の声が飛ぶ。

「嘘だあ！　三倍はするでしょう？」

「……鋭いな。正直に答えると、元値は一億八千……約二億になる」

「やっぱり……。ずるいよ、三木さん。半額以下で言うなんて」

「嘘は言ってないんだからずるくはない。元値がそれくらいするだけで、売値は本当に六千万なんだ」

「どういうこと？」

「売主……元々入る予定だった相手が、もっといい条件の部屋が見つかったからこちらを手放すと言っているんだよ」

「もしかして、売主の人って、三木さんの知り合い？」

「親戚の一人だ」

「だから真っ先に不動産屋さんが三木さんに連絡してくれたんですね。それにしても買ったばかりの二億の家を手放す人って……。しかももっといい部屋って……幾ら？　あ、いいや。やっぱりいい。値段は聞かないでおく」

一億八千万、ほぼ二億に近いこの部屋より良いというのだから、二億以上は確実にするに決まっている。精神衛生上、聞かない方が無難だ。

「でもそれでもですよ？　たとえ親戚でもそれで半額以下って気前がよ過ぎませんか？」

「元値のままで買い手が付かずに遊ばせておくより、さっさと元金を少しでも回収した方がいいってことだろう。それに、少なくとも気に入って購入した物件だ。見知らぬ他人よりは気心が知れた身内の方がいいという言い分らしい。月々のローンにするか、一括で払うかはこちらに一任されている。どうする？」

どうすると問われて、こうすると弥尋が決断してよいものか。何しろ金額が金額だ。森乃屋で一番高いセット、二千円の「雅《みやび》」（高級抹茶、生クリームをたっぷり添えた抹茶のシフォンケーキ、栗の渋皮煮、ぷるるん葛餅）をおねだりするのとはわけが違う。そもそも、マンションを購入するのに食べ物の価格を引き合いに出す時点ですでに感覚が違う。

しかも支払うのは弥尋ではなく三木。それでも三木は、弥尋が欲しいと言えば、たとえお菓子だろうとマンションだろうと、同じように買うのだろう。気にするなと言うが、気にしないでいる方が無理な相談だ。

「今日、決めないと駄目なんですよね」

「ああ。だが昨日見たマンションも気に入っていただろう？　弥尋君が気に入ったのなら、私はどちらを選んでも気にはしない。出来ればこちらを推薦したい気は大きいんだが」

「学校までどのくらいありますか？」

「最寄駅からだと電車で二十分、自転車でも同じくらいだと考えれば、通学を電車から自転車に変えてもいい。雨降りや天気の悪い日の送迎は私がする」

「歩いてもそんなにかからないですよね、多分。バス停は近くにあったかな……？」

「道を二本行ったところにある。歩いて五分くらいだろうな。自転車で直行するより少し遠回りにはなるし本数は多くないが、弥尋君の高校最寄のバス停を経由する路線はある」

回答が戻って来るとは思わない独り言に近い発言だったのだが、三木はすらすらと答えた。昨日、不動産屋から打診を受けてすぐに調べたのだろう。弥尋のために。

弥尋は南側のバルコニーの向こうに見える青い空を見上げた。五階建ての最上部という以上に、周りに高層住宅がないため視界は遠くまで開けており、景観という点でも恵まれている。

夏になればもっと高く青い空が頭上に広がるのだろう。広いベランダで洗濯したシーツやシャツが風に翻る様子が簡単に想像できる。

「ここ、広いですよね」

「そうだな」

「気持ちいいよね、窓を開けたら」

場所によっては四方向からの風も通り抜けることが可能だ。いつかは決めなくてはならないのなら、「決めてくれ」「選んでくれ」と訴えているここでもいい。

後は金銭的な問題で、これればかりは弥尋は少しも手助けをすることは出来ないのだから、三木の収入に全てがかかっている。

「――三木さん、大丈夫そう？」

「心配しなくても一括で十分払える。元々家の予算は三億で組んでいたから、五分の一で済んで楽なくらいだ」

「三億って……」

一体どんな家なのだか。三億の家に住む自分が想像できず、弥尋は笑った。

「三億の家は戸建を買う時にしましょう。その時にここを又貸しして家賃を貰ってもいいかもしれないですね」

「それじゃここで決めていいんだな」

「はい。ここに決めます。お願いします、三木さん」

弥尋は丁寧に頭を下げた。

「わかった。早速契約手続きに入ろう」

気の変わらないうちにと三木は携帯を取り出し、不動産屋へ条件で折り合いがついたため、ここに決めたと伝えた。

「特にオプションで設備に手を入れるのでなければすぐにでも入居は可能らしい」

「すぐって……明日でもいいってこと？」

「だそうだ。実際には荷物の移動があるから、大きな荷物の引越し日としては土日が無難だと思う。弥尋君の学校は明後日からだっただろう？　その前にこっちに移っていた方が都合がいいのだろうが、難しいな」

自分で言って三木はすぐさま首を横に振る。

「いや、都合より何より、私が待ち遠しくてたまらない」

「俺の荷物はすぐに運べるからいいんだよ、それこそすぐにでも動ける。ねえ三木さん、何が必要かな、何があればいいかな」

天井までをフルに使った壁面式の棚付きのクローゼットが各室に完備、それとは別に四畳ほどのウォークインクローゼットもある。弥尋が欲しいと思っていた大きな物置もある。キッチンにも造り付けの棚があって、当面はそれで十分生活が可能だ。現在の持ち主の意向で施工済みなのか、リビングの壁面には伸縮自在上下左右回転自在の大型ディスプレイ用の取り付け金具も設置されている。

「テレビは見るでしょう？　俺は自分のを持ってないんです。三木さんは？　新しいのを買う？」

「どうせならホームシアターが見られるようにしよう。後は弥尋君の勉強と私の仕事用に机とテーブルが必要だな。ソファもあった方がいい」

「絨毯とカーテンは何色がいいかなあ」

「カタログを取り寄せてもいいし、実際に見にいって決めてもいいな。ベッドは必須だぞ」

「――うん」

「ダブルとセミダブル一つずつでも十分に入る広さだ

った」

「しっかりチェックしてるんだね」

「当然」

胸を張った三木に笑う。

「そこで威張らない。ベッドは二つでいいんですか？」

「ダブルがあれば十分だから、普段はそっちを使うとして、怪我や病気に備えてもう一つを予備にというとにすればいい。それとも自分の部屋に置くか？」

「あるといいと思うけど……。参考までに訊くけど、三木さんはどっちがいいと思ってるの？」

「同じ部屋に決まってる。別々は却下」

「それなら俺に聞かなくても決まりじゃないですか。もし俺がいやだって言ったら？」

「いやなのか？」

「――そんなわけ……ないです」

赤くなって俯いた弥尋の頭に、三木の視線が注がれる。

「三木さんが好きだよ。三木さんと話すのも一緒にいるのも好き。だから一緒に寝るのも……好きだよ。三木さんは？」

「答えるまでもない」

腕を引かれ、脚《あし》を跨ぐようにして座り、三木と向かい合う。

「私も同じだ」

二人の視線が交わる。これからどうすべきなのかは、体がちゃんと知っていた。

頬に添えられた掌、近付いてくる三木の整った顔。自然に目蓋は下がり、三木の唇を受け入れていた――。

「ん……ぁ……」

まるで自分のものじゃないと思うほど、甘い声が口付けの合間に鼻先を抜けていく。

最初はゆっくりと遠慮がちだった三木も、今では片腕で弥尋の体をがっしりと支え、片手は後頭部に添えて、甘く唇を食《は》むように、時に激しく貪るように、弥尋の唇を味わっていた。

初めてのキスを誰よりも好きな人と出来る幸せで、本人は無意識のうちに瞳から雫を零れさせ、それに気付いた三木が唇から瞳、頬と動いて唇で掬い取る。

「弥尋……」

耳朶《じだ》を甘噛みして名前を呼ぶ三木の声に、全身に痺れが走る。心地よく、そしてもどかしさを呼び起こす甘い痺れ。

「三木……さん……」

「違う。君の夫の名前は？」

「……隆嗣さん……」

上気した頬、目元を羞恥で染めた弥尋は、膝の上に跨ったまま三木の首に腕を回して抱きついた。

「好き……大好きだよ」

そしてまた重ねられる唇。

初めての口付けは、二人がこれから生活する場所で、長いこと止むことはなかった――。

膝の上に座って抱き合ったまま、弥尋は三木の肩にコトリと頭を預けた。

「――疲れたか？」

「少しだけ。でも幸せ」

三木の手が緩く背中を撫でる。

キスだけでこんなに気持ちよくなってしまうのなら、体を重ねてしまったら、正気を保っていられないのではないかと思う。それくらい、三木は……三木のくれた口付けは想いの丈が込められているものだった。言葉にしない「好き」をたくさん教えてくれた。

「早くここに越してこようね」

「そうだな」

「俺の部屋ね、もう荷物、まとめているんだよ。いつ

出て行ってもいいように、いつ三木さんにおいでって言われてもいいように」

「そうか。——弥尋君に一つだけ、確認しておきたいことがあるんだが、いいか?」

「なんですか?」

「この部屋は私と弥尋君の家として買おう。それは決まりだ。ただ、もし君がそちらの方がいいと言うのなら、高校卒業まで本川の家で暮らすのもありだろうと思うんだ」

ふわふわしたキスの余韻に浸ったまま話を聞いていた弥尋は、バッと顔を起こし、目を見開いたまま三木を凝視した。

「なんで!? 一緒に暮らそうって約束したばかりじゃないですか!」

せっかく前進したのにどうしてこうネガティブに走るのか。

「もちろんそうだ。私もそれが一番いい。その気持ちは変わらない。だが考えてごらん。私と一緒に暮らすということは、生活を二人でやっていくということになる。食事も洗濯も掃除も全てをだ。もちろん私もするが、弥尋君は受験生だ。出来るなら手を煩わせたくない」

「だからって! 俺は? 俺の意志は? 俺は三木さんと一緒がいいのに? 新しい家に三木さん一人で住ませられるわけないでしょう!? 絶対俺もついていきます。それにっ!」

弥尋はぎゅっとしがみつき、三木にわからせるようにはっきりと、一番効果的な台詞を口にした。

「一人だけ置いていくなら離縁します」

「弥尋君、それは……」

「だっていやだよ。せっかく誰にも邪魔されないで一緒に暮らせるのに、三木さんは俺と一緒に暮らしたくないんですか?」

「そんなわけないだろう」

「だったら自分がしたくもない提案なんかしないでください。三木さんにも俺にも、ちっともいいことなくて悲しいことを、一人で先走って決めないで……」

「じゃあ本当にここに私と二人で暮らしていいのか？」

弥尋は何度も何度も頷いた。

「何度でも言うよ。俺は三木さんが好き。だから、一緒に暮らします。ずっとずっとずーっと。……夫婦なんだから、妻を寂しがらせるのは夫として失格だ」

弥尋の瞳には涙が滲んでいた。それに気付いた三木は、弥尋を抱く腕に力を込め、何度も何度も顔中にキスを降らせた。

「悪かった。弥尋の言う通り、私も我慢しない。一緒に暮らそう。引越しは今週末の土日に決行。それでいいな」

「はい」

笑顔で頷く弥尋へ、三木は嬉しさを満面で示した後、小さくこっそり囁いた。

「――私たちの初夜はその時だ。キスなんて比にならないくらい悦《よろこ》ばせてやる」

赤くなった弥尋が暫く顔を上げず、三木が宥めるのに時間がかかったのは言うまでもない。


それから夕方、夕陽が差し込んで来るまで、何もない部屋の中、床の上に三木と二人座って、あれが欲しいこれが欲しいと言い合って想像を膨らませ合うのは、とても楽しい時間だった。

予算をやり繰りしながら買い物。三木は高そうなものを選ぶかもしれないが、値切るのは弥尋の仕事だ。家具はほとんどついているようなものだし、大きめのものさえあればすぐに生活できる。

「どんな風になるのかな。楽しみですね」

同意の印には、小さな口付けが髪の上に落とされた。

両親、特に母親は御園の行為に顔を曇らせ、息子の負傷に顔を蒼褪《あおざ》めさせはしたものの、無事でよかったと涙を浮かべた。

「かすり傷で済んでよかったよ、ほんとに……」

かすり傷の言葉に三木が反応しかけたため、弥尋はぎゅっと袖を引いて「いいから」と首を振る。

「だがこれであの男から解放されると思うとせいせいする」

父親の顔に浮かぶのは安堵だ。いつやって来るのか気を張っているのもこの半月でいやになるほど身にしみていたのだ。それがなくなるだけでも気は楽になる。やっといつもの生活に戻れるのだから。

そんな風に「よかったよかった」と浮かれていた両親は、

「実はお父さん、お母さんにお話が……」

申し訳なさそうな三木の声に、ハッと顔を強張らせた。

「まさか、御園さんが逮捕されたから弥尋はもういらないって言うんじゃ……」

もちろん三木は即行で否定する。

「そんなことは絶対にありません」

「それじゃ何でしょう……？」

「家、決めてきたんだよ。それで今度の土日に引越すことになったからその報告」

「いいところがあったの？」

「うん。結構いい感じ。かなりいいかも」

「そうか、よかったな」

マンションからの帰り道、不動産屋へ寄って貰って来た契約書と間取りを両親に見せて説明する。広さや立地、環境について尋ねる二人へ、三木が丁寧に説明するのを聞きながら、弥尋は始終にこやかに笑みを絶やさなかった。

新居が決まったことや二人で始める新生活が楽しみ

なばかりでなく、三木にとっても家族になった両親たちの不安を取り除こうとしている誠実な態度が、嬉しかったからだ。

価格についても、嘘も誤魔化しもせず、値段を聞いて両親が浮かべた不安を払拭するように、三木はきちんと支払能力があることを給与明細を見せることで説明し、納得させた。

実はその給与明細、先に見た両親が「ほぉ」とか「へぇ」とかの声を出すものだから、弥尋も一緒になって見ようとしたのだが、

「あんたは見ちゃダメ」

と、母親に止められた。

理由を訊けば、

「もっと賢い大人になってから」

だそうで、仲間外れにされたようで少しばかり気分を害した弥尋は、「そのうちに」と夫に言われて頷く。

三木はその場で引越し業者に手配の電話を入れ、週末の引越しが確定した。両親同様、弥尋も三木も全員がほっとしたのは言うまでもない。

「志津と実則にもきちんと言うんだぞ。でなきゃ志津はともかく、実則は煩いからな」

「言うけど……引越しの日って、まだ実則兄ちゃん、帰って来てないと思うんだよね」

父と母は顔を見合わせ、ことごとく三木とすれ違う二番目の息子のタイミングの悪さを思い、やれやれと嘆息した。

「——事後報告でいいか。いい。実則はほっとけ。それから三木さん」

父と母は、揃って三木の前に手をついた。

「まだまだ不出来かもしれませんが、よい子ですのでどうか末永くよろしくお願いします」

「はい」

力強く頷く三木の手は、しっかりと弥尋の手に重ねられていた。

それから週末。二人は慌しく引越しを終えた――。

新居で迎えた三度目の朝。

三木は玄関で靴を履いて、弥尋が出て来るのを待っていた。新居を決めた日から取っていた有給休暇も昨日で終わり、三木は今日から出勤である。

「三木さん、ハンカチとティッシュ、持った?」

「ある」

「忘れ物はない?」

「ない」

「じゃあこれは?」

弥尋は手にした黒の革財布をひらひらと振って見せた。

「ベッドの上に置きっぱなしにしていたのは誰でしょうね」

「……。よく気がついたな。弥尋君が気付くかどうか試してみたんだが、合格だ」

「合格って……。あのねえ、三木さん? そんなこと言っても誤魔化されませんよ。俺が気付かなかったら絶対に忘れて行ったに決まってるんだから……。うちに忘れるのは構わないけど、他所に置いてきたりしたら駄目ですよ」

「わかった。気をつけるようにする。それより、学校まで送ろうか?」

「帰りがあるから自転車で行きます。俺を甘やかし過ぎ」

「甘やかさないで放っておかれる方がいいのか?」

「それはそれでいやだけど……」

「だったら現状維持だな」

「それでいいのか悪いのか、なんだか微妙な気がする

「……」

首を傾げながら弥尋が靴を履き、ドアノブを半分回したところで三木は、思い出したように振り返った。

「もう一つ、忘れ物」

「え？」

思った時にはふわりと甘い香りがして、三木の唇が弥尋の上に重ねられていた。軽く吸い上げるようにチュッと音を立てさせて、すぐに離れた三木の満足そうな顔を、弥尋は呆けて見上げているだけだ。

「行って来ますのキスは夫婦の基本だからな」

「——いきなり……」

「驚かせたか？」

「反省の色がない」

「反省してないから当然だ」

むうと口を尖らせた弥尋は、三木を見上げ「あ」と小さく声を上げた。

「三木さん、頭の上に埃《ほこり》がついてる」

「どこに？」

「取ったげる」

屈んで頭を下げた三木ににんまりとして、弥尋は今度は自分から唇を重ねた。

「お返し」

「じゃあ私も」

避ける間もなく三木の腕に捕らえられた弥尋は、今度はしっとりと唇を合わせられた。

口を割って入り込んできた肉厚の舌が、戸惑う隙すら与えずに、弥尋の舌を絡めとり、吸い上げ、嬲《なぶ》り、思う存分口腔《こうこう》内をかき回す。新婚生活を始めてからこの五日の間、存分に味わわされている情熱的な口付けは、すぐに弥尋の体から力を抜き、ぼうっとさせてしまうに十分な威力を持っていた。

「んっ……や……これ以上は……」

「弥尋君が悪い。私を煽るような真似をするから」

玄関先でのキスは、弥尋の息が上がって三木の胸にぐったりもたれかかるまで続けられた。

「続きは夜に」

キスの続きなのか、それともキスより先のことなのか。

だが。

「わかった」

潤んだ瞳で見上げれば、微笑みながら額に唇を落とす夫。

余裕たっぷりの三木が少し恨めしい。

そんな弥尋の機嫌を取るためか、玄関の扉がパタンと閉められ通路に出るとすぐ、三木は弥尋へと腕を差し出した。

「それでは行こうか、我が奥様」

さてさて、ここは素直に従うべきか。それとも先ほどの仕返しに跳ね除《の》けるべきなのか。

(どうしようか)

だが意地悪を考えたのは半瞬にも満たない間。弥尋は手を伸ばし、弥尋のためにある三木の力強い腕にしがみつき、満面の笑みを浮かべて言う。

「はい。旦那様」

深い愛情と優しい眼差しで包んでくれる夫へと。

「行って来ます」で始まって、「ただいま」と言って帰る家。

「行ってらっしゃい」「お帰りなさい」と応える家。

弥尋と三木、二人の新生活は始まったばかり。

# レッツラーニング

～弥尋の場合～

三木《みき》との結婚が決まり、新居も決定して後は引越すだけというところまで話が進んだ弥尋《やひろ》は、風呂上がりにベッドの上でゴロゴロ転がり回るくらい浮かれていた。狭いシングルベッドだから出来てせいぜい左右にゴロゴロしながら両足をバタバタ動かすという意味不明な動きであるが、全身で喜びを示しているのは明らかだ。

階下から、

「弥尋、音がバタバタ煩《うるさ》いわよ」

と迷惑そうな母親の声が聞こえるも、大して抑制にはなっていないのが実情だ。

今の弥尋にとって外野の声はその辺の風の音と一緒で、聞こえてもスルッと通り抜けていくものなのだ。

「三木さんと一緒……ふふふ……嬉《うれ》しいなあ」

緩み切った……にやけ笑いが止まらない顔は、日頃弥尋を「紅顔の美少年」と敬っている下級生や上級生にはとても見せられたものではない。同学年の友人で一度でも同じ授業を選択したことがあれば、弥尋も普通の年頃の男の子だと理解はしているだろうが、そんな彼らが見たら逆に「うわぁ……」と引かれてしまうかもしれない。

暫《しばら》く枕の上にうつ伏せになり、バタバタと足を揺らしていた弥尋は顔を横に向け、そっと唇に指で触れた。

「……三木さんとキスしちゃった……」

弥尋の中では「やっと」という感じが強い初めてのキスは、「ちゅう」などと軽いものではなくガッツリ本格的なものだったと思える。断定できないのは弥尋に経験がないから当然のことではあるのだが、あんなに長い時間口と口をくっつけているキスが軽いはずはない！　というのが弥尋の主観による感想なのである。

「キスって唇と唇をくっつけるだけと思ってたら違う

んだもん。あ、あんなにくっつけるっていうか、重ねるっていうか、ぐちゃぐちゃになるのだとは思わなかった……」

　擬音で表すなら、まさにぐちゃぐちゃであり、ぬめぬめであり、べろべろだった。衝撃が大き過ぎて、三木の為《な》すがまま貪られた感があるのは否めない。

　正直、

「口の中を犯された！」

　という感じなのだ。好き勝手動く三木の舌は、狭い弥尋の口の中をこれ以上ないほど蹂躙《じゅうりん》してくれて、漸《ようや》く唇が離れた時には半分は酸素不足、残り半分を驚きと追い付かなきゃという必死さと気持ち良さで分け合ったようなものだった。

　キスの快感そのものよりも、やっとのことで三木と恋人らしく触れ合うことが出来たという感動に酔っていた弥尋である。

　とにかく夢中で過ぎたひと時で、後からじわじわ幸せが来たのが印象的な初キスだった。

「キスでこんなんじゃ、これ以上だったらどうなるんだろう俺……」

　弥尋はゴロンと仰向《あおむ》けに寝転がると、枕を腹の上に抱えて天井を見上げた。

　三木と出会って割りと早い段階から彼のことを夢に見るようになった弥尋だが、抱きついたり抱き締めたりはするものの、それ以上に進むことのない実に健全な内容の夢ばかりなのだ。そのせいで欲求不満だったり昇華不足だったのは否めないが、恋愛初心者の弥尋には特定の誰かと触れ合う夢を見るだけでも言葉に出来ないほど恥ずかしく、いっぱいいっぱいといったところだ。

　暫くはホワホワとキスの余韻に浸っていた弥尋だが、

「……三木さん、あんなキスどこで習ったんだろう？」

　ふと疑問が浮かび真顔になる。

　学校で教えるわけでなし、ああいうものは誰かと回数を重ねなくては上達しないというのは、いくら弥尋が奥手で性事情に疎《うと》くてもはっきりわかる。お手本を見たり口頭でアドバイスを貰《もら》えたりする自転車の乗り方練習とは違い、口の中の動きなど自分でしか制御できるものではないからだ。

実際に、三木に与えられた濃厚なキスは初心者弥尋をこれでもか！　というくらいに翻弄しつつ、弥尋の舌の動きをリードしてくれたようにも思える。

「多分そうだよね……？　舌で教えてくれてたような……？」

舌先で弥尋の舌をつついたり、絡め取ろうとしたり、同じ動きをするように誘導されたような気がする。冷静に物事を考えることが出来るような脳内状態ではなかったので、実際の行為そのものは曖昧な記憶でしかないが、朧気《おぼろげ》な感覚の中で三木なりに弥尋を優しく導いてくれていたような気がする。

それはありがたい配慮ではあるのだが、裏返せば他人（弥尋）に教えることが出来るほどの余裕が三木にはあったというわけで、他人様に教えられるほどの技巧の持ち主だということで、

「なんかモヤモヤする……」

弥尋はむうっと唇を尖《とが》らせた。

あのキスがこれまで三木が積んだ経験の成果なら、一体どれくらいの数をこなしたのだろうか。

弥尋と出会う前の過去のことを気にするのは不毛だとわかってはいるのだが、恋愛経験がなくまだ高校生の弥尋には理屈で割り切れるものではなかった。

しかし、ここでグダグダ悩んでいても過去に戻れないのは確かである。タイムマシンがあれば過去に遡って邪魔をするところだが、現実に無理なものは無理。

ということで、考えても自分がイライラするだけで埒《らち》が明かないと悟った弥尋は、思考を前向きに変えた。

「そうだよ。せっかく三木さんと結婚して一緒に暮らせるようになるのに、取り戻せないことで悩んで気分

悪くなるのはいやだもん」

ポジティブシンキング、ポジティブシンキング！

と口ずさんだ弥尋は、枕を抱えたまま起き上がった。

「三木さんはもう俺のなんだし、これからは三木さんがキスするのは俺だけなんだし」

その先の行為だって三木とするのは自分だけなのだ。

そう、その先――……。

「その先って、アレかあ……」

ベッドの縁に腰掛けていた弥尋は、上半身をバタンと後ろに倒した。掛け布団がバフッと音を立て弥尋の背中を受け止める。

「アレ……アレ、なんだよなあ」

キスとなればその次に来るのは多分触りっこで、最終的に行きつく先はセのつくアレで……。

「うわーっ！　恥ずかしいっ！」

顔を赤くした弥尋は片腕で顔の半分を覆った。ここは自分の部屋で他に誰もいないのはわかりきっているが、これればかりは恥ずかしく思う心が齎《もたら》した無意識の反射行動だから仕方がない。

まだまだ初心《うぶ》な弥尋は、一人でいる時でもセックスという言葉を出すのに躊躇《ためら》いのあるお年頃なのである。

そういう弥尋だから、セックスを伴わず三木と触れ合うだけの夢を見ただけで頂点に昇りつめてしまったのは、一度や二度の話ではない。三木本人には絶対に言えない秘密である。

それにしても、と弥尋は思案する。

「こういうのって予備知識を持っていた方がいいのかなあ。それとも何にも知らない方がいいのかな」

一般的な性知識はある弥尋だが、具体的な性行為に関する知識については多いとは言えず、寧《むし》ろ同年代の高校生男子諸氏に比べると少ない方ではないかと自身では思っている。

世間では、思春期の男子が集まれば猥談《わいだん》や経験談などで盛り上がるというが、弥尋の周囲に限ってはそういう話題が出ることの方が稀《まれ》で、話をするのはスポーツやテレビ番組、映画や漫画などいわゆる健全といわれるものがほとんどだった。

これに関して弥尋自身は知らないことだが、「本川《ほんかわ》書記の耳に下ネタは禁止」という不文律がいつの間にか出来上がっていたことや、紅顔の美少年を地で行く弥尋にその手の話を聞かせたくない、もしくは口からアレコレな言葉を聞きたくないという心理が働いていたのは言うまでもない。

要は、

「アイドルはトイレに行きません」

という偶像崇拝と似たようなものであり、実際に弥尋が男子トイレから出て来たところで遭遇した下級生にはひどく驚かれた経験がある。というか、現在進行形でよくあることなのだ。

また、男だけの三兄弟とくれば性的なアレコレの話で盛り上がるのではないかとよく言われるが、これは大きな誤解である。男兄弟だからといって、赤裸々にキスやらセックスやら初体験やらの話を話題にすることはない。本川家は仲良し家族ではあるが、アメリカンなオープンファミリーとは違い、極々《ごくごく》一般的で慎《つつ》ましやかな家族なので、秘めるところは秘めて黙すべしという考えなのだ。

「今日三木さんとお菓子を食べたよ！」

という報告には笑顔で「よかったねえ」と返せても、

「今日三木さんとセックスしちゃったよ！」

という台詞《せりふ》には反応のしようもない。

どちらかというと家族だからこそ突っ込んだ話が出来ないというのは往々にあることで、次兄の実則《みのり》がこれまでに三人とお付き合いをしていたことは知っていても、どの程度の親密さ——要は肉体関係の有無などまで弥尋が知ることはない。

「大きさ比べとかするんじゃねえの？」

そんなことはしたこともない。年少の頃には素っ裸で家の中を歩いていたとしても、わざわざ見比べるようなことは少なくとも弥尋はしないし、弥尋自身が中学校に上がる前にはもう高校生大学生だった兄たちのモノをじっくり見る機会などほぼないに等しかった。

「精通の話とか兄弟で出来そうだけど？」

まだ何も知らない幼い頃に、次兄から「ちんちんから白いのが出る」と聞いたことはあったが、保健体育で学習した知識で十分カバーできる範囲なので、特に年長者のお世話になる必要性は感じなかった。

だから弥尋は兄たちがセックスを経験済みなのか、童貞なのかそうじゃないのかは知らない。次兄に関しては童貞じゃないだろうなと予想はつくが、真面目《まじめ》な長兄に至っては誰かと交際していたという事実を把握できていないため、謎に包まれたままである。

とまあ、本川家の三兄弟はこんな感じで性事情について踏み込んだ話をしたことはないため、「いざ初体験！」となった時に、弥尋が参考に出来るような知恵の提供先には成り得ないのである。

「ということで、わからないことはさくっと調べることにしました」

ベッドから起き上がった弥尋は、誰にともなく声に出すと、自分の部屋を出て隣の次兄の部屋に向かった。

兄たちはそれぞれ出張で二階にいるのは弥尋一人だけ、両親は階下に部屋があるので用がなければ夜に二階にまで上がっては来ないという好条件のもと、弥尋が目指したのは次兄のパソコンだ。

本川家には三台のパソコンがある。一台は長兄志津《しづ》が仕事で使うノートパソコン、一台は父親のデスクトップ、そして次兄実則が持っているデスクトップパソコンである。次兄は仕事で使うためノートパソコンも所持しており、デスクトップの方は家にいる時の趣味で使うことが多く、もっぱら弥尋が使わせてもらっているのもこのパソコンだった。

これまで不自由なく家のパソコンを使っていたが、

三木との二人暮らしが始まることを考えるといずれは自分専用のパソコンが欲しいところではある。

薄暗い部屋の中でパソコンがウィーン……と音を立てて立ち上がり、明るいモニターが暗い部屋の中に浮かび上がる。

別に部屋の電気をつけたところで大きな音を立てたりするのでない限り、誰が見に来るわけでもないのだが、

「そこはほら雰囲気だよ、雰囲気」

独《ひと》り言《ご》ち、弥尋は右手をマウスの上に乗せてブラウザを立ち上げると、キーボードを叩《たた》き出した。

「直接的な言葉の方がヒットしやすいんだよね。……セックス、同性愛、方法、で検索っと」

タンッとキーを叩く音がしたと同時に、画面にずらりと検索結果が並んだ。

「男同士のセックスのやり方、女同士の……興味はないこともないけどこれは必要ありませんっと」

男同士を検索ワードに追加して再びエンターキーを押す。今度は男同士・ゲイなどの単語が並ぶ見出しがズラリと並んだ。

「おお……っ、これは……！」

そのうちの一つをクリックして開いた弥尋は思わず腕で両目を隠した。

ずらりと並んだアダルト動画がこれでもか！ というくらい画面全体を覆っていたからだ。そう、画像ではなく動画なので小さなモニターを埋め尽くすように並べられた動画が各々繰り返し動きつつ流れていたのである。中にはアニメ調のものもあったが、弥尋が一瞬で理解できたのはそれくらいで即座にブラウザバックで元の検索画面に戻り、文字だけの羅列に安堵《あんど》する。

「ちょっとあれは俺には刺激が強すぎる」

背凭《もた》れに体を預け、無意識に詰めていた息を吐き出す。ほんの数分にも満たない間にとんでもなくゴリゴリと精神を削られたようで、早くも弥尋は挫折しそう

になった。

「さっきのみたいなのは初心者向けじゃないよ。あれは慣れた人用のだから俺には無理だよ」

気を取り直し、検索ワードに初心者を追加して、ついでに動画なし・画像なしも入れて再度エンターキーを押すと、割りと除外されるサイトが多かった。

一応見出しのような説明のような文字が並んでいるので、それをじっくり読みながら「初心者に優しい」サイトを選んでいく。

とはいうものの、検索ワードがワードだけに完全にアダルトサイトを省くことが出来ないので、弥尋的な「当たり」が出るか「外れ」が出るかは開いてみなくてはわからない籤引《くじび》きのようなものだった。

「これは画像が多すぎて駄目、欲しいのは説明で出来るだけ懇切丁寧に、普通の言葉で書かれているのがいいんだよ。専門用語なんて使われたってわからないんだもん」

これは同性愛の基礎用語を先に探して読んでからにした方がよかったかと思い、検索画面に文字を入力しようとした時、弥尋はそれを発見した。

「優しい初心者講座……『紳士協定』は初めての方にも親切丁寧な説明を心がけています……？　え、もしかしてこれ、探していた条件に当て嵌《はま》りそう？」

ちらっと目に入った文言が弥尋の胸をくすぐった。

これはもしかするともしかして、自分が知りたかったことを画面から目を逸《そ》らすことなく教えてもらえるのではなかろうか？

「ええと、開かないと全文が読めないってことは、見なきゃいけないってことで……えいっ」

それまでにも十数個のサイトを開いて来た弥尋に怖いものはなかった。どうせこれで最後で、外れだったら基礎用語から見直そうと思っていたのだから害はない。そう判断して開いた件《くだん》の「紳士協定」なるサイトは……はっきり言って弥尋にとって救いの神だった。

「あ、おっきな画像がない……？」

他のサイトではトップページ一番上にドーンと掲載されていた男同士が絡んでいる肌率高めの画像がなかったことで安心する。そのおかげなのかどうかわからないが、読み込みまでの時間ロスもなくあっさりとページが開いたことに感動した。

タイトルロゴはちょっとお洒落《しゃれ》に崩したフォントに影をつけたもので、色もシンプルに黒だった。今のところモニターに表示されている範囲は全て文字だけなので、背後に注意する必要はなさそうである。

「『紳士協定』は初めての男同士の恋愛に困った人、初めての経験に悩む人の手助けになればという趣旨で作られた個人サイトです——そうだよ、こういうのを探していたんだよ！」

階下に両親がいなければ拍手をして快哉《かいさい》を叫びたいところである。

「どれどれ」

上から下までスクロールすると小さな画像は貼られていたが、映画のワンシーンのような服を着た（ここ重要！）外国人男性が二人、寄り添うように肩を並べて座り、互いに目を見て微笑《ほほえ》み合っているという実に初心者に優しい仕様だった。

「よしよし」

弥尋は大いに満足した。自分の場合は三木という特定の相手がいるからこそ、近い将来の初夜を念頭に置いて同性同士のアレコレについて知りたいと思って探していたわけだが、世の中には自分の性癖に気付いたものの不安や戸惑いを持つ人は多いのだろうということが、管理人ＭＭＢＢ氏のサイト概要から読み取ることが出来た。

中には先ほど弥尋がブラウザバックしたような激しい行為動画を求めている人もいて、世間的にはそちらの方が多いのかもしれないが、「観て楽しむ」のではなく「読んで学ぶ」ことを重点に置いている人にとっては、最初に乗り越える垣根は低ければ低い方が喜ばしい。

「ここは合格だね、うん」

これまでも大してネット世界に触れることがなかった弥尋は一丁前に批評家気取りでそんなことを口にする。

ペタペタとどこからともなく現れる所謂《いわゆる》ウェブ広告もなく、アヤシイ単語が並ぶリンク先も特になさそうで、その点でも安心できた。

「とにかく安心安全第一って言うもんね、インターネットは」

よしよしと悦に入った弥尋は、一旦階下に降りてマグカップにお茶を入れて運んで来ると、本腰を入れて読むべく前のめりになるようにして画面に見入った。

体の大きな次兄実則が使う椅子は座り心地を重視して選んだゲーミングチェアと呼ばれる類のもので、座面も広く弥尋くらいの細身体型だと胡坐《あぐら》をかくだけの余裕があるのが嬉しい。

（三木さんには似合わなそうだけどね）

あの生真面目サラリーマン風の三木がゲーミングチェアに座って、ヘッドセットをつけながらマウスとキーボードを前にカチャカチャする光景はミスマッチが過ぎて笑いが零《こぼ》れる。

（三木さんが座って似合いそうなのはやっぱり社長椅子かな。後で調べてみよう）

ドラマなどで、高層ビルのオフィスで社長や重役が座っている肘置きがついた革張りのどっしりとしたオフィスチェアを思い浮かべ、重厚なテーブルの前に三木を座らせると不思議とぴったりくる。

年齢的な風格にはやや不足するのと、厳《いか》めしい顔つきの三木があまり想像できなかったため、やや椅子に負けたところはあるが、ゲーミングチェアよりは遥《はる》かに似合っているから文句はない。

「さてさて」

弥尋は「紳士協定」の管理人MMBB氏のわかりやすく嚙《か》み砕かれた文章を読み進めた。

「慣れないうちは触るだけに留《とど》め、その先に進むにはパートナーとの意思の疎通をしっかりとしておくことが必要です。雰囲気に呑《の》まれたり、呑まされたりしてなし崩し的に先に進めた場合、うまく行けばハッピーですが、うまく行かなかった場合には最終局面での失敗はトラウマになる可能性が大きいです……トラウマって、あ、書いてあった。セックス恐怖症、勃起不全など、どちらの立場にとっても辛《つら》いものなので十分な配慮が必要です。――それはそうだろうなあ」

立場とは入れる側と入れられる側の違いだろう。この場合、入れる側の方がダメージは大きそうであるが、

「俺たちの場合は多分俺が入れられる側だろうから、三木さんに頑張《がんば》ってもらうしかないよね」

良い雰囲気からの自然なセックスは気分的にはとても寛《くつろ》ぎそうで理想的であるとは思うのだが、管理人は安易に雰囲気に呑まれるなとアドバイスをしており、慣れていない初心者のうちは理性を保ったまま、自分の意思で一線を越えることが必要だと説いていた。つまりは一線を越えてしまった後で後悔する人も少なからずいるのだろう。

「痛みがあるのは覚悟してるし、セックスするのも結婚するんだから当たり前だと思ってるし、三木さんは俺が嫌がったら絶対にしないような気がするから、俺の方が頑張らなきゃいけないかも」

大人の三木は多分「待て」が出来る人だ。弥尋がその気になるまで待ってくれるのは間違いない。養子縁組という名の結婚こそ急いだが、これは二人を取り巻く事情が事情だったからのスピード縁組であり、それがなければゆったりと愛情を育んでいった気がする。

弥尋はにんまりと口元を綻ばせた。

「愛情を育むって、すごくいい表現」

MMBB氏も書いていた。心で育てる愛情と体で育

てる愛情がある。そのどちらをも大事に育てることは、性行為を楽しむ上でも互いの人格を尊重する上でも大切なことなのだと。

「MMBBさん、なんかすごくいい人で大人だなあ。まるで俺みたいな迷子の初心者が来るのがわかってたみたいな内容で、文章も話し言葉みたいですんなり入ってくる」

多分に管理人MMBB氏の主観が含まれているのだろうが、弥尋には共感できるものが多かった。

「紳士協定」の内容は、最初は軽く同性同士の恋愛について書かれ、精神面でのケアや悩み解決を主にしており、そこからステップアップしてお付き合いの仕方編、実践編と進んでいた。

そう、こんな初心者に優しい親切サイトだが、しっかりと実践編についての記載もあったのである。当たり前だが、最終的に行きつく先が性行為なのだから避けて通れない内容でもあるし、ここを有耶無耶《うやむや》にしたまいきなり挿入して動いている動画を見せられても、性行為の基礎がわからない若葉マーク弥尋の知りたいことは得られないのだ。

弥尋はさらに顔を画面に近付けた。視力は悪くないので、暗い部屋の中で輝くモニターを見続けていると目に優しくないのだが、今ばかりは気にしてはいられない。

こうして背後に誰かに立たれることなく自由にパソコンを使える時間はそうそうないのだから、一分一秒でも無駄には出来ない。兄弟仲がよい本川三兄弟のうち次兄の実則なら、いきなりドアを開けて乱入し（ここは次兄の部屋なので文句は言えないのだが）、優れた動体視力を持って弥尋が開いている画面を把握するのは容易《たやす》いに違いない。

兄二人が出張中で、新居への引越しまで間がないことを考えると、無駄に出来る時間は弥尋にはないのだ。これは自分に課せられた宿題であり使命だと弥尋は張り切って続きに目を通した。

「スキンシップに慣れましょう……唇や手での愛撫《あいぶ》は大事です。いきなり脚を開いて挿入するのはケダモノです。現実的な話をすれば、男の場合無理な挿入は入れる側も入れられる側も痛みを伴うものです。入れる側だから平気などというのは言語道断。自分が入れられる側になった時には遠慮なく局部を蹴り飛ばし、噛み付いて思い知らせてやった方がよいでしょう……ちょっと管理人さん、主観が入り過ぎて過激になってる……。まあ言いたいことはわかるけど」

特に初心者の場合は双方が痛い思いをすれば、トラウマ間違いなしだから事前準備は大事だと書かれている。そのための愛撫だと。

「あいぶ……っていうのは、どういうのなんだろう。キスだけとは違うものなのかな」

また三木とのキスを思い出し、ぶわっと赤面した弥尋は画面に集中して文字を追った。

この実践編からは小さな画像の挿絵があり、様々な愛撫＝前戯の方法が紹介されていた。

（とってもわかりやすいけど、この絵を描いた人もすごく上手で見やすい。管理人さんが描いたのか、それとも他の人が描いてくれているのかな？）

流石《さすが》に実践編、言葉でわかりにくいところは図解つきという親切設計、おまけに触れ合うだけの顔を出さない軽い動画もついていた。動画については最後まで読んでから見ようと思い、弥尋は先に進んだ。

唇での愛撫は、要は舐《な》めたり唇で軽く噛むようになぞったりするもので、顔から爪先まで万遍なく行うことが可能だと書かれている。大して需要がないと思われていた男の乳首も、快感を拾える器官になりうるというのは、弥尋には思わぬ発見で、つい自分の胸に手を伸ばしてしまった。

「本当にここで気持ちよくなれるのかな？」

小さな突起は自分で触れても特に快感は湧いて来な

かったのでいま一つ実感は湧かなかったが、パートナーに触れられると違うものなのだろう。そもそも、この「紳士協定」というサイトそのものが、不特定多数を相手にするのではなく、特定の誰かとの信頼の置ける恋愛や性行為をすることを前提にした作りのようで、一貫して愛情と信頼のある性行為を説いている。

まさに弥尋にぴったりなのだが、あまり需要がないのではとふと気になって小さなカウンターを見れば、七桁の数字が並んでいたので意外と需要はあるようだ。

今は性情報が氾濫していたり、オープンになったりして、エロい動画を楽しむだけの人が多くなっているという世の風潮だが、同性愛に理解も広まった結果、ひっそりと純愛をしている人もまた増えて来ているような気がする。

とりあえず、何の成果も得られないまま、乳首から手を放してマウスを持ち直し、次へと進む。

手の愛撫は弥尋にもわかりやすかった。三木に頭や頬《ほお》を撫《な》でられたりするだけで幸せな気分になるのだから、他のところを触られたら体中が赤面して血液が沸騰してしまうかもしれない。ふわっと気持ちがよくなって、とろとろに溶けそうになる時があるのだ。これまで触れられたことのない、体の他の部位を三木が触ると考えただけで、弥尋の下半身は元気になってしまう。

「……現金だなあ、もうっ」

感触を思い出しただけでこれである。

サイト内の口淫や手淫など性器への愛撫の目次を読んだだけで、弥尋のモノはとても元気に起きてしまうのだ。まるで自分も一緒にモニターを見たいと言わんばかりに首を伸ばすので、弥尋は軽く柔らかな頭部分を指で撫でた。

「今は駄目だよ。後で。ここは実則兄ちゃんの部屋だから」

脳味噌《のうみそ》筋肉——略して脳筋ではあるが、野生の獣のような兄である。一週間後だろうが匂いがあれば気付くだろうし、弥尋にしても隣に自分の部屋があるのに兄の部屋で自慰をするような変質的な趣味はない。

　ここはじっと我慢の子でいてくれよとお願いしながら、文章の続きに戻り、しっかりと読み込んでいく。

　実践編の最初に書かれている愛撫の基本ともいうべき口淫や手淫の説明は、初心者の弥尋には刺激が強かった。これまでの弥尋の生活の中に存在しない技術だから驚きが勝ったというのはあるが、単純に内容が濃く、とても丁寧で教科書や参考書のような語り口調の説明でも、想像してしまうのだ。

　自分が三木の性器を触っているところ……ではなく、三木に自分の性器を触られているところを。

　こればかりはしょうがない。三木の裸体はホテルに泊まった時に見ているが、着痩せするのか意外と鍛えていた肉体や、視界に入ってほんの一瞬見えただけの性器しか知らないので、三木のものを触ったり咥《くわ》えたりする自分というものを思い浮かべることが貧困な想像力では無理だったのだ。

　それに、三木から与えられるほんのりとした快感を覚えている弥尋の体は、触られたい欲求の方が強く出ていた。

「最初は舐めるだけでいいって……抵抗はないのかな？」

　サラッと簡単に読んだだけでもわかったのは、喉の奥まで入れる技法もあるらしいということで、「この章では初心者に優しい普通の口淫についてのみ述べます」と書かれていたが、それだけでも弥尋には衝撃だった。

　当たり前だが自分のものは触ったことはあっても舐めたことはない。それがいきなり他人の性器を口にするという部分に抵抗はないのだろうか？

　少し考え、

「――出来そう、かな」

モザイクがかかったような三木のモノを想像しつつ、弥尋は「可能だ」と断言した。

「三木さんのなら触るのも平気だし、多分舐めるのも大丈夫だと思う。問題は、サイズ的に口の中に入るかどうかかかな」

ホテルでチラッと見たのは通常時の三木であり、大きく成長した三木ではない。弥尋の慎ましやかなモノも勃起すればそれなりに体積が増えるのだから、三木のモノのサイズが弥尋より圧倒的に小さくない限り、自分よりも大きいのは明らかだ。それが口の中に入るかどうかとなると……。

「いやいや、入るよ。多分入るし、口の中に収めることが出来なくてお尻の中に入れることとなんて絶対に無理だから」

弥尋はそう結論づけた。

「お尻の穴を大きくする練習は出来なくても、口を大きく開く練習くらいは出来るんだし、いざとなったらバナナを三木さんのに見立てて練習も出来るんだし、努力を見せなきゃ！」

そう気張った弥尋は、読み進めていくうちに肛門《こうもん》を拡張する方法と手順についての記載を読み、目を丸くした後、無表情で呟《つぶや》いた。

「……こういう道具があるんだね……世の中って進んでる……」

弥尋にとっては寝耳に水の張り型や男性器を模したディルド（性具）が、実は千年以上前から使われている歴史あるものだったと知って、驚愕《きょうがく》を通り越して奥が深いと感心するのは少し後の話である。

弥尋はガックリと項垂《うなだ》れた。

洗浄はわかる。わかりたくないがわかる。しかし、それ以上に手間暇かけて、パートナーのモノが入るように広げることの方がショックが大きかった。

管理人ＭＭＢＢ氏がくどいくらいに初心者が無理矢理勢いだけで挿入してはいけないと書いていたわけだ。

無理に入れたら流血待ったなしである。

「ここまでしないと入らないものなんだ」

道具を持っている人の方が少ないわけで、ローションやジェルを利用して指を使って丹念に広げ、受け入れる準備をする必要があるという内容は、至極真っ当な要求だと思った。

その後は、いざ挿入となった時に緊張が強ければ勃起不全に陥る場合があるとも書かれていて、その時ばかりは雰囲気を大事にし、互いを労《いたわ》りながら呼吸を合わせるのが大事なのだそうで、それはそのまま挿入後の動きにも連結し、決して自分本位に腰を動かすのではなく、互いのリズムを感じながらするのが望ましいとのこと。

「射精の後は、体を清めるのは大事だがまずは余韻を大事にしつつ、ゆったりとピロートーキングをすることで以降の関係を良好なものに出来るでしょう……だよね。射精してさっさと終わるのはなんだか違うなあって俺も思う」

今日のキスだって同じだ。初めてのキスは雰囲気の流れに乗って自然に行われ、口づけが終わった後も三木に凭れて幸せな時間を感じることが出来た。この時間が大切なのだと思う。

手間暇かけて体中を愛撫して、身を重ねる相手との間に信頼関係を築くことで緊張を緩和し、引いては無駄な力を入れることなく行為に臨めるようにする——これは一人では出来ないことであり、三木と一緒に弥尋も覚えていなくてはいけない言葉だと思った。

射精するとすっきりするのは男の性《さが》ではあるが、パートナーがいる場合には自分本位は絶対ダメだと心に刻んでおかなくてはいけない。

初心者向けにしてはそれなりに情報が詰め込まれていた「紳士協定」は別ページに参考画像や動画が掲載されていて、そこには説明文中に差し込まれていた画像とは違って、本格的な男同士の性行為がはっきりとわかるようになっていた。

「富嶽百景《ふがくひゃっけい》」ならぬ体位百型と名付けられた画像は、様々な交接体位が説明書きとともに紹介されたもので、「手は相手の背中に添え、右足は数字の四の字を作るように交差して」などと指示もあり、まるで体育の教科書で運動の手順を説明されているようでちょっと笑ってしまった。

一般的には浮世絵にもなっている四十八手というのが有名らしいのだが、カップルの数だけ体位は存在するので、無理な体位に挑戦するよりも気持ちよくなれる自分に合った体位を見つけることが大事だとMMB氏は語っている。

確かに、と弥尋は思った。

何しろ弥尋は運動音痴。アクロバティックな姿勢や体勢は絶対に無理だと断言できる。手取り足取り位置を決めて動かしてもらえば出来るかもしれないが、最中にそんなことをすれば興醒《ざ》めもいいところ。

「するなら俺は普通のでいいや。三木さんがしたいのがあれば挑戦してもいいけど、無理はしない方向で」

初心者には後背位が最も楽で、顔を見ながら出来る正常位は人気で、そのほか「普通の体位」でも知名度の高い横臥《おうが》位、騎乗位という名称は覚えた。

管理人MMBB氏の「紳士協定」には同系統のサイトやブログへのリンクも張られていて、ソフトからハード、コアな内容のものまで好みで選び訪問出来るようにされていた。

弥尋も気にはなったが、とりあえず初心者が覚えなくてはいけない基本的な作法というか手順のようなものはわかったので、本番に備えて出来ることはしておこうと決意する。

気付けば三時間ほど時間が経《た》っており、すでに真夜中を過ぎていた。集中して見続けたせいで目の疲れが激しいが、成果はあったと思う。

「と、パソコンの電源を切る前に履歴を消去しておかなくちゃ」

後始末はとても大事。長兄ほどパソコンに詳しいとは思えない次兄だが、何かの拍子に履歴を見られてはは顔を合わせられない。家の中で次兄のパソコンを使うのは弥尋だけなので、誰が閲覧したかなど調べるまでもなくわかってしまう。

弥尋は履歴一覧を出し、日付と怪しげなサイト名から自分が見たサイトを順番に削除していった。最後に見た「紳士協定」だけは、何かあった時に参考にするかもしれないのでサイト名と管理人名を覚えておくことにした。特に検索避《よ》けをしているわけではなさそうなので、見つけるのは簡単だろう。

「よし、証拠隠滅完了」

念のため、ダミー用として海外ドラマ一覧や通販サイトを開いてそれだけは履歴に残したままにするのを忘れない。ついでに兄が勤務するジムのホームページを開いて一番上に履歴を残しておけば完璧である。


元気になっていた弥尋のソレは、文章を集中して読んでいる間に静かになっていた。最初の方こそ三木との触れ合いを思って興奮してしまったが、初めて知る内容とその濃さへの驚きの方がいつの間にか勝っていたようだ。

空になったマグカップを持って廊下に出た弥尋は、一度階下に降りて飲み物を補充して自室に戻り、枕元のスタンドだけをつけた状態でベッドに寝転がった。

「男の人のセックスって大変なんだってわかったのも収穫だったなあ」

好き合っている人とキスをしてセックスをする。

言葉にするとたったこれだけの文字しか使わないが、その一文の裏には多くの手間が隠れていた。

「俺もセックスっていう言葉の印象だけで軽く考えていたかも」

好き合っていれば簡単に出来ると思っていたが、手間も暇も愛情もなければ困難が伴うのはわかった。逆を言えば、手間と暇と愛情をかければ幸せなセックスをすることが出来るということでもある。

自分の尻の穴に三木のモノがちゃんと入るのかどうかはサイトを見た後でも不安にはなるが、腕ほどの巨大なサイズでない限り、一般人でも丹念に解《ほぐ》せばきちんと入るとＭＭＢＢ氏が断言していたので、その点で少しは不安が払拭されたのは成果だった。

弥尋はそっと手を後ろに回し、パジャマのズボンの上から尻の穴に触れてみた。

「ここに、三木さんのを入れる……」

入れて、動かして、それから射精して――……。

三木はどんな風に弥尋を抱いてくれるだろうか？

今日のような激しく濃厚なキスを体中にしてくれるのだろうか？

「ん……」

収まっていた熱がまた下半身に集まるのがわかり、弥尋はそっとズボンを脱ぎ捨て、下着を下ろした。まだ完全に勃起したとはいえない弥尋のモノがぷるんと飛び出して来て、それを片手で握ると弥尋は目蓋《まぶた》を閉じた。

見た目も性格もどちらかというと正統派美少年であり清純派だと言われる弥尋だが、恋する男の子でもある。好きな人のことを考えるだけで、体は反応してしまうもの。

（これは三木さんの手……三木さんが俺のを触っている……）

大きな三木の手を思い出す。

熱く温かい大人の男の手は、どんな風に弥尋の性器を可愛《かわい》がり、高めてくれるだろうか。

三木を想像しながら軽く擦《こす》るだけで固くなったモノの先端を指の腹で擦りながら、もしも三木がこれを咥えたらと思うだけで、じわりと雫《しずく》が滲《にじ》み出て濡れて来る。

「ん……三木さん……三木さん……っ」

最初は片手でしていたが、両の手を使って茎と先端を撫でたり擦ったりしながら高めていく。

ベッドの上に仰向けになり、半開きの口からは軽い喘《あえ》ぎ声と三木の名を呼ぶ自分の声が小さく聞こえるだけである。鍵つきのドアなので仮に声に気付かれたとしても無断で侵入されることがないのは安心できた。リフォームする前のように襖《ふすま》だったら自慰も気を遣いながらしなくてはいけなかったことを思うと、資金を出した兄たちにも感謝である。

三木の名を呼びながら自慰をすれば、自然と頭の中に三木と自分が裸になって抱き合っている光景が浮かんでくる。しっかりと筋肉のついた三木の逞《たくま》しい胸に抱かれた弥尋は幸せそうに目蓋を閉じ、今と同じように半開きの口からは甘い吐息が零れて落ちる。

三木の手が弥尋の体を這《は》い回り、何度も何度も口づけられて、吐息すら貪られている気分になってしまう。

「三木さん……」

どうしよう、体が熱い。

弥尋の手は自然にパジャマの上着のボタンを外し始めていた。パジャマを着ていては三木の手の感触を感じられないと思ったのか、それとも妄想上の三木の体温をそのまま感じたいと思ったのかわからない。だが、弥尋はこの時本気で「三木さんに抱かれたい」と望んでいた。

現実には部屋の中には弥尋一人で、三木は常宿にしているホテルの部屋で二人がいる場所は別々なのだが、体の中から湧いて出る熱を冷ましてくれるのは三木しかいないとわかっていた。

「三木さん……」

妄想の中の三木は「紳士協定」で書かれている手順を律儀に守りながら弥尋の体を開いていった。濃厚なキスをして、体中に判を押すように唇を押し当てて、弥尋の体の上を手と唇が這い回る。

「うん……乳首……？　そこは……」

サイトを見ながら触っても何にも感じなかったそこが、三木が触れていると思い込むことでぷくりと淡く立ち上がった。これには半分夢に浮つく弥尋も驚いて正気に戻り掛けてしまい、その間に何事もなかったかのように乳首が普通に戻ってしまったのは残念なのかそうじゃないのかよくわからない。

わかったのは、三木が触れるなら乳首だって喜ぶということだ。

弥尋は再び三木の手に自分を委ねた。三木が触れやすいように足を開き、手は性器に添えて上下に緩く扱《しご》き出す。

「三木さん……」

三木の手はもっと大きくて、もっと力があって、だから今握っているのが三木の手ではないとわかってはいるのだが、三木にこうしてもらいたいこんな風に触ってもらいたいと望む通りに手を動かした。

「もっと……もっと強く、それから先の方も忘れないで……」

口淫は畏《おそ》れ多いのと、自分に経験がないためイメージが湧かなかったせいなのか、想像の三木も手を使うだけだったが、同じ自分の手で自慰を行っているとは思えないほど快感を拾うことが出来た。

どちらかというと淡泊な弥尋の自慰は、月に数回するかしないかで、それすらも朝勃《だ》ちの時に出す程度のものでしかなく、性欲というより生理現象の処理に近いものがあった。

それなのに、三木と出会ってからは彼を頭に思い描いては欲を吐き出すことが増えていた。その日々よりも今日の弥尋は熱かった。熱く三木を感じていた。

「三木さん、三木さんっ、三木さんっ」

三木の名を呼びながら昇りつめた弥尋は、一瞬頭の中が真っ白になったと思った時には手と腹に濡れたものを感じて自分が射精したことを知った。

荒い息を吐く弥尋の手の中ではまだ少し硬度を保っ

たままの分身が、雫を垂らしたままだ。

「拭かなきゃ……」

　頭上に腕を伸ばしてティッシュを数枚取り出すと、濡れた自身と体を拭った。丸めたティッシュをポイとごみ箱に入れた弥尋は、パジャマの前を開き、下半身は露出させたまま脱力感いっぱいに仰向けになっていた。

「まだ胸がドキドキする……」

　射精したのは一回だけなので普段と同じなのに、感じる疲労度がまるで違う。無心に手を動かすだけの半年前と違い、三木という特定の人を思い描いてからは全力疾走感が増した気がしていたが、今日はさらに倍増だ。今までを五十メートル走だとすれば今日のは百メートル全力疾走である。そのくらい、体が感じる疲労は濃かった。

「疲れたぁ……」

　だが気持ちはよかった。


　三木を自慰の想像に使ったことに対して多少の罪悪感はあるが、結婚相手を妄想に使うのは多分問題ないだろうと開き直ることにした。もしかすると次に三木に会う時に、恥ずかしさが勝って顔を見れないなんてことがあるかもしれないが、引越しは初夜とイコールなのだから、そちらの方に気を取られている可能性の方が高い。

「想像だけでこれなら本物の時はどうにかなってしまいそう」

　あくまでも今の弥尋の相手は妄想の中の三木であり、生身ではない。質量を伴った本物はどんな風に弥尋を愛してくれるのだろうか。

「怖いような期待したいような、なんかそんな変な感じ」

　MMBB氏はちゃんと前戯に時間をかければ大丈夫だと断言しているが、固くて長くて大きくて太い本物を前にした時に狼狽《うろた》えない自信はない。喩《たと》えは悪いが、

「おばけなんて怖くないさ」と言いながら本物のおばけを前にすれば泣き喚《わめ》いて失神するようなものだと思う。

イメージはイメージ、現実とは違うことを浮かれつつも弥尋はきちんと理解している。

初夜までの短い期間で出来るだけ予習してイメージトレーニングを重ねたいとは思うが、兄が帰って来ればパソコンは使えないのだから、最悪今回しかインターネット上のサイトで勉強することが出来ない可能性は高かった。

「一応心構えみたいなのは出来たから、後は三木さんにお任せでもいいとは思うけど、それでも大丈夫なのかなあ」

大人の三木に一任するのも手だとは思うし、もしかすると三木は何も知らない弥尋に教えることを楽しみにしているかもしれない。もしそうなら予備知識だけは身につけておくとして、拡張などの準備は勝手にしない方がいいのかもしれないとも思う。むしろ弥尋がそういうことをしようと考えるなど思いもつかないような気がする。

「三木さんならありえそうなところが何とも言えないなあ」

ならばやはり弥尋は「紳士協定」の最初の方に書かれている一般的な知識を覚えておくだけの方がよいのだろう。

器用に弥尋は寝転がったまま肩を竦《すく》めた。

腹が冷えてきたので起き上がってパジャマの前を留め、下着とズボンを穿《は》き、まだ肌寒い季節だが換気のために窓を開け、渇いた喉を潤してから階下に降りて濡れたタオルで体を拭き、ベッドに腰掛けてからやっと息をついた。

「想像の中の三木さんが激し過ぎて疲れちゃったんだよ」

三木に教えたらどんな反応が返って来るだろう。

慌てふためくのか、それともどういう意味なのだと問い詰めにかかるのか。

弥尋はほわっとした笑みを浮かべると、そのままゴロンと横に転がった。

「やっぱり俺、三木さんが大好きだなあ」

三木にキスをされても嬉しいだけで、自分勝手な妄想の中の三木に翻弄され自己最高記録の高揚感を抱いたまま絶頂に至った。

思えば最初から三木に対しては好意が先に立ち、好きだと気付いてからも男同士に対する忌避感や悲壮感は持たなかった。それこそMMBB氏に相談を持ち掛けるような人たちからすれば、弥尋のようにすんなりと自分の性癖を認め、前向きに行動を起こす人間は稀であると考えるだろうし、親兄弟からの反対もなく、近しい周囲から引き留められることもなく、逆に弥尋の知らない間に知らないところで認められていたという現実がある。

夢のようだが歴《れっき》とした事実で、本川弥尋は三木弥尋になって戸籍上は養親子の関係だが実質夫婦として暮らしていく。一般的な戸建て住宅に住む弥尋には信じられないほど立派な住まいがあっという間に用意され、夢よりも現実の方が夢みたいな出来事ばかりなのだ。

勢いで結婚した面は否めないが、そうでなくても三木とはいずれ結婚をしたと思うから、早いか遅いかだけの違いでしかない。出会って半年以上経っているのだから、普通に交際していても十分に結婚に踏み切るタイミングではあるのだ。

「三木さんに出会えて本当によかった」

結果として三木と出会ったことで弥尋たち家族が遠い親戚に理不尽に悩まされることはなくなったし、弥尋も本気の恋を知った。

窓越しに入って来る風がまだ火照ったままの顔の熱に気持ちよく、弥尋はしばらく目蓋を閉じたまま三木のことを思う。

（三木さんはもう寝ちゃったかな。一日でいろいろあって濃過ぎて忘れてたけど、体調を崩して寝込んだばかりなんだから、しっかり寝てくれていればいいんだけど）

もう昨日……一昨日《おととい》のことになるのか。御園《みその》が来て、弥尋が三木のホテルに逃げ込んで、過労から熱を出した三木を看病して、両親の前でプロポーズされて養子縁組をして、新居探しに出掛けて、御園に襲われ助けられて、それから新居を決めてキスをして——……。

濃縮還元百パーセントどころではなく五百パーセントの濃さである。

それが僅か四日の間に起こった出来事なのに、遠い前のことのような気がする。濃過ぎて一周回って篩《ふるい》にかけられ、今後の弥尋に不要な部分が濾過《ろか》され薄められてしまったからかもしれない。

（でもキスは忘れない）

これが生まれて初めての弥尋のキス。弥尋が自分から求めてしたいと思ったキス。

唇に手を当て、小さく「うふふ」と笑いを零した弥尋は、スーッと入り込んで来た風に寒さを覚え、窓をしっかりと閉めて鍵をかけると、今度こそ眠るために掛け布団の中に潜り込んだ。

「おやすみなさい、三木さん」

願わくば、夢の中でももう一度会えますように。

小さな欠伸《あくび》を一つ零し、弥尋は目蓋を閉じた。

すぐにスーッという寝息に変わり、弥尋は深い眠りの中に沈んでいった。

——後日、引越しの打ち合わせで待ち合わせをした時のこと。

先に来ていた三木が嬉しそうに破顔し弥尋に向かって片手を上げる爽やかな姿に、自慰に使ってしまったことを思い出した弥尋は、案の定、気まずさから笑顔で応《こた》えつつそっと視線を逸らしたのだが、目敏《めざと》い三木がそんな弥尋の反応を見逃すはずはなかった。

「――弥尋君、私は何か君に対して失礼なことをしただろうか？」

「え……？　え、そ、そんなことはないですよ。三木さんはいつだって紳士だし、失礼なことなんてまったくしていないですよ？」

「だが、今日の弥尋君は私を避けているような気がしてならないんだが……。いや、私の勘違いならいいんだ」

「そうそう、勘違いです。三木さんに対して不満なんて何にもありません」

「そうか？　だが、もし自分で気付かないうちに嫌われるようなことをしていたのなら謝る必要が」

「だから！　嫌ってなんてないし、三木さんのことはちゃんと好きだから不安になる必要なんて全然ないですよ。ほら、こうして腕だって組むし」

「それは嬉しいな……ではなく、本当に？」

「本当に。避けてたんじゃなくて、顔を正視出来なかっただけだから。ああっ、もうそんなすぐに悲しそうな顔をする。あのね、この間夢で三木さんを見てね、それでちょっといろいろだったから恥ずかしく思っただけだから」

「そうなのか？」

「そうなのです」

「本当に私の夢を？」

「うん」

「そうか」

「三木さん嬉しそう」

「それは嬉しいに決まっている。自分が好いた相手が自分のことを夢に見るほど好きだと言ってくれているのと同じだからな」

「だから心配する必要ないからね。俺はいつだって三木さんを大好きだから」

「ありがとう、弥尋君。私も大好きだよ」

——弥尋は三木の頰にチュッと唇を押し当てた。

嬉しそうにはにかむ現実の三木は、妄想の三木よりも遥かに素敵でカッコイイと思った弥尋である。

# レッツラーニング？

～三木の場合～

滞在しているホテルの部屋に帰って来た三木隆嗣《みきたかつぐ》はネクタイを緩めると、ほうーっと深く息を吐きながらダブルベッドの縁に腰掛けた。

室内に入るまではキリリとした表情を保っていたが、ドアを開けて室内に入った途端に緩んだ気持ちは肉体を程好《よ》い疲労に浸してくれているようだ。

ほんのりと赤く染まった顔はアルコールの類を飲んだせいではなく、つい先ほど本川家《ほんかわ》の前で別れた本川弥尋《やひろ》改め三木弥尋を思ってのことである。養子という形で入籍を済ませた弥尋はすでに三木の妻であり生涯をともにする伴侶でもある。まだ年若く十八歳という年齢ではあるが、お互いに「この人しか要《い》らない」と相思相愛の間柄である。

その弥尋と、初めてキスをしたのだ。浮かれてしまうのも仕方がないというもの。年内には三十歳になる現二十九歳の三木にとって、これが正真正銘の初恋であり、出会った時から惹《ひ》かれていた弥尋をやっと自分のものに出来たという喜びの表れでもある。

知り合って半年以上、本日やっとキスにまで進んだ二人なので初心《うぶ》もいいところである。弥尋はまあ仕方がない。勉強だけをしてきたような高校生なのだから。対して、三木は三十歳手前のいい大人で、それなりに大人の交際をして来た経験はあるのだが、弥尋に関しては晩生《おくて》もよいところで、手を繋《つな》いだり肩を抱いたりすることは出来ても、その先に進むには大いなる勇気が必要だった。

気心の知れた幼馴染《おさななじみ》の弁護士や下世話な老医師からは、

「まるで純粋無垢《むく》な少年のようだな」

「大人の余裕はどうした隆嗣」

などとからかい半分に言われる始末。

良識というものは持ち合わせている両者なので、これをネタに弥尋までからかうような真似《まね》をしないのは助かっているが、顔を合わせる度にニヤニヤと意味深な笑みを浮かべられるのは少々腹が立つものの、自分でも好きな子にどう接してよいのかわからないところは自覚していたので、甘んじて受けるのみだった。

そして今日、

「弥尋君とキスをしたのだな、私は……」

しみじみと感じ入るような三木の台詞《せりふ》が感動の全てを伝えている。

陽《ひ》の当たる二人だけの室内で、しっとりと合わさった唇の甘さを何と表現すればよいのかわからない。羊《よう》羹《かん》のように重厚な甘さ、淡雪羹のふわふわした心地よい甘さ、蜂蜜のように口の中に広がる芳醇《ほうじゅん》な甘さ……どれも弥尋の唇の甘さを表現するのに似つかわしい。

うっとりととろけるような笑みを浮かべた弥尋は本当に美しかった。最初に見かけた時から「綺麗な子だな」と思ってはいたが、親しく言葉を交わすようになると途端に「綺麗で元気な男の子」に変わった。溌剌《はつらつ》とした明るさと清純さが同居して、言葉では言い尽くせないほどの魅力が弥尋にはあった。

切っ掛けは、三木が差し出した森乃屋《もりのや》のチケットを弥尋が受け取ってくれたことだが、会話を成立させてくれたのは弥尋で、そのことに三木は本当に感謝している。

チケット配りをしていた時、もしも弥尋がただの通行人の一人としての対応しかしてくれなければ一過性の関係でしかなかっただろう。しかし、弥尋は思い切って話しかけた三木に笑顔で応えてくれた。

自分で言うのもなんだが、あの時は本当に落ち込んでいたのだ。アルバイトの女性たちは次々にチケットを通行人に手渡して捌《さば》いているのに三木だけが大量のチケットの束を抱えたままという状況は、自分に「無能」のレッテルを貼りたくなるほどにきつかった。自信を持って立っていただけに、チケットを貰《もら》ってくれない＝和菓子に興味がない＝森乃屋開店は失敗という図式が即座に浮かんでしまうくらいには。

　結局は三木が自分一人で勘違いして落ち込んでいただけで、チケットを受け取ってくれた綺麗な顔をした高校生を思いながら笑顔で配るだけで改善されるものでしかなかった事実は、自己評価が低いだの自己顕示欲が少な過ぎるだの言われている三木にしっかりと現実を突きつけてくれる結果となっていた。

　明るく元気な弥尋が三木の心の拠《よ》り所になるのは早かった。後から知ったのだが、都内有数の進学校に通うだけあって弥尋は頭もよく、年の差を感じさせずにテンポよく出来る会話は楽しみでもあった。

　本人の気質も柔らかく穏やかで、育ちが良いのだろう、擦れた感じがまったくしない丁寧な言葉遣いは耳に心地よく、一回り年下の高校生と話すという通常なら敬遠する出来事が逆に楽しみになる始末であった。

「そう、いつだって弥尋君は変わらない。まっすぐに私を見ている」

　駅前での逢瀬《おうせ》がなくなり、開店した森乃屋やその他業務で多忙が続いても弥尋のことを忘れたことはなかった。基本的に土日祝日は出勤しないでよいのに、あえて土曜に勤務を入れて森乃屋で弥尋の来店を待つ日々は、自分の中にあるのがどういう感情に基づくものなのかを見つめるよい機会でもあったが、やはり会えないのは大層辛《つら》かった。

　好き。

　弥尋に対するシンプルな感情はもはやこれしかなかった。

　そして、一度弥尋に対する想《おも》いを認めてしまえば、次から次へと要求が生まれて来ることに驚いた。

　会いたい、声を聞きたい、笑った顔が見たい、手を繋ぎたい、触れたい、キスをしたい、一緒に遊びに行きたい、一緒にのんびりしているだけでもいい……。

あれがしたいこれもしたい、要求は留《とど》まることを知らずに三木の中で増え続け、現在でも表に出さないだけでいろいろと溜《た》め込んでもいる。それこそ、「弥尋君と一緒にやりたいことリスト」を作ればノート一冊を丸々消費する予想は簡単につく。

菓子を食べている時の弥尋の幸せそうな顔を見ているだけで三木も幸せになった。その笑顔が自分にだけ向けられていればよいのに……と狭量な考えが浮かんでしまう自分には呆《あき》れたが、弥尋といることで気付かされ、或《ある》いは与えられる感情はよい意味で三木を成長させたと思う。

三木は運命論者ではない。だから運命という言葉で括《くく》られるのは本意ではないが、同じホテルで同じように親戚に強制された見合いを受けさせられていた弥尋を見た時、

「これは運命だ」

と自然に言葉が浮かんだ。そして、本川弥尋という少年を決して手放すものかと自分に誓ったのもこの日だった。

弥尋側の事情はそれはもう異常なものだったので、恋人のふりから結婚までの流れは、ある意味「御園頼《みそのらい》蔵《ぞう》」という人物がいたからこそ加速したともいえるが、弥尋本人や彼の家族を傷つけた自分本位な男を恨みこそすれ感謝する日は一生来ないだろう。

弁護士の上田《うえだ》は早い段階から弥尋のことは知っていたので、喜んでいろいろな手続きを進めてくれた。持つべきものは有能な弁護士と税理士という話を聞いたことがあるが、確かにその通りだと思った。

一応それら諸々の全てが今日片付き、後は引越しや買い物など肉体的に動けば解決するものだけが残された形になる。

三木は再度大きく息を吐き出した。これは弥尋を想っての吐息ではなく、いろいろ片付いたという安堵の溜め息だ。

「新居が早めに決まったのが大きかったか」

ちょうどよいタイミングで、ほぼ理想に近い住居が未入居のまま放出されたのは運がよかった。設計図面の段階で知人が購入を検討していた関係で、よい物件なのは知っていたが、その頃には弥尋と知り合っておらず、まさか自分が購入することになるとは思いもしなかった。

そのため、タイミングよく祖父母経由で「親戚に限り早いもの勝ち」を知らされた時、即決していたと言ってもよい。弥尋に見せる前に仮押さえとして購入の意思を表明しておくことは大事で、三木本家の息子が手を挙げることにより、後に続こうとしたものたちの牽制《けんせい》にもなっていたはずだ。

元々、祖父母も両親も早めに三木が住居を決めるのを待っていたところがある。同じ都内に実家もあれば祖父母の家もある上、ホテル暮らしを始める一年ほど前までは実家に住んでいたので、わざわざマンスリーホテルを契約してまで家を出る必要は本来ないのである。

親戚という名の見合い仲介人が釣書を束にして実家に持ち込むのでなければ。

二十代のうちに結婚を、と誰もが思ったわけではないだろうが、一人が持ち込めば噂《うわさ》を聞きつけた他家のものも遅れを取ってなるものか！　とばかりに見合い話を持って来るという魔のループが出来上がってしまったのには呆れてしまった。

親戚と言っても年中行事の際に三木本家に挨拶に訪れる程度の顔見知りでしかなく、実際に血縁関係はあるにしても祖父の代の従兄弟《いとこ》やその子供となれば、三木にとってはほぼ他人である。そんな彼らにとっては、遠くなった縁を婚姻によって近くするという思惑もあるだろうし、他家の女性を世話することで「私がお二人を結び付けましたのよ」と社交界でアピールする意味合いもあっただろう。中には、弥尋に多大な迷惑をかけた御園頼蔵のように、三木隆嗣との縁を結ばせることで、彼ら自身の家が恩恵を得ることを目的としたものもあっただろう。

純粋な好意から、三十歳になる前の駆け込み結婚成立に熱意を燃やす仲人気質の人もいたとは思うが、どんな理由であれ、その気がないのに押し付けられても迷惑に思いこそすれ、感謝する気には到底なれるものではない。

そういう事情があったから実家を出て、祖父母の家も避け、ホテル暮らしをしていたのだ。直接的な血縁関係はないものの、身内として接してくれる人物が世界中に展開している高級ホテルなので、親戚が居場所を特定して押し掛けて来てもホテル側は「迷惑」の名の下に遠慮なく排除してくれるし、いざとなれば系列の別のホテルに移動するという手もある。

寝室と別に部屋がある２Ｋのミニキッチン付きの部屋なので中々に快適ではあるのだが、一年もホテル暮らしが続けば、どうせならセキュリティのしっかりとした住居で暮らした方がよいのではという声も上がって来て、実家に戻るか新居を探すかを考えていたところなので、弥尋との結婚に際し、理想の新居を得ることが出来たのは非常に幸運だった。

「家具については弥尋君ともう少し煮詰めた方がいいだろうな。内装や壁紙も、気になるところがあれば転居する前に手を入れなければならないからな」

今日初めて見た住戸なので、後から気になる部分が出て来ることを前提に三木は頭の中で転居までの予定を組み立てた。

今日はとりあえず内覧だけで済ませたが、本契約後には実際に家具などを設置するために必要な採寸もある。これは時間を見つけて弥尋と二人で早めに終わらせたいところだ。その時に一緒に家具のカタログを見たり、展示場に出向いて商品の実物を見る時間を取れれば文句なしだ。

「それにしても、今日の弥尋君はいろいろな表情を見せてくれた」

広い部屋に驚き、高い天井を見上げて驚き、二階に続く階段を上がる時にはワクワクを隠そうともしない弾む足取りで、「嬉しい」「楽しい」「凄《すご》い」などの感情をそのまま表情に乗せて伝えてくれた。

御園に襲《おそ》われるという恐ろしい体験をした後だったので、同じ日に楽しい経験で上書きすることが出来たのもよかった。

じわじわと込み上げて来る多幸感にギュッと目を瞑《つむ》って感じ入っていた三木は、幸せな気分のまま早めに就寝しようとバスルームへ向かい、蛇口から湯を出して浴槽に溜め、その間にシャワールームで手早く全身を洗い、半分ほど溜まった湯の中にバスオイルを入れて爪先からゆっくりと体を沈めた。

じわじわと温かさが浸透してきて、三木は浴槽の縁に頭を乗せて体を伸ばした。浴槽もベッドも外国人サイズで作られているものを使用しているため、百八十センチを越える長身の三木でも足を伸ばした楽な姿勢でいられるのは、風呂にはゆっくり入りたい派の三木には嬉しい仕様だ。

濡れた髪を後ろに流し、額を出して三木はすっかり寛《くつろ》ぎモードである。そんな風に、弛緩《しかん》して幸せそうに笑みを浮かべる三木の頭の中は、当然のように弥尋とのこれからの新婚生活に向けての期待と希望を詰め込んだ未来図——妄想が繰り広げられていた。

「確か浴槽は一六〇〇サイズだったか。二人で並んで入るのは無理だが、向かい合わせで座る分には問題はなさそうだな」

ホテルのスイートルームでは円形だったり、広めのジャグジーバスが設置されていることもあるが、一般的な居住用住戸だと特別に発注しない限りは普通に楕《だ》円《えん》形や長方形のものが選ばれる。

今回購入した物件では風呂場も各部屋と同じように

十分なだけのスペースがあるが、床下暖房やテレビがついていて、材質もよいものを使っている老舗国産メーカーの品というのが売りの普通の浴槽である。弥尋と隣り合わせに湯に浸《つ》かる至福の時間を持てないのは残念だが、弥尋と一緒に風呂に入ると想像しただけで顔を真っ赤にしてしまう三木には、向かい合わせくらいの距離感がちょうどいいのかもしれない。

実際に、裸の弥尋が隣にいることを思い浮かべてしまった三木は、首元を手扇でパタパタと煽《あお》いでいる。あまり効果はないのだが、顔を上げれば鼻から熱いものが流れ落ちて来そうなので、暫《しば》らくはこのままでいるしかない。弥尋と一緒のお風呂を想像しただけで立ち上がってしまった股間は、そのまま放置である。

熱を冷まそうと煽ぎながら、三木は真面目《まじめ》に今後の予定を思案した。

「引越しはやはり六曜に従うべきだろうか。弥尋君なら気にしないと言われそうだが、ご両親が気にするようであればそちらを優先した方がよいのだろうとは思うが」

思い立ったが吉日とは言うが、年齢を重ねた人ほどこだわりを持つのは三木も十分承知しているので、気になる人に合わせるのがいいだろう。

「私の方は実家に置いたままの荷物を運び入れるくらいで済むか」

広い部屋とはいえホテルはホテル。定番のスーツやシャツ、肌着などは多くをホテルに持ち込んでいるが、私服など季節ものを含めて週に一度の割合で実家で入れ替えをしているため、全部合わせるとそこそこの量にはなると思う。

後は弥尋の荷物がどれくらいかというところだが、収納スペースに余裕のある造りなので部屋のレイアウトはかなり自由に出来そうである。

「弥尋君と選ぶ家具……いい言葉だな」

諸々の手続きや懸念が解消されたこともあり、三木は上機嫌だ。

「シャンプーやリンス、ボディソープは同じものでいいだろうか。それとも弥尋君はボディソープではなく固形石鹸《せっけん》派だろうか」

弥尋のサラサラの黒髪を維持するために、ドライヤーは価格ではなく性能と品質で選び抜かなければならない。タオルなどのリネン類は結婚祝いに欲しいものリストに入れておけば、妹や誰かが贈ってくれるだろうが、自分たちで選《よ》り抜いた品の方が安心して使えそうだ。

「弥尋君の肌に刺激があってはいけない。肌触りがよく、擦《こす》れないものを吟味しなくては」

アパレル系に詳しい妹に尋ねれば良い品を教えてくれるだろうから、後でメールするのを忘れないようにしなくてはいけない。問い合わせのメールを送った時点で彼女からの贈り物がそれらになる可能性もあるが、タオルやリネンなどは多くあって困ることはなく、ランドリースペースの収納も洗面所にしてはかなり大きかったので、弥尋の肌が傷つく前に適宜《てきぎ》取り換えていくようにするつもりだ。

「ソープは……確かに盲点だな。特にこだわりがないのであれば私と同じものでいいのだが……」

自分と同じ香りを纏《まと》った弥尋を想像するだけで顔がにやけてしまう。

表情が余り顔に出ないと言われることが多い三木だが、喜怒哀楽の感情はある。特に弥尋に関することには顕著で、弥尋といる三木の姿を見れば口をあんぐりと開けた間抜け顔をさらす人が続出するのは間違いない。

しっかりと温まったところで風呂から上がり、髪を乾かしながら鏡に映った自分を見る。上半身しか映らないが大きな鏡には血色のよくなった自分の裸体が映し出されている。

三木は自然に腹に手を当て、ほっとした。

（余計な贅肉《ぜいにく》はついていないな）

しっかりと割れた筋肉は弥尋が上に座っても体重を受け止めることが出来るだろう。鍛えていてよかったと思うも、最近は忙しさにかまけて運動をサボりがちだったことを思い出し、定期的にジムに通うようどこかに会員登録した方がいいだろうかと思案する。

「弥尋君のすぐ上の兄がジムでインストラクターをしているそうだから、そこに決めるのもありか」

まだ直接顔を合わせてはいないものの、弥尋の家族に関する情報収集には抜かりがない。瑕疵《かし》を調べる身上調査というよりは、弥尋の家族に快く受け入れてもらえるために三木自身が粗相をしてはいけないと考えたためである。

父親は陶磁器集めが秘かな趣味で、各地で行われている陶器祭に出掛けるのが好きである。歌好きの母親は総菜屋のパートをしながら子育てと家事を両立させ、地域のママさんコーラスに所属している。ちなみにポップミュージックが好みで、弥尋よりも流行の歌に詳しいらしい。

長兄は車好きが高じて事務職から運転手に転向するという変わり種ではあるが、それ以外は至って普通の一般人。秘書の時から運転手を務めていたというから、彼にとって実情はあまり変わらないのかもしれない。弥尋が頼りにする常識派のお兄さんである。

次兄はインストラクターで、三兄弟の中ではがっしりとした肉体派。弥尋曰《いわ》く「脳筋」で単純な性格をしているが、とても可愛《かわい》がってもらっているそうだ。たまに兄弟のコミュニケーションで軽く技を仕掛けられることがあるとのことで、これに関しては多少のお願いが必要になるかもしれないとは思っている。

普段は家にいる両親と違い、兄二人は変則的な勤務が続いたり出張したりなどで自宅を空けることが多いため、未だに三木との顔合わせは済ませておらず、初顔合わせをドキドキしながら待っている状態である。

理解のある両親だからといって、兄弟がそうとは限らない。弥尋自身は自分が交際しているのが三木という社会人男性だというのは告げていると言っていたが、実際に会ってみないことにはどう考えているのかわからないからだ。

理解のある周囲に囲まれていたおかげで忘れるところだったが、弥尋たち家族は一般的な感性の持ち主なのだから、

「男同士なんて絶対反対！　弥尋が泣いても駄目！」

と言われる可能性だってあるのだ。

「……駄目と言われても諦めるつもりはないから説得するしかないけどな」

縁組は済ませて実質「三木弥尋」になってはいるものの、彼らからの祝福の言葉を貰うまではまだ気を抜けない状態であるのは間違いない。

ただ、心配する三木と違って本川の両親も弥尋もさほど兄たちからの反対を心配している様子はないため、三木が抱いている不安は杞憂《きゆう》に過ぎない可能性は高そうではある。

下着を穿《は》いて、備え付けのパジャマを着た三木は、寝室ではない方の部屋でソファに座るとノートパソコンを開いた。

弥尋と暮らす生活用品を購入するために見て回りたい店のリストを作るのである。

こういうところに三木はそつがない。というか、こういうパターンを作っておかなくては安心できないところがある。型からはみ出したがらないというか、突発的な出来事に弱いのだ。

なんてことのない顔をして淡々とことに対処しているように見えて、内面ではかなり焦っていることも多かった。

そういう弱っている時に弥尋に会って救われ、恋をするようになったのはもはや説明するまでもないだろう。

指はカタカタとキーボードを叩《たた》き、「弥尋君と買い

物用店リスト」と名付けた新しいフォルダに新規ブックマークを追加していきながら、思うのは弥尋のことばかり。

勢い余って許可を得る前にキスをしてしまったが怒っていないだろうか。

うっとりとしてくれてはいたが、性急すぎて下手だと思われていないだろうか。

初めての弥尋とのキスに浮かれてしまい、時間をかけて口腔内《こうこう》を味わってしまったが、しつこ過ぎると思われてはいないだろうか。

次に会った時に謝った方がいいだろうか？

いや逆に謝ることでキスしたことを後悔していると誤解されるのは絶対にいやだから、そのことに触れずに普通に接する方がよいだろうか。

――考え出したらキリがない。

深く考えるまでもなく、三木の胸に凭《もた》れて幸せそうな（キスの）事後の弥尋の表情を思い出すだけで、それこそ無駄な不安だと一刀両断できるのに、あえて負の方向を考えてしまうのが三木隆嗣という二十九歳の男なのである。

しかし、弥尋を得た三木はこれまでの三木とは違い、弥尋に選んでもらえたという自負もある。

「私がしっかりしないでどうする」

三木の弥尋への愛情も、弥尋から三木への愛情も、双方向に通じ合い想い合っている。

その事実だけあればよいのだ。

大人の三木が弥尋を助けるだけでなく、三木も弥尋の存在に助けられている。

そういう対等な関係も夫婦として生活する上で不可欠だと思うのだ。

金銭面的には社会人の三木が負担するのは当然だし、すでに今の時点で弥尋に甘い三木はあれもこれもと彼のために買いたいものがたくさんある。そして、そういう三木をきっと弥尋は諌《いさ》め宥《なだ》めてくれることだろう。

「無駄遣いは駄目ですよ、三木さん」

と人差し指を立てながら真面目な顔で言う姿が簡単に想像できるくらいには、弥尋のことを理解していると思っている。

あれもこれもと欲張ってちょっといいなと思う商品が置いてある店のサイトをブックマークしていたら、いつの間にかかなりの数がフォルダーに保存されてしまっていた。

次に弥尋に会う時にはこのパソコンも持っていって、提案をしてみるつもりだ。会社のプレゼンテーションではないが、数種類のフォーマットを作って弥尋に見せ判断してもらった方がいいかもしれないと考える三木は、やはり真面目である。

とりあえず、リストを作って満足した三木はミニキッチンでお茶を淹《い》れ、ソファに座り再度パソコンと向き直った。余談ではあるが、三木自身も実家もコーヒーを飲むことはほぼない。全員が緑茶に慣れた生活を送って来ているせいもあるが、舌に残る味よりもあっさりとした飲み物を好む傾向にあるからだ。

流石《さすが》にホテルの一室で茶を点《た》てるなどということはしないが、備え付けのティーバッグではなく実家から持って来た茶葉から淹れるのは習慣だ。

さて、と三木はキーボードの上に手を乗せ、真剣な表情になった。

今から行うのは弥尋との生活に欠かせない重要なことを調べることである。弥尋への恋心を意識した頃から、少しずつそういう調べものをして来た三木ではあるが、いよいよ初夜本番を前にして再度復習のためにとあるサイトを読み込む必要を感じていた。

三木自身も男性相手は初めてであり、相手が弥尋という初心者なのだから初心者目線での話が必須だと考えたからだ。

三木の指（マウスの矢印）がブックマークの一つの上に乗り、カチリと小さく固い音を立ててクリックする。

開かれた同性愛向けサイトの名称は「紳士協定」。

三木お墨付き初心者向けの同性愛指南サイトである。

「紳士協定」、それは男同士の恋愛を穏やかに嗜《たしな》みたい人々にとってオアシスのような存在として、秘かに有名だった。秘かなのに有名なのかとツッコミを入れられそうだが、検索避《よ》けをしているわけでなく、さりとて激しい言葉の羅列で宣伝しているわけでもなく、大手の同性愛専用検索サイトに登録しているわけでもないため見つけるまで検索ページをめくり続けなくてはならず、時間と労力と多少の運を使うという点で秘密のような扱いになっている——というのが正しい認識だ。

三木がこのサイトを発見したのは、些細《ささい》なことにも全力投球をする生真面目な性格と忍耐力あってこそだったと言える。

性行為を見せつけるだけの動画サイトは学習には論外だったので、目に優しく音が小さなサイトがよかったのだ。たかが音と侮ることなかれ、中には開いた瞬間に大きな喘《あえ》ぎ声がスピーカーから出て来るものもあり、焦ってノートパソコンを閉じた回数は片手じゃ足りない。

一人暮らしな上、場所がホテルで身内に知られるわけではないからよかったようなものの、それだって夜中にいきなり声が聞こえればギョッとする。

「行為そのものが見たいのではなく、そこに至る過程を知りたいだけだ」

擬音をつけるならプンプンである。

マスターベーションをするためにはああいう動画や写真がいいのかもしれないが、生憎《あいにく》三木は他人のセックスシーンを見て興奮するような性癖は持っていない。弥尋の裸は見たいし、いずれは体を重ねたいと思っているが、他人の肌を見て喜ぶ性質ではないのだ。

男なら誰でもよいというのでなく、弥尋という一人の人間がいて、欲するのは弥尋だけなのだから、股間も大人しいものである。

ただし、絡んでいるのが自分と弥尋だと想像するならまた別だ。似ても似つかない男性二人が声を上げながら腰をぶつけ合っている姿は下半身には無感動でも、体格差のある二人だと自分たちもいずれはこういう行為を……となってしまう。

妄想は自由。想像も自由。空想の中で弥尋と体を重ね、セックスをするのも自由――ではあるのだが、

「……恥ずかしくて弥尋君の顔を見ることが出来ない……私はなんて罪深いんだ……」

と、「紳士協定」のように文字主体の説明サイトを見ながら、ひとしきり想像した後でこうなってしまうのが三木である。

今回はまだマシな方である。一番最初に「紳士協定」を訪問した時には、読み進める毎《ごと》に、妄想しつつ自問自答していたため隅々まで読破するのにかなりの時間を要してしまった。

「弥尋君はどういう反応をするだろうか」

「やはり雰囲気を大切にしたいから、キスは許可を取らずにさりげなさを装ってするのがいいだろうか」

「私と弥尋君では身長差があるから立ったままは辛いだろうな。椅子に座った状態でするのがいいかもしれない」

「……弥尋君の肌に触れる……手、手は握ったことはあるが、本当に触ってもいいんだろうか？」

「……菓子好きの弥尋君ならとても甘い気がする。あくまでも気がするだけだが、本当に甘くても私は驚かないぞ」

「…………弥尋君のここに私のモノを入れるのは最高難度に近いような気がする……」

「…………スポーツ全般は苦手ではなく、どちらかと

いうと得手だと思っているが、性技もスポーツのうちに入るのだろうか？　汗をかくのはどちらも同じだし、射精後の疲労は短距離走の全力疾走と同じだと言われるくらいだから、スポーツの一つと考えてもおかしくはないと思うが」

「………だがしかし、運動は苦手だと可愛らしく告白してくれた弥尋君がもしもセックスを運動だと認識すれば苦手意識が先に立つ可能性もあるな。やはりセックスはスポーツではないというスタンスで進めるのがよさそうだ」

「……………前戯に時間をかけるのは当たり前だな。しかし、弥尋君に痛い思いをさせるのは私としても避けたい。どうにかして痛みを感じさせずに私を中に迎え入れてほしいものだが、大丈夫だろうか？　自分で言うのもなんだが、一応体格に見合った大きさと太さを持っていると思うんだが、小さな弥尋君のあの場所は裂けたりしないだろうか？　それくらいならいっそ手だけで我慢もするのだが。純粋な弥尋君に性具などを見せるのはいやだから、私が何とかするしかないか」

「……………裸になった弥尋君を前に我慢できる自信は少しもない。むしろ、自制できるかどうかの方が心配だ」

頭の中は弥尋一色に染まっている三木の上に、厳格な表情で仕事をするエリートサラリーマンの姿は欠片《かけら》もない。ただ好きな人のことを想い、少しばかり性的な妄想に耽《ふけ》ってしまう普通の男でしかない。

「それにしてもこの管理人ＭＭＢ氏は細かなところまで気を遣ってくれている。私もだが、こういう他人に訊《き》きづらい内容だと、小さなところまでも気になってしまうくせに、誰にも訊けないで終わってしまうことが多い。読み手の反応を予想しながら文章を書くには高度な話術とセンスが必要だ。何より、ＭＭＢ氏自身が経験しない限り、こういうきめ細やかなサイトは出来ないだろう」

閲覧者から多大な支持を受ける管理人ＭＭＢＢ氏の過去は多少気になるが、弥尋との行為を進める上で見習わなければならないことは多かった。

性行為はとかく自分本位になりがちなので、

「相手の意思を尊重し、反応を見ながら臨機応変に対応すること」

という挿入する側には耳の痛い言葉は太く大きなフォントで色を変えて書かれていて、裸の弥尋を前に自制が効かなさそうな自信のある三木はしっかりと胸に書き留《と》めておく必要があるだろう。

「出来れば弥尋君にもこのサイトを見て心構えをしておいてほしいが、私から勧めるようなものではないしなあ」

懇切丁寧で、受け入れる側の立場での描写は優しく繊細で、初めての行為に怯《おび》えがちな彼らから不安を取り除くようにより配慮をされていた。

とはいうものの、

「弥尋君、このサイトは勉強になるから見ておいた方がいいぞ」

「どんなサイトですか？　三木さんお勧めなら見てみようかな」

「性交渉指南サイトだ。初心者にもわかりやすくて秘かに評価が高い」

「……三木さん、そんなサイトを見てるんだ……？　ふぅん、俺以外の人の裸の写真とかが出ているんでしょう？　そういうのが好きなんだ？」

「違う！　違うぞ弥尋君！　私は裸の男の写真が見たくてそのサイトを訪問しているわけではない。弥尋君との、その、セックスを……」

「三木さん最低。俺、絶対に見ないからね、そんないかがわしいサイト」

などと機嫌を損ねられてしまう恐れは十分にある。

三木にとって救いの女神だった弥尋は、今もって三木の中では純真無垢で、穢《けが》すことの出来ない清らかな存在なのである。

　初々しい初キスでわかるように、こういうものに弥尋は縁がない。アダルトサイトなど見ないであろう弥尋に、指南サイトとはいえ、同性愛関係のサイトを巡回しているような印象を与えたくはないし、弥尋の参考になるかもとは思いつつ、弥尋にソレ系のサイトを見てほしくないと思う三木がいるのもまた事実なので、苦しいところである。

　——当然のことながら、奇《く》しくも同じ日の同じ時間帯に「紳士協定」を見ていることを二人は知らない。


　一度気分を落ち着かせるために深呼吸と背伸び運動をして、復習のために再度パソコンの画面前に戻り楽な姿勢を取る。

　一般的なビジネスホテルのシンプルな部屋だとサイドテーブルサイズの小さなテーブルだけしかないことが多いが、ある程度上のクラスの部屋であれば、こうしてワイングラスが並ぶ冷蔵庫や保冷庫に加え、広いデスクが壁際に設定されているものだ。このホテルにもランクが上の部屋だとビジネスシーンでも使えるようにオフィス仕様になっている部屋もあり、最近はホテル業界も競争が激しく様々なニーズに応えられるよう特色を出して対応しているようだ。

「弥尋君が長時間座っても体が疲れない椅子と机の購入は必須だな。最近はエルゴノミクスも周知されるようになって来たおかげで、デザインが豊富になったのは良かった」

　弥尋の体を優しく包み込みながら、リラックスしつつ長時間集中して勉強することを可能にしてくれるものがいい。学習机も、今後大学生になり専門的な授業が増えた時のためにも、参考書や資料を広げるのに邪魔にならないよう、出来るだけ広いのがいいだろう。

オーダーで作るよりは、高さ調節が出来るものを最初から購入する方が無駄がない。

「机はともかく、椅子に妥協は出来ないからな。良いものを長く使いたいなら初期投資を渋るのは愚策だ」

三木自身の経験でもあるし、割とよく聞く話でもある。セールで安くなっていたからと買ったイヤホンがすぐ壊れてしまっただの、似たような形状で安い方の下着を買ったらすぐに破れてしまったとか、安かったから大量に買ったインスタント食品を消費しきれないまま期限切れで破棄しなければならなくなったとか――。

最後の例は最近部下が嘆いていた内容で多少意味合いは違うものの、安さに飛びついてはいけないという教訓の点では同じである。

役職が上に上がるにつれて椅子のグレードが上がっていくのは、快適なデスクワークを提供することによって長時間の拘束を可能にし、作業効率を高めるためではないかと思っている三木である。

「弥尋君の好み次第ではあるが、実物を見て座り心地を確かめて決めて貰うとして、納期が一か月かかるのはざらだから、その時は代替品で我慢して貰うことを考えれば、それも選んでいた方が無難だな」

エルゴノミクスを謳う製品も多く出回っており、少し前までは黒やシルバー一色しかなかったものが、最近では座面や背面の色、材質共に購入者が選べるセミオーダーも主流になりつつある。肘掛やヘッドレストの有無など、座っている時間が長ければ長い人ほど拘る傾向がある。その分価格は高くなってはいるものの、メンテナンスに出しつつ保証期間の十年ずっと使い続けることが出来るのなら、それこそお買い得だ。

一年間のホテル暮らしをしている三木自身も、この部屋で長時間仕事をしようという気にはならないため、極力勤務時間内に終わらせるようにして、持ち帰るのは確認が必要な書類くらいにしていた。弥尋が購入する時に一緒に自分の机と椅子を選ぶつもりだ。

「弥尋君はお金の心配をするかもしれないが、稼ぎについて心配は要らないと納得してもらう必要もあるか」

半額以下の価格で譲り受ける形で購入した新居も、弥尋は返済が出来るかどうかをかなり心配していた。一括現金で支払う能力があると伝えれば納得しては貰ったが、今後生活資金を二人で管理していくことを考えるなら、弥尋の家族に見せたように給与明細や通帳を示して心配無用だとわかって貰った方がいい。

新居は別として、三木とて無駄に高額な物を買ったりして無駄遣いをする気はないが、安心と快適さと弥尋への優しさを金で買えるなら喜んで払う心積もりはある。

弥尋への優しさ——。先ほど風呂の中で考えたような体に優しいシャンプーや石鹸でありタオルなどのリネン類、弥尋に合う机や椅子はここに分類される。

三木は考えた。

「ベッドのサイズはどれにすべきか。そもそも数は一つでいいのか、二つがいいのか。弥尋君はどう考えているか、尋ねておくべきだったな」

キスの余韻に浸っていた時であれば、さりげなさを装って夜の行為を連想させるベッドのことを軽く口に出来たのにと若干の後悔はあるが、そもそも三木自身が余裕がないほど有頂天になっていたのだから、気の利いた質問など出来ようはずもない。

ベッド。それは二人の夜の生活に欠かせない最重要アイテムであり、セックスに於いてベッドが果たす役割は大きい——と「紳士協定」管理人MMBB氏はコラムの中で書いていた。サイト内の説明とは別に個人的な感想や思いが書かれているそのコーナーも三木は全文に目を通していた。過去ログは遡ること五年分まであったので大変ではあったが、気が向いた時や何かにハッとさせられた時にのみ書かれている覚書がほとんどだったので、読破までに掛かった時間がほんの一週間程度だったのは幸いだった。弥尋と会う時間や睡眠を削らないで済んだので良かったとも言う。

それはさておきベッドである。人生の三分の一はベッドで過ごすと言われている人間にとって、寝具選びは非常に大切だ。畳の部屋に布団を敷いて寝るのか、床の上に置いたベッドの上に寝るのかなど、個々人のライフスタイルで選び方も変わって来る。

幸いと言っては何だが、普段から弥尋はベッドを使っているというので、和室を寝室にする必要もなく、布団を敷くスペースを考慮した私室のレイアウトも不要だ。三木は和室に布団を敷いて寝ることは別に嫌いではないが、布団を片付ければ部屋が広く使えるから布団がいいと言う意見には少々物申したいところがある。

確かに布団を片付ければ、置きっぱなしのベッドがあるよりは空きスペースも出来るだろう。だが忘れてはいけない。布団はどこに消えたのか、と。

現在建築されている日本の家屋の多くは、クローゼットはあっても押入れがない物が増えている。つまり、毎回布団を上げ下げする場合には、収納する場所が確保されることが大前提なのだ。同じサイズの正方形のうち、一部分を押し入れ分として使うとすれば、結局のところ残りスペースはベッドを使った時と大して変わらないということになるのだ。

だからベッドの導入をするかどうかについては、好みに左右されるというよりは建具に左右されると考えられる。

二人の新居で考えると、押し入れがあるのは和室で、残りの洋室にはクローゼットがついているだけだ。まるまる四畳ほど使ったウォークインクローゼットに幅広の棚を作れば置けないことはないが、手間を考えるとやはりベッドの方がよいだろう。

三木は眉根を寄せ、深刻な顔で呟いた。

「……防音について確認するのを忘れていた」

どうでもいいだろうと言うことなかれ。防音は集合住宅で生活する上で、セキュリティと並んで最も気にすべき点である。上下左右の部屋からの音漏れに、外から響く大きな音などは、一度気にし始めれば終わることなく気になってしまうものだ。

三木は壁時計をチラリと見上げた。現在時刻、午後十一時四十五分。普通の店ならとっくに終業時刻を終え、従業員は帰宅して眠りについている深夜帯だ。今回の物件も親戚経由で祖父から三木への連絡ではあったが、仲介人として間に立つのは馴染みにしている東《とう》條《じょう》不動産だから、確認するとすればまずはこちらに連絡をするのが筋である。

三木は携帯電話に手を伸ばし掛け、

「明日でも遅くはないか」

と思い直す。現時刻、店のシャッターは閉まっていても、海外顧客との不動産売買における時差を考慮した勤務体系が取られている東條不動産では数名が働いているはずで、電話をすれば社員の誰かが出るのは間違いないのだが、今確認したところで対応策を取るのはどうせ明日になるのだから、問い合わせそのものも明日でよいだろうと思い直したからだ。

元の売主に直接尋ねようかとも一瞬考えたが、専門的な知識がある不動産屋の方が信頼置けるデータを持っているはずで、電話を掛ける手間を考えてもその方が早いだろう。

防音は大事。これは間違いない。

衝撃音がどうとか、吸収がどうとか、低い音の方がどうとか、そういうのを全部ひっくるめて、階下に音が響くかどうかが肝なのである。ベッドの上での激しい運動が念頭にあっての質問なのは、誰が聞いても明らかである。

「階下への影響とどれくらいの音まで許容できるのかは要確認だ」

赤字で付箋に書き、目立つところに貼りつける。

「レベルが高い床素材と工法だから騒音は気にしないでいいですよ」

と自信満々に誰もが言えるなら、集合住宅において騒音トラブルは発生しないはずだが、現実には日常生活の中で発生する音が引き金になることが多い。

新居マンションが戸数や規模に比べて価格がやや高め設定なのは、「静かに暮らせる家」という宣伝フレーズ通りの設計と工事をした結果であると思っていたい。不動産屋の社長や祖父から聞いた話では、演奏家や声楽家なども別宅兼練習場所として住んでいるらしいので、信頼は出来ると思っているのだが。

三木が懸念する「夜の営みで発生する各種の音」は、抑えたくても出てしまうものだし、むしろ声や音はBGMとして性行為を盛り上げる役目も持つ。寝ている子供を起こさないように声を殺してする夫婦の話は割と聞くが、神経を使い過ぎてはせっかくの性行為も不完全燃焼に終わってしまうのではないかと思う。

「それが元で不和が生じたりしてしまうと、不幸としか言いようがない」

欲望を互いに高め合って発散しながら愛情を交わす行為であるはずなのに、我慢を強いられるのでは不満も高まるだろう。周囲に配慮した結果、週に三回だったのが一回になり、月に一回が年に一回に変わるまでさほどの時間は掛からないのではないだろうか。

愛し合う二人に必要なのが互いへの愛情と思い遣りなのは言うまでもないことだが、肉体的な繋がりも必要不可欠だ。別に挿入せずとも手や口で愛撫するだけでも気分は違うものである。だが、愛撫の時にも声は出る。極めた時には悲鳴のような声を出す人もいるだろう。挿入しないだけで位置を替えたり、忙しなく動き回ったりすることもある。

それらの最中に出る音が煩いと苦情の元になってしまうのは、あまりにもやるせなさ過ぎるではないか。

床の上で飛び跳ねる音まで消すのは無理だとしても、ベッドの軋みや絶頂時に上げる声、最中に交わす睦言は、同じ住戸の中でも聞こえないものであって欲しいと切に願う。アダルトサイトのように大袈裟な声は出さないまでも、何かしらの音は出てしまうのがセックスである。

抽挿時に肌と肌がぶつかり合う音だって、夜中であればそれなりに響く。それが予測されるからこそ、防音遮音には最大の配慮をして欲しいと願うのだ。

「それに弥尋君の声を他の誰にも聞かせたくない」

たとえ床や壁を隔てた相手であろうとも、三木に抱かれている弥尋の髪の一筋、声の一つでも分け与えたくないと考えてしまう自分は狭量だとは思うが、改める気はない。

何もかもが初めての弥尋を新居で抱く。初夜はセレモニーであり、神聖な儀式でもある。狭量、大いに結構だ。

キスだけで震えていたのに、三木の口づけにおずおずと舌を差し出して応えてくれた。その喜びから、さらに激しく弥尋の唇を貪った結果、息も絶え絶えの状態にしてしまったので、次からは弥尋のペースに合わせながらゆっくりと進めていきたいと考えてはいるのだが、実現できるかどうかは自分のことながら非常に怪しく思っている。

「キスは自然な流れで出来たから、その先もたぶん大丈夫だ、たぶん」

三木は瞼を閉じ、腹の上で手を組んで弥尋との初夜を思い描いた——。

項に落ちる濡れた髪、そこから伝い流れる水滴を舐めとるように三木は弥尋の首筋に唇を押し当てた。

「ん……三木さん……くすぐったい……」

「くすぐったいのは最初だけだ。すぐに気持ちよいことしか考えられないようになるから安心しなさい」

「気持ちよく……なるの？」

「ああ。ここから」

と三木はもう一度項に唇を押し当て、そのまま肌の上で息を吹きかけるように意識しながら言った。

「ここから、こっちに動くだけで」

「やっ……！」

「ほら、もう弥尋君は私のことだけしか考えられなくなってしまっている」

項から首筋を回って鎖骨に吸い付けば、くすぐったいと身を捩りながらも弥尋は三木が次に何をするかを期待するように視線を彷徨わせている。弥尋らしいと思いながら、三木は右側の鎖骨を強く吸い上げ、赤く痕がついたことを確認すると、満足げに口角を上げた。

「見てごらん弥尋君。ここにほら、私が付けた痕がある」

「ここって……俺からじゃ見えないよ」

「そうなのか？　それならもっと見えるところにつけなくちゃいけないな」

「あ、三木さん待って待って、そこは……あ……んっ」

鎖骨を辿り、胸の突起に吸い付けば、三木の動きを目で追っていた弥尋の体がビクンと震え、天井を仰いだ。

それを上目で確認しながら、三木はねっとりと柔らかくも尖って来た淡紅色の乳首を舌で舐め上げた。舐めながら、時に唇でやわやわと食み、弥尋の反応を見ながら快感を刻みつけていく。

大人しく座っていた弥尋は、今はもう枕をクッションにして背中から倒れ、口から擦れた喘ぎ声を上げている。

「三木さん、そこばっかりなんで舐めるの……っ？」

「弥尋君が喜んでいるからに決まっている。ほら、弥尋君見てごらん。今度こそ見えるだろう？　こうして」

と、唾液で濡れた乳首が弥尋に見えるように下から舐め上げた。

ハッともウッとも言える小さな声が弥尋の喉の奥から聞こえ、三木はゆっくりとそのまま頭を下げて行った。

「どうして……胸なんて、男だから何にも感じないと思っていたのに。どうして、こんなに気持ちいいの……？」

自問している弥尋は初めて与えられた性的な快感に混乱しているようだが、まだ舐めただけの状態で前菜よりも食前酒の段階だ。これから徐々に直接的な刺激に変わると知れば、どんな顔をしてどんな声を聞かせてくれるだろうか？

三木はこっそりと笑みを浮かべながら、弥尋の肌に自分の体温が馴染むように手のひらでゆっくり撫でながら、気づかれないように目的の場所へと頭を下げて行った。

淡い茂みの中から立ち上がる弥尋のペニスは、弥尋本人のように無垢で穢れなく、胸と同じように淡紅色に染まっている。三木はそのまま頭から咥《くわ》えようか、下から舐め上げようかと考え、上からなぞって来たのだからやはり通り道にある順に舐めるのがよいだろうと、柔らかな先端をぺろりと舐めた。

「み、三木さんっ!?」

男の大事な場所への刺激だったので、蕩け切っていた弥尋の意識も瞬時に正常な状態に戻ってしまった。だが、どうせすぐに今まで以上の快楽を知ることになるのだからと、三木は余裕のある態度でペニスの根元に手を添えたまま弥尋を見上げた。

「三木さん、今どこを舐めた？」

「弥尋君の可愛いところだな」

言いながら、ソフトクリームを舐めるように大きく出した舌で舐めると、弥尋は顔を真っ赤にして口元を覆ってしまった。

何か文句を言いたいのだろうが、それよりも口淫

――の寸前――を見せられた衝撃の方が強く、言葉が出ないようだ。それでも可愛い弥尋の分身は、三木の手の中で律儀に固さを保っているのだから、体の反応は素直である。

それでも、と三木は思う。この行為を拒否する気は弥尋にはないのだ。それが証拠に、体は逃げる素振りもなく、弥尋自身が気づかないうちに自然に開かれていた両脚も閉じられずに開かれたまま三木の体を間にしている。そこを指摘して慌てる弥尋を見てみたい気はするが、選択を誤って今日の初夜はここまで！　と拒否されてしまえば、既に弥尋の中に入り込みたくてウズウズしている三木のペニスが気の毒なので、にっこり笑って誤魔化すことにした。

「弥尋君はこういう行為があることを知らない？」

「知らな……くはないけど、でも自分がされるとは思わなかったから……あっ」

言ってしまってから、弥尋は自分の口を押さえ、目を泳がせた。

「それはつまり、弥尋君はされる側よりも、する側に回りたかったということなのかな？　私に、こうして舐められるよりも、私のここを」

と、弥尋の手を取り、下着の中で張りつめている三木のペニスに導き、撫でるように動かしながら言った。

「私のここを、弥尋君が咥える方がよかったということかな？」

びくっとして離れようとした弥尋の手に股間を押し付ける。

「弥尋君、私のここはそれでもいいと言っているのだが」

「それは……」

「弥尋君はどっちがいい？　私に咥えられるのと、私を咥えるのと」

「……選ばなきゃ駄目？」

「出来れば」

「出来なかったら？」

「今日の初夜はこれでおしまいだ。続きは、弥尋君がいいと思うようになってからしようか」

「……」

逡巡する弥尋はとても愛らしい。今を回避するには「駄目」というのが早いのだが、即答できないところを見ると弥尋自身は拒否したいわけではないらしい。ただただ恥ずかしいのと、未知の経験の連続で許容範囲を超え掛けているだけで、大きな三木のペニスに対しても嫌悪感はないようで内心でホッとする。

「どうする、弥尋君」

「……あの、これ、触った方が気持ちいいんでしょう？」

「勿論。弥尋君も私にここを触られて、気持ちよかっただろう？」

「うん……あん、三木さん、触ったら……」

「だが中途半端に放置されていては可哀想だ。少し触っただけでほら、こんなに涙を零している」

先端から滲みだして来た滴を塗りこめるように擦り付けると、弥尋はいやいやと首を振った。

「だって三木さん、そこを触られたらどうしたってそうなるに決まってる。三木さんだって知ってるでしょう？」

三木はニコリと微笑みながら、より強く、より激しく手を動かした。強弱を付けながら、小刻みに弥尋がリズムを感じることが出来るように、何度も何度も擦る。

「弥尋君、気持ちいいか？」

「気持ち、いい、気持ち良過ぎて困るッ」

「困る必要はない。弥尋君のここを可愛がるのも夫としての私の務めだからね」

弥尋の息が荒くなり、全身で快感を得ようとしているのがわかった。

自分の手で愛する弥尋が悦んでいる姿に、三木も片手で器用に自分が穿いていた下着を脱ぎ捨て、自分のペニスに手を添えながら、弥尋のペニスに重ねた。

「それ、三木さんの……？」

「ああ、そうだ。私のだ」

「すごく……凄く大きい……」

ゴクリと唾を飲むような音が聞こえたのは気のせいだろうか？

弥尋の目は、弥尋のものより一回り大きな三木のペニスに釘付けだった。

「大きいと嬉しいか？」

「……わからないけど、そうかも。何だか、ちょっとお腹の辺がぐずぐずするみたいだし、お尻もなんだかムズムズして……」

話しながらも光る股間から目を離せない弥尋の手を取り、自分の手と一緒に二本のペニスを一緒に握らせた。

「ムズムズもぐずぐずも、こうして一緒にしていればよくなる」

「本当に？」

「本当だとも」

「でもまだムズムズするし、段々酷くなって来てるような気もするよ」

「それはまだ本番じゃないからだな」

「本番？」

「そう、本番が終われば何もかもがどうでもいいくらいに気持ち良さしか感じられなくなってしまう」

「そうなの？」

「ああ」

幼子のように三木の言うことを素直に受け取る弥尋は、自分が自ら腰を揺らし、三木の手にペニスを押し付けるように動いていることに気づいていない。

「弥尋君、ここをもっとしっかり握って。両手を使ってもいいから」

うん、と声がして、弥尋の手が二本まとめて握るのを確認して、三木は片方の手をゆっくりとペニスの下へと沿わせていった。やわやわと袋を揉み上げれば、くすぐったいのか身を捩ったが、ペニスの先端を握り込むように撫で回すといいと教えると、これまた素直に実践してくれた。

拙い手つきながら、弥尋の手で擦られていると思うと、それだけで達しそうになってしまう。

「だがまだだ。初夜で最初に出すのはここだと決まっている」

たった今決めたばかりのマイルールを遂行すべく、三木は用意していたジェルを纏った指を弥尋の肛門に沿わせた。

「三木さん、三木さん」

何をしようとしているのか感づいた弥尋が不安な声を上げたので、三木は体を起こして弥尋の顔中にキスを降らせた。そのまま圧し掛かるように弥尋を押し倒して潰し、片手で探り当てた穴に指を一本挿入した。

「んんッ」

「痛いか、弥尋君」

「ん、大丈夫……俺のことは気にしないで三木さん、早く来て」

どこでそんな誘い文句を習ったのかと尋ねたいほど色っぽく懇願されて、三木はがぜんやる気になった。

両手で大きく開いた弥尋の太股の間に体を挟み、一本まるまる使い切るつもりでジェルをたっぷり零し、二本目三本目と指を挿入していく。

最初はきつくて辛そうだった弥尋だが、指の太さに慣れてからは違和感も小さくなっていったようで、いつの間にか萎れていた弥尋の可愛いペニスも復活していた。三木のものは、最初から最後まで直立不動で天を衝いていたが、挿入に備えて被せられたコンドームに窮屈そうだ。

(もう少し大きいサイズを買うべきだったか。抱く相手が弥尋君だとまだ大きくなるのだな)

しんみりとしつつ、自らの男としての限界を突破したことを誇る気分の三木は、そろそろ我慢も限界だと、一旦弥尋の上から体を起こし、額を晒して幼く見える弥尋に告げた。

「弥尋君、今から君を抱く。いいね」

「……はい、隆嗣さん」

三木は大きく深呼吸をして、自分のペニスの根元を握った。目指すは赤く熟れた果実のように、三木が挿さるのを待っている弥尋の穴。

ゆっくりと、出来るだけ性急にならないように狙いを定め、ゴムの先端が弥尋の肌に触れ――。

ピロロロロ、ピロロロロ、ピロロ――。

「……はい、三木です」

突然鳴り響いた携帯電話の着信音に、深いところまで妄想を進めていた三木はハッと顔を上げ、表示された名前を確認して電話に出た。

「――はい、新居の方はもう決めて東條には伝えています。――祝いの品ですか？　それはいただけるなら弥尋君も喜ぶと思いますよ。まだ顔を合わせてはいませんが、いろいろ手配をして貰ったりしているのは知ってますからね。早く直接感謝の言葉を伝えたいと言っています。――ええ、だからそれはまだ待ってください。私もまだ弥尋君のお兄さんたちに会っていないですし、うちの家族も煩く言って来ているので……え、ええ、勿論おじい様も家族ですが、順番に少しずつと考えているので――はい、わかっています。ただもう少し弥尋君が新しい生活に慣れるまではと。――そうですね、慣れて落ち着いてからが一番いいかと。わかっていただけてよかったです。ああそれと、弥尋君もお茶が好きみたいで――いえ違います。弟子入りではなくて、私がこっちに持ち込んでいるお茶を飲んで美味しいと喜んでいたので、手持ちによいのがあればと。――すぐに用意してくださるんですか？　ありがとうございます。弥尋君もきっと喜びます。――はい、わかりました。あ、おばあ様が呼んでいますね。――はい、わかりました。おやすみなさい……」

通話状態になるなり勢い込んで喋り出した祖父の用事は、一つは新居がどうなったかという点で、残りは全て弥尋についてだった。もっと端的に言うなら、早く弥尋に会わせろという要望だった。「三木家の次男に男の婚約者!?」という弥尋との婚約者騒動が起こったのは今年になってのことだが、祖父母も家族も昨年の早い段階から弥尋のことは知っており、何かと気に掛けて貰っていたのだ。

「あの真面目が服を着ているような面白みのない男に若くて可愛い恋人が出来たんだって?」

怒ってよいのか判断つきかねる情報が昨年秋の割と早い時期から広まった結果なのだが、未だに誰が最初に広めたのか犯人は摑めていない。可能性として、森乃屋のチケットを配りながら弥尋と話す姿を見られたのが理由だとすれば、兄や父など平日の朝夕に自由に動ける時間を得ることが出来た人物ではないかと推察される。

弥尋が知らないうちに三木家の中で既に公認の恋人認定を受けていたのは、弥尋にはまだ話さない方がいいだろう。顔合わせが済んで、家族とも気軽に話が出来るようになってからなら笑い話として受け止めて貰えそうな気がする。

「それはおいおいでもいいのだが……」

三木は下半身に視線を落とした。

長いようで、実際に三木が弥尋との初夜アレコレを想像していた時間はほんの数分でしかないのだが、煮詰まり過ぎるくらい凝縮された濃い時間を過ごした結果、今の三木の股間は中途半端に立ち上がったまま放置されている状態なのだ。

「どうしてこうなった……」

祖父からの電話がなければ弥尋に挿入出来ていたのに……と理不尽な腹立ちが沸いて来る。たとえ電話がかかって来なかったとしても、実際には幻どころか三木が勝手に作り出した想像の中の弥尋でしかないのだから、挿入して快感を追い求めてしまえば待っているのは射精という名の暴発で、下着やパジャマの中が大変なことになっていただろうから、その意味では祖父は二十九歳の成人男性が粗相をするのを阻止した恩人とも言えるだろう。

刹那の夢のために後から自己嫌悪に陥るよりは、寸止めで終わってよかったのだ。

「とりあえずこれをどうにかするのが先か」

簡単に収まってくれそうにないのは、祖父の電話を終えた後まで健気に立ち続けている性器を見ていればわかる。

ベッドに横になった状態で出すか、パジャマと下着を脱いで二度目のシャワーを浴びながら出すか。二択のうち三木が選んだのは二度目のシャワーの方だった。

昨日のように意図せず弥尋がこの部屋に来ることがあるかもしれないと考えれば、部屋の中にニオイが残る行為は慎んだ方がいいと思ったのが一つ、もう一つは単純に行き過ぎた妄想を生み出した頭に熱いシャワーを浴びせてさっぱりしたかったというものだった。

ここは冷たいシャワーじゃないのかという声がどこからか聞こえそうだが、三木は病み上がりなのだ。発熱して昨日まで寝込んでいて、弥尋の看病と松本《まつもと》医師のおかげで今日は体調も問題なく過ごすことが出来たが、だからと言って冷水を浴びてよいわけではない。よってお湯を浴びるしか方法はないのである。

実際に、シャワーを浴びるとあれほど凝っていた妄想も昇華されてしまった。単純に、ほんの少し触って擦っただけで欲望を吐き出したせいとも言うが、排水口に流れ落ちる白濁を見ながら、まるで十代の若者みたいに早かったと思ったのは三木の心の内だけの秘密だ。

新しいパジャマに着替え、髪を乾かした三木は、既に時計が午前0時を過ぎ、一時に近くなりつつあることから、さっさと寝台に横になった。

まだ復習不足のような気もするが、MMBB氏の「初めてのセックスを迎える二人のために」の章に書かれていたことさえ守れば大丈夫だと思うことにした。

焦らず、慌てず、ゆっくりと。

実に単純でありきたりな単語の羅列は、まさかセックスをする時の心構えを説いているとは思いもしないだろう。乗り物の運転や入試の際の心構えなど、どれに当て嵌めてもぴったりくる言葉だが、単純でありきたりだからこそ、忘れがちなそれを守るのが大事だとMMBB氏は言う。

眠りに落ちる前に三木は思った。

新婚生活が順調に過ぎ、一年が経つ頃に「実はこれこれこういうサイトで勉強をしたのだ」と弥尋に伝えてもいいかもしれない。初夜をスムーズにかっこよく終えた後でもよいが、弥尋が「紳士協定」に興味を持って寝る暇を惜しんで読んでしまっては困るのだ、三木が。

一年は空けなくてよいかもしれないが、せめて新婚期間が終わるくらいまでは、

「何でも出来る三木さんカッコイイ」

と褒められていたい。

「弥尋君と初夜、楽しみだ」

三木は自分というものをそれなりによくわかっている。妄想の中の三木は強気に事を進めているが、実際にどうなるかは本番になってみないとわからない。もしかすると、三木があたふたしている間に年下で未経験者の弥尋が誘導する側になるかもしれないし、手間を掛けなくても簡単に挿入出来てしまうかもしれない。

今日の息子の元気具合を見る限り、萎えて挿入不可能などということはなさそうで、そこだけは安心材料だ。

「セックスは二人でするものです」

ＭＭＢＢ氏の言葉を口にする。

まさにその通り。ここで三木だけがイメージを膨らませていても、弥尋の協力がなければできないことだってあるだろう。

現実の弥尋は体温があり、力強く三木を抱き締める腕があり、自分の意思で能動的に動く強さも持っている。

「――少なくとも、弥尋君の前で無様な姿を見せないよう、頑張らないとな」

三木がグズグズしていれば、業を煮やした弥尋の方から乗っかって来そうである。

「それもまた楽しいか」

三木はクスクスと笑った。

結局のところ、妄想は妄想、想像は想像、でしかないのだから、本番で頑張るしかない。

今は隣に誰もいない一人寝だが、すぐに弥尋が隣に眠るようになる。


「ベッドはダブルよりもクイーンサイズが寝やすくて良さそうだ……」

寝心地上等のベッドに新しい清潔な布団やリネンに囲まれて弥尋と眠る夜が待ち遠しい。


――後日、引越しの打ち合わせで待ち合わせをした時のこと。

先に来ていた三木に遅れること五分程度で姿を現した弥尋に、

（やはり本物の生きた弥尋君が一番いい）

と片手を挙げながら笑顔を浮かべた三木は、直後、

（おや？）

と首を傾げた。どうも弥尋の目がこちらを見ようと

しない。試しに視線を合わせようと正面から覗き込むようにしてみたが、ぎこちない笑顔を浮かべながらも三木の気のせいではなく逸らされる視線。

（弥尋君……）

三木はショックを受けた。まさかとは思うが、変な想像をしていたことが顔に出ていたのではないかと顔色が一気に悪くなるが、それすらも弥尋は気づかないようで微妙に視線は合わないままだ。

三木は思い切って理由を尋ねることにした。弥尋と交際するうちに、自分一人で勝手に負の方向に行ってはいけないと言われたことを思い出したからだ。

「――弥尋君、私は何か君に対して失礼なことをしただろうか？」

「え……？　え、そ、そんなことはないですよ。三木さんはいつだって紳士だし、失礼なことなんてまったくしていないですよ？」

怪しい。とてつもなく怪しい。

「だが、今日の弥尋君は私を避けているような気がしてならないんだが……。いや、私の勘違いならいいんだ」

「そうそう、勘違いです。三木さんに対して不満なんて何にもありません」

不満はないが、他の感情があるのだろうか……？

「そうか？　だが、もし自分で気づかないうちに嫌われるようなことをしていたのなら謝る必要が」

「だから！　嫌ってなんてないし、三木さんのことはちゃんと好きだから不安になる必要なんて全然ないですよ。ほら、こうして腕だって組むし」

可愛らしく飛びつくように腕にしがみついた弥尋の上目遣いは、沈み掛けていた三木の心に浮き輪を与えた。

「それは嬉しいな……ではなく、本当に？」

「本当に。避けてたんじゃなくて、顔を正視出来なかっただけだから。ああっ、もうそんなすぐに悲しそうな顔をする。あのね、この間夢で三木さんを見てね、それでちょっといろいろだったから恥ずかしく思っただけだから」

「そうなのか？」

「そうなのです」

「本当に私の夢を？」

「うん」

「そうか」

「三木さん嬉しそう」

「それは嬉しいに決まっている。自分が好いた相手が自分のことを夢に見るほど好きだと言ってくれているのと同じだからな」

そう、三木はいつだって弥尋のことを考えているから、夢にだって弥尋が出て来ることは多いのだ。弥尋の夢の中に出て来るというのなら、同じように弥尋も三木のことを想ってくれている証拠だろう。

「だから心配する必要ないからね。俺はいつだって三木さんを大好きだから」

「ありがとう、弥尋君。私も大好きだよ」

——弥尋は三木の頬にチュッと唇を押し当てた。

三木の驚いた表情に、

「してやったり」

という悪戯が成功した顔で弥尋が笑う。

楽しそうな弥尋を見ていると、いろいろ考えすぎて抱えていた荷物を全部捨てて身軽になってしまいたいと思えるから不思議だ。

三木は自然に笑みを浮かべていた。

弥尋には感謝しかなく、そんな素敵な人が伴侶になってくれて本当に幸せだと思う三木である。

# あとがき

書籍版では初めましてのご挨拶になる朝霞月子《あさかつきこ》です。

なぬ？　ファンタジーではなく現代ものですと？

そんな声がどこからか聞こえて来そうではありますが、ハイ、実は現代ものも書いていたのです。現代ものは、カタカナや和製英語を遠慮なく、気にすることなく使うことが出来るのが非常にありがたかったです。反面、時代考証や事実に即した内容になるよう、現実との間に齟齬が出ていないかを確認する手間暇が掛かります。本作についても、三木《みき》さんのスパダリパワーを拝借しつつも、少なくはない箇所で言葉や文章の書き直しを行っております。

元が十年以上前の同人誌発行からの再録で、読み返すと十年の間に生活面で変化が大きくなったのがよくわかりました。十年前はどちらかというと携帯電話（いわゆるガラケー）≫スマホだったのが、今や逆転もいいところ。フリーＷｉ‐Ｆｉ《ワイファイ》でどこでも通信可能で、スマホに加えてタブレットを所持しているのも普通になって来ている昨今。三木さんは会社用の携帯電話利用ですが、弥尋《やひろ》君のスマホ購入にあわせて二台目はスマホにする予定ですし、使っているノートパソコンも薄くて軽いやつのはずです。公衆電話も見かけなくなり、レトロに感じられるようになりました。テレホンカードという言葉を知らない世代も多いのだろうなあと。書いた当時を振り返りつつ時間の流れの速さを思ってしみじみしつつ、現代風へと装いを少し変えた弥尋君と三木さんのお話です。

本文中でも触れていますが、本作では日本でじきに改正される成人年齢十八歳の民法を先取りして、成人同士になった二人が養子縁組をスムーズに出来るよう改稿いたしました。本作で行政区によってはパートナーシップ制度が導入されたりと、同性愛カップルにも明るい話題が増えていますが、法的な保証などの問題から弥尋君と三木さんは養子縁組の方を選んでいます。将来的に同性婚が認められるようになった時には、二人もそちらで届けを出すかもしれませんね。先は長い。

メインテーマは二人のラブラブ話ですが、お菓子などを考えるのはとても楽しくて好きです。今回イラストを担当してくださった蓮川《はすかわ》先生が描いてくださった和菓子がもう、「和菓子！」そのもので、目の前にあるような錯覚を覚えました。美味しそうで美味しそうで、我慢してしまいましたが羊羹を大量に買いに走りました。頭の中に糖分を与えるのに羊羹は最適だし？　原稿中の栄養補給にもなるし？　決して無駄な買い物ではないことをここに宣言いたします。

今回のイラストも、きっちりとエリートらしさを醸し出す出来る男「三木隆嗣《たかつぐ》」がそのまま描かれていて素晴らしかったです。本文中には描かれていませんが、ラフでいただいた和服を着た若旦那三木さんもかっこいいので、是非ともいつか皆様にご覧いただきたいところです。洋装の華やかで理知的なカッコよさ、和装のしっとりと風景に馴染むような落ち着き具合、どちらも三木さんの本質を表しているので是非是非。

弥尋君は私が書くお話の中では珍しくガンガン「美少年」ネタを推しているキャラです

が、一人称「俺」とのギャップもあり、世間ずれしてなくて素直で明るいところもあり、元気溌剌な現代っ子風なところもある良い子です。美少年だけどまだ十代なので色気の部分はまだまだかもしれませんが、そこは三木さんに頑張って貰いたいところです。挿絵の弥尋君を拝見して、三木さんと一緒にいる時にはこんな表情になるんだ、こんな可愛らしい顔をするんだと再確認しました。愛しいです、弥尋君。

　美少年高校生とスパダリ系エリートサラリーマンという王道設定ではありますが、うちの三木さんはエリートの皮を被ったヘタレです。決してヘタレの皮を被ったエリートでなく、涼しい顔をしつつも内面では「弥尋君に嫌われたらどうしよう」「弥尋君はこんな私でも本当にいいのだろうか」と常に自問自答しているような男です。弥尋君の前では見栄を張って頑張ってしっかりしていますが、よくボロを出して弥尋君に叱咤激励されるまでがデフォルトです。慰めて貰って甘えさせてくれる弥尋君は、三木さんにとって他にかえようのない宝物なのは間違いありません。

　そんなしっかりものの弥尋君と一緒に暮らす三木さんの成長物語……あれ？　いえ、危機一髪のところで弥尋君を助けるヒーロー三木さんの活躍と様々な誘惑や危険に遭遇しながらも健気に立ち向かう弥尋君、二人が愛を育む物語、どうぞよろしくお願いいたします。

　書き下ろしは三木さんちの三兄弟の話にしようかどうしようか考えて、結局二人がそれぞれ相手に会えない間の悶々とした時間をどう過ごしていたかを書こうと思っていたのですが、ＭＭＢＢ《エムエムビービー》氏のサイト説明に字数を割いてしまい、思ったよりもページがかさんでしまいました。実際に検索したら本当にいろいろと、イロイロなサイトが出て来るので、安易に開かないことを奨励します。
妄想ですら寸止めの二人の初夜がどうなるのか。弥尋君の高校生活はどうなるのか。
三木さんはちゃんと初夜を終えることが出来るのか。
次作でもお会いできるよう、応援よろしくお願いいたします。

朝霞月子

【弥尋の日記】

もう三木さん不足でどうにかなりそう！　友達や母さんなんかが、推しているアイドルや俳優さんが出るアニメやドラマが終わった後、「○○ロスで毎日がつまらない！　寂しい！」って騒いでた気持ちが、今になってやっと分かったよ。

俺は今、完全に「三木さんロス」の状態に陥っているようです。もうね、三木さんと会えなくなって一ヶ月近くになるんだけど、スーツを着た人を見かける度に二度見する癖がついちゃって……。一緒に歩いていた友達からは、「痴漢か？」「ストーカーか？」なんて心配されて、相談事があるなら自分一人で悩まないで、俺たちに相談しろってまで言われてしまった。無実の人を逮捕させるわけにはいかないから、そんなんじゃないって否定したんだけど、なんか信用ないみたいで、信じてもらえない。

そりゃあこのところ元気がないのは自覚してるよ？　スーツ姿の若い男の人を見るとハッとするのも自覚してるよ？　でもさ、高校生男子が年上の会社員の人に会えなくて寂しく思ってる——なんて、俺の方が事案になりそうじゃない？　しかもだよ、俺は何となく行きにくくて行けないでいるのに、生徒会の仲間とか、俺がチケットをあげたクラスメイトは、もう何度も森乃屋に行ってるっていうんだよ!?　ずるくない？　ちょっとは俺を誘って行こうとか思わないのかな？　そうしたら、

「どうしても一緒に行って欲しいっていうなら、行ってあげてもいいよ」

って言ってやるのに。そうしたら三木さんに会えるのに。あーあ、三木さんロスは深刻です。

【三木の日記】

最近、どうにも体の調子がよくない。胃がもたれるとか、頭痛がするとか、そういう外に出て来る症状はないのだが、何となく、そう何となく体がだるくて重さを感じるのだ。

「三木部長代理、あなた疲れてるのよ」

などと、部下には某有名なSFドラマの台詞を引用した、励ましなのか労わりなのかわからない声を掛けられたが、自覚はしていても原因がわからないという解消しようがない部分なので、あながち間違った指摘ではないのかもしれない。

森乃屋開店に向けて精力的に動いて来た自覚はあるので、その反動がどっと押し寄せたとも考えられなくはない。だが、森乃屋を考える時に必ず浮かんでくる顔があり、彼の――本川《ほんかわ》弥尋君のことを思い浮かべると、沈んでいた気分が上昇する。なのに、今はただ思うことしかできず、実際に声を聞き、顔を見ながら話すことが出来ないというだけで、非常にもどかしく感じてしまうのだ。

本当に私は大馬鹿だ。何故、本川君の連絡先を聞いておかなかったのか。大人の私が先に電話番号を教えて、それから本川君の連絡先を聞き出すという流れに持って行けなかった自分が情けない。名前を聞き出した時のあの自然な流れ、あれを何故別れ際にも出せなかったのか。あの時は、本川君とこんなに長い間会えなくなるとは思わず、こんなに私自身に影響が出るとも思っていなかった。偶然の出会いはよいとして、それを必然に変えるのは己の意思次第だと確認することが出来たが、本川君ロスという代償は大きい。本川君、次に会った時は絶対に逃がさないからそのつもりでいてくれ。

初出

拝啓、僕の旦那様　―溺愛夫と幼妻の交際日記―
（商業未発表作品「Hello! Darling!」（2007年）を加筆修正）

レッツラーニング　～弥尋の場合～
（書き下ろし）

レッツラーニング？　～三木の場合～
（書き下ろし）

Next...

a week = 7 days

= 5 happy days + 1 trouble day + 1 sweet day

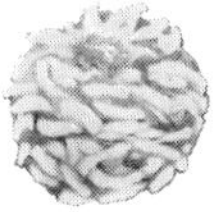

# 拝啓、僕の旦那様 ―溺愛夫と幼妻の交際日記―

2021年3月31日　第1刷発行

著　者　朝霞月子《あさかつきこ》

イラスト　蓮川 愛《はすかわあい》

発行人　石原正康

発行元　株式会社 幻冬舎コミックス
〒151-0051　東京都渋谷区千駄ヶ谷 4-9-7
電話 03(5411)6431（編集）

発売元　株式会社 幻冬舎
〒151-0051　東京都渋谷区千駄ヶ谷 4-9-7
電話 03(5411)6222（営業）
振替　00120-8-767643

デザイン　小菅ひとみ（CoCo.Design）

印刷・製本所　株式会社光邦

検印廃止

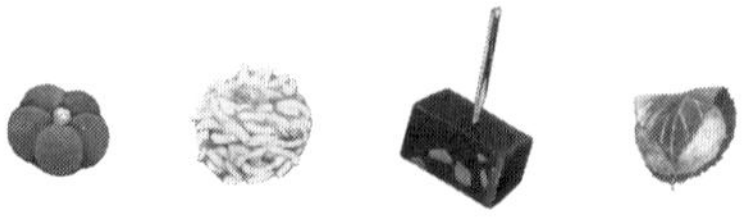

*HAIKEI, BOKU NO DANNA-SAMA.*

*DEKIAI-OTTO TO OSANA-ZUMA NO KOUSAI-NIKKI.*